JN009297

新装版 大江健三郎同時代論集 7

書く行為

新装版

大江健三郎 同時代論集 7

書く行為

岩波書店

目次

I

II

書く行為

I

出発点を確かめる

作家自身にとって文学とはなにか？

1

僕が《大江健三郎全作品》(第I期六巻、新潮社版)においてあらためて刊行する小説群の、最初のものを大学の五月祭の新聞に発表したのは、一九五七年春のことであった。それ以後現在にいたる、小説家としての生活において、僕はなにを体験したのであったか？　それを小説群そのものから離れて要約することは、不可能である。この十年近い年月のあいだに、僕がなにを獲得し、なにを失ったか？　それを計量してみようとしても、あいまいな自己慰安と遺恨の感情すら早急には浮かびあがってこない。それらはやはり、小説群自体において、おのずから明らかとなることどもであろう。とくに遺恨の感情については、それは僕自身が、意識してそれを、よせつけまいとしているところでもあるが。

僕にむかって、ある友人が、こういったことがあった、もしきみがこれらの小説群を書かず、ただ一冊だけの日記を書きつづけてきたとしたら、それはきわめて凝縮したものになっただろう。僕はそれについて否定も肯定もしなかったが、ただ、もし僕がこれらの小説群を書かなかったとしたら、おそらく、ただ一冊だけの日記に書きこむことも、なにひとつ持たなかったであろうと考えた。今日の小説家は、ほとんどあらゆることについて書くことができる。そして、かれにとってもっともあいまいなものが、かれ自身の生活だ。しかも小説家は、実はかれ自身の生活をおいて他に、なにひとつ書いていはしないのである。

そうした不確実、あいまいさの霧のなかの数年のあと、しかし僕に、ただひとつきわめて明らかに感じとることのできる変化がある。それはいうまでもなく、僕自身の変化、小説家としての僕自身の変化である。それはどういう性質のものであるか？

僕がいま、はっきり記憶しているのは、僕が小説家として出発した当時、小説が自分自身にとってどのように必要であるか、有効であるか、ということを、まったく考えなかった、ということである。はっきり記憶している、といういい方自体、すでに正確でないかもしれない。僕にとって、そうした、作家自身にとっての小説の有効性という考え方が、根本から欠落していたのであるから。もちろん、そうした、いわば徒弟修業中の小説家も、小説の(社会的)有効性については、たびたび考えることがあった。当時、僕はフランス文学科の学生であって、たとえ自分が小説を書きつづけることがないにしても、文学部の教室から直接、実生活の場へと歩み出なければならない以上、あらゆる条件のもとにおいて、いったんは、小説の、あるいはより拡大して、文学の有効性について、自分の態度をきめなければならないであろうことが明瞭であった。僕はたびたび、おなじ教室の友人とこの問題をめぐって話しあうことがあった。もっとも、ひとりの小説家として僕が仕事をはじめている以上、黒い羊さながら僕は、友人たちがもっていない、もうひとつの錘りを足にくくりつけて議論に加わっているのであったが。

そしていまも、僕にとって小説あるいは文学の(社会的)有効性の命題は、はっきりした形をとって固定したわけではない。それはこの数年間をつうじて、ますますあいまいに複雑になるように思われる。しかし現在の僕にとって、小説の僕自身にとっての必要性、有効性は、確実に明らかに思われるのである。小説家としての出発にあたって、その種の考え方が僕に欠落していた以上、それは僕にとってきわめて明瞭な変化である。

僕はフランス文学科の学生としておもにJ＝P・サルトルを読んでいた。サルトルは僕に文学の(社会的)有効性について考える手がかりをあたえてくれたが、かれはまた僕を、様ざまな当惑の蟻穴に追いおとすのでもあった。やがてサルトルが、その『言葉』の刊行にあたっておこなったインタヴィユーにおいてフランスの、僕とほぼ同年代のイブ・ベルジェのような作家を刺戟し混乱させ、懊悩させる時、僕自身もまた、すっかり無傷で平静でいることはできなかった。僕は、「飢えて死ぬ子供の前で文学は有効か？」というエッセイを書いて、このインタヴィユーに続いておこったサルトルをめぐる論争を紹介したが、その文章の中でのイブ・ベルジェの論旨の次のような要約は、文学の意味についての僕自身の考え方の奥底にひそむものと、僕を一瞬たじろがせる鮮烈さでもって、たがいに共鳴するところのものであった。

《イブ・ベルジェはしだいに高い調子になり、ヒステリックになる。しかし、かれが自分はなぜ書くのかを、サルトル的な考え方にさからってのべる部分は、確かに感傷的だが、切実だ。すくなくともかれは素直だ。かれはすでに、文学がなにものかに奉仕するためのものでなく、人生そのものでもなく現実でもないことを認めている。それでいてなぜ小説を書くか？

人生において人間が幸福だとか不幸だとかのために、人は小説を書くのではない。そうではなくて、死が人間を不幸にするからこそ、人は小説を書くのだ。作家は、自分が死ぬことを知っているから小説を書く。それは単に作家のみの問題でなく、すべての人間にかかわる問題である。人間の行動はどれも、時がすぎ、すなわち死がおとずれる、という事実をおおいかくすためのものだ。酒を飲むのも煙草をすうのも、時がすぎてゆくということを忘れるためにほかならない。書くこともおなじだ。作家が、書くことに酒や煙草より重きをおくのは、書く行為がそれらよりもっと大きく確実な幻影をあたえてくれるからである。自分は書きながら、自分が不幸であり、愛をうしなっていることを忘れる。そして、飢えた子供たちのことを忘れる。文学と、書物のうちにある不死の永遠とは、そのように残酷だ。

サルトルよ、再び軍服を着て、子供を飢えさせる敵を撃ちたおしに出発してくれ、われわれをその戦列に呼んでくれ。そしてもう、作家をうんざりさせないでくれ、文学について語らないでくれ。あなたの招集のまえに時間がいくらかでもあたえられるなら、自分は小さな本を書くだろう。飢える子供たちが許してくれることをねがうが、文学とはあいかわらず、個人的な救済の試みである。》

僕はこの論争紹介の文章の結びに自分自身の態度として次のように書いた。

《ぼくはいわば、そこでサルトル的なるものと、イブ・ベルジェ的なるものとのあいだのフリコ運動を開始する。そしてこのフリコ運動は、たびたびくりかえされてきたものだし、今後も自分がくりかえしつづけるものだろうことを感じるのである。

ぼくは、飢えた子供がいる時に文学は有効でない、という考え方の極に定住することはできないし、個人的な自己救済の極に定住することもできない。そのあいだをつねにフリコ運動しているという感覚が、ぼくにとってもっとも普通な、作家としての職業の感覚だ。そして、フリコ運動の水平面への投影の軌跡が、地球の自転によってゆっくり方向を変えつづけるように、ぼくもまた、ひとつの連続性のなかで変ってゆくことを望むほかはないと考えるのである。》

すなわち僕にとってこの文章を書いたころにはすでに、個人的な自己救済という、小説あるいは文学の(個人的)有効性の命題が、色濃く見えてきていたことは明らかだ。唯、僕はある不確かな期待において、それに抵抗しようとしていたのである。そしていま、僕にはもっと激しく、もっと近い所にそれが見えているように思われるのである。しかも、《ひとつの連続性》とはサルトルの言葉であるが、個人的なものから、社会的なものへと《ひとつの連続性》において変ってゆくことへの希望は、かつてよりなお困難な、なお判然としない期待のように思われることがある。もっともそれは僕が、小説あるいは文学の(社会的)有効性への問いかけを放棄しようとしているということではないと信じたいが。

僕は最近、小説あるいは文学の僕自身にとっての有効性について、次節に収録する文章を書いた。それはまず「狂気と自己救済」というタイトルにおいて発表されたものであるが、結局、僕はこの十年近い年月の小説家としての生活において、このような感慨をいだかざるをえない場所へと自分を運んできたのであり、そしてそれがどのような場所であれ、決してそこからひきかえすつもりはないのである。

むしろそれは単にひきかえし不能の場所に踏みこんでいるというばかりでなく、沼地を自転車で疾走(あるいは、まさに沼地にふさわしくノロノロ前進)している状態同様、立ちどまるとたちまち転倒しかねない。そうした場所と状態であるように思われる。僕はそのような実感において、昨年夏、アメリカ東海岸のケンブリッジでこのように書いた。それはすなわち現在の僕の態度である。

《そこでいま、僕はここに、自分の長篇小説と短篇小説とをまとめて刊行するにあたって、次のふたつの条項を確認したいと思う。すなわち、僕はここにおさめた小説が、まさに過不足なく現在と現在にいたる僕自身であると主張するほかなく、それについて、いかなる弁解を試みるつもりもない、というのがまず第一の条項である。そしてその第二は、僕がひとりの小説家として暗い沼地の自転車疾走をつづけることのほかに、第一の条項をみずから正当化する手だてはまったくありえない、という条項である。ラルフ・エリソンはかれの唯一の長篇小説において、ほぼ次のようなことをいっていた、関係者各位に告ぐ、この男をして走りつづけしめよ！

僕もまた、自分自身にむかって、このように命令をくだす、走りつづけよ、これまで試みつづけたことをあえて持続せよ！　そのほかにどのような小説家の行動法があるだろう？　持続せよ、持続せよ！》

2

文学の(社会的)有効性という問題は、文学が誰の眼にもいかにも無効に見えることから提出されるのではなくて、やはり、文学にそうした有効性の幻がつねにつきまとっていることから、くりかえし喚起されるものであるにちがいない。それは、たとえば、音楽の(社会的)有効性についての議論が、文学についてのそれにくらべてずっと稀であることからも、あきらかであろう。*すなわち、文学の(社会的)有効性についての議論は、ほぼつねに、次のように進行するのであって、

文学ハ(社会的)有効性ヲソナエテイルハズデアル↓トコロガ現実ニオイテ文学ハ、今日オヨビ明日ノ社

会ニ無効デアル

その逆に、次のように、いわば論理的な遡行がおこなわれることはない。

文学ハ(社会的)有効性ヲソナエテイナイハズデアル→トコロガ現実ニオイテ文学ハ、今日オヨビ明日ノ社会ニ有効デアル→文学ハ(社会的)有効性ヲソナエテイル

したがって文学の(社会的)有効性の議論には、たいていの場合、にがい幻滅の味、心貧しい萎縮感がつきまとっている。もっとも先にあげた、トコロガ現実ニオイテハ文学ハ、今日オヨビ明日ノ社会ニ無効デアル、という現実認識が、そのまま、文学ハ(社会的)有効性ヲソナエテイナイ、という結論を固定させることはないのであって、それは単に、問題をくりかえしふりだしに戻らせるのみである。文学の(社会的)有効性の幻は、いつまでもわれわれにつきまとっている。この幻にかかわって、現在の僕に確実な唯一の知恵は、どのように反社会的な小説家も、文学の(社会的)有効性については、つねに考えつづける必要があるということであり、どのように社会的な小説についても、その役割を、小説家の(社会的)有効性というふうに転化して考えることはあやまりだ、ということにすぎない。僕はふりだしに戻り、また、新しいふりだしに向って出発する。

＊　しかし武満徹がおこなってきたような、言葉少なく深いものが、音楽の有効性の談論にもあると今は知っている。(＊マークによる注は、一九七八年に書きいれられた。)

しかし、文学の(個人的)有効性についていえば、僕はこの数年間の小説家としての生活において、しだいにあきらかにその意味に近づき、それを把握せざるをえなかった。そしてその意味は、嘲弄されることを惧

れずにいえば、やはり自己救済という命題にかかわっているように思われる。ところで、まず、この(個人的)有効性ということも、僕の場合、当然、ふたつに分けられねばならない。まず、小説を書く人間としての(個人的)有効性ということがあり、同時に、小説を読む人間としての(個人的)有効性ということがある。

この二年間、なかにアメリカ旅行をはさんで、僕はひとつの長篇小説を書きつづけてきた。その進行の渋滞と無関係ではないが、それのみが僕にもたらしたともいいがたい、しぶとく根深い、憂鬱症のごときもののなかで、しかし僕は、自分がいま、なにごとか狂気めいたものの蹂躙から、自分をまもることができているとすれば、やはりそれは僕が、この小説を書きつづけているからだ、と感じることがたびたびあった。おそらくは、どのような職業の人間も、そうした正体の定かでない、なにごとか狂気めいたものの圧迫にたいしては、かれ自身の職業の中身においてそれに抵抗するほかはないのであろう。小説家は、その小説制作の作業においてそれをおこなう、ということにすぎないのであろう。しかし、やはり僕にとってこの発見は、ほぼ八年間にわたる、この職業からの知恵がもたらしたものである。

なにごとか狂気めいた暗く恐しいものと、あいまいな表現をするほかないが、その厄介なものは、とくに、現在の進行中の仕事を計画しはじめた時分から、より色濃く、僕の眼に見えてくるようになった。それは、僕にとっておそらくは、多分に年齢に由来するものなのであり、そして幾分かは、僕のかかわっている今日の現実世界に由来するものなのであろうと思う。

年齢に由来する、というのは、それをたとえば、すぎさった青春の宿酔いとでもいうふうに単純化することは不正確に思われるが、おなじ年齢層の誰かれに、僕とおなじ色彩の憂鬱とでもいうべきものに喰いつかれた人びとを見出すからである。一例をあげれば、最近の、江藤淳の文章がそれを僕に感じさせる。とくに僕は、かれが漱石について書いた短い文章を読み、かれもまた、なにごとか狂気めいた暗く恐しいものを見ているのであり、それと対抗するためには、そうした、批評文を書きつづけることをおいて他にないことを感じているのにちがいないという感想をもった。かれの憂鬱な嘆息は、素直に僕につたわってきて、それはかならずしも論旨への全面的な共感というのではないにもかかわらず、僕を感動させた。現在、江藤淳と、僕とは、それこそ漱石の一人物の言葉をひけば、

《それぢや、君は此穴の縁を伝つて歩行(あるく)くさ。僕は穴の下をあるくから。さうしたら、上下で話が出来るからいいだらう。》

という具合に、おのおのちがう所を歩きながら言葉をかわしている印象がある。それでいて、少なくとも僕の感覚では、おなじようになにごとか狂気めいたものを見てしまわなければならないとすれば、やはりそれは、年齢のもたらしたもの、ということであろうと思うのである。それは、時代にかかわっていえば、戦後に育った者らに、この二十年間の戦後的なるもののもたらした、疲労感の総量につながっているというべきかもしれない。僕には十五年前のある朝、朝鮮戦争の勃発の記事を読んで以来、現実世界の背後の巨大なものの影は、濃く定かになりつづけて、それが逆転する様相を示したことは、いちどもなかったような気がする。天地がしだいに陰々滅々と暗く窄(すぼ)まってきたような気がする。それが単に僕の憂鬱症のみに由来するものだとは思わない。*

* その後、江藤淳との《上下》のちがいは徹底的となった。かれは《疲労感》から回復して上昇をつづけている。

そこで僕は現在、渋滞をつづけている長篇小説を書きつづけることで、このなにごとか狂気めいたものと対抗しなければならない。すくなくとも、それは、あるいは外国を旅行することで追いはらうことのできる種類の憂鬱ではなかった。だからといって小説を書くことが、そうした隠微な危機感を解消してくれるか、代償作用をおこなってくれるかするというわけではない。ただ、じっとそれに対抗していることを僕に可能とさせる、ということである。

なにごとか狂気めいた暗く恐しいものといっても、それは、実際のところ、一種の憂鬱な気分にすぎないのじゃないか？という声がおこって、僕の子供じみた深刻趣味を嗤うかもしれない。確かにそれは、ともかく一種の憂鬱な気分である。しかし、もし僕が、現在のこの一種の憂鬱な気分について、同世代の見知らぬ人びとにアンケートの手紙を数多く出せば、おなじ気分にとらわれている人たちからの相当な返事を得ることができるであろうことが、僕には確実に思われる。

そこで僕はノーマン・メイラーの短篇小説のひとつのエピソードを、そうした一種の憂鬱な気分が、恐怖の味のするまでに膨脹するのを感じないでは思いだすことができない。それはこういう挿話だ。ベッドの強者という評判の、よく仕事もし裕福でもある、映画のプロデューサーが、不意に自殺する。なぜ、かれが頭を撃ちぬいたかはわからない。ただ、書きおきがある。《一年ましに、ぼくはますます気がめいってしまった。》これは僕が小説で読んだ遺書のうち、いま、もっとも恐しく感じられるものである。

もし僕が小説を書くことがなければ、それこそ僕は、《一年ましに、ぼくはますます気がめいってしまった》と書きのこさなければならないことになるかもしれないという予感がある。だからといって僕が小説の世界において、自分の想像力を、こうした、なにごとか狂気めいた暗く恐しいものとバランスをとるに足る、明るく正気なものの確立のためにつかっているというのではない。むしろ僕は、そうした狂気じみたものを、より明確に、自分の意識の前景によびだそうとしている、とさえいっていいであろう。そして、そのように暗くどろどろした悲惨なものを、明るみにひきだして意識することによって、その毒性を除去できるかどうかというと、それも、決してはっきりしてはいないのである。

たとえば僕は、現在の長篇小説にとりかかる前に、そのころ僕をとらえていた、もっと直接的なジレンマに喚起されて、ひとつの長篇小説と短篇小説とを書いた。それらは、問題への接近の仕方がまったく正反対の、ふたつの小説であった。すなわち、『個人的な体験』と『空の怪物アグイー』で、前者は、ともかく最終的には、畸形の赤んぼうを正面からひきうけて生きようとする人間をえがくものであったし、後者は、畸形の赤んぼうから逃れたあと、結局、自殺めいた疑わしい死へと自分を追いこんでしまう人間をえがくものであった。それらの出版のあと、僕はこの問題に関するかぎり、自分がすでに、ひとつの救済を体験しているのを感じた。少なくとも、僕はもうこのジレンマによって、神経症的な状態に逆戻りすることはないだろうことが信じられた。

しかし僕が、現在の長篇小説を書きあげることでもって、また新しくひとつの出口なしの感情を克服できると予想しているわけではないのである。その出版のあと僕は、《一年ましに、ぼくはますます気がめいってしまった》と、なおさら陰々滅々として感じているのかもしれない。そのように、小説を書きあげたあとの効果については不確かであるが、しかし現在、僕がその、なにごとか狂気めいたものと対抗しつづけるためには、さしあたって小説を書きつづけるほかにないのである。そうしなければ、僕はたちまち自滅してしまうだろう。*

* いま僕は、このような表現には、なお自己のうちの暗部をよく見ていない人間の、自己への甘やかしがあると感じる。

結局、僕は小説を書くことによって、現実世界と、そのなにごとか狂気めいたものと、そして僕自身との正常な関係づけをはかっている、というべきである。僕自身が、そのなにごとか狂気めいたものと癒着しないように、現実世界との相関において、そこに距離を設定しようとしている。僕はパスカルの、たとえば、《人間は必ず狂気しているので、狂気していない人も、ある種の狂愚からいえば、狂気しているであろう》といった考え方に影響されてきたが、しかもキリスト教的な救済の世界からは遠く、そしてまた、パスカルのいわゆる《気晴し》の方途をも、とくにもちあわせていない以上、小説を書きつづけることによって、なにごとか狂気めいたものに対し、腕一本の距離をつっぱっているほかない。

小野武夫編『徳川時代百姓一揆叢談』に収載されている参考文献のうちの『拷問実記』に、僕は次のように喚起的な一節を読んだ。

《弥々拷問すみ、牢内へ帰れば、戸前口え、在牢役付の四人出て、本人を受取り、畳の上にねかし、白状せずして来たときけば、一同にて裸体になし、酒を吹きかけ、手取り足取りもみ柔げ、綿の如くになす。其時本人は痛さに堪へず、ヒイヒイと叫ぶも更にいとはず、若斯くする時は、却て身体のなやみ頓にいへ、拷問数度に及ぶ程、筋骨堅く、壮健肥満すといふ。然れども若白状したといへば、早死刑は免れぬ者故、捨て

置くなりといへり。》

小説を書きつづけることによって、なにごとか狂気めいた暗く恐しいものに対抗しつづけること、もしそれを中止すれば、すなわち僕は自分自身を放棄した、《白状した》人間となるほかないであろう。少なくとも、この数年の小説家としての生活が、僕をそうしたところへみちびいてしまった。しかし、小説を書きつづけ、狂気めいたものの存在に屈伏することがなければ、ここにさりげなく描かれた、夢のまた夢のような逆転、《筋骨堅く、壮健肥満すといふ》逆転の瞬間への、希望をもつことができるかもしれないではないか？　それが小説を書く人間としての僕の自己救済のイメージである。

それでは小説を読む人間としての(個人的)有効性を、僕が文学にどのようにもとめてきたか、といえば、これはもっと具体的に、明確な救済のイメージがある。

ごく最近について語ることにしよう。僕は、この数週間、もっぱらフォークナーを読んでいた。そしてそのあいだ、僕は憂鬱症の引力から可能なかぎり遠くにいることができた。あの暴力的で、残酷で、激しいフォークナーがなぜ、読者に、ひとつの救済の感覚をもたらすか？

赤んぼうをだいて、のんびりトラックに揺られながら、ただ、人間はずいぶん遠くまで来るものだとしか考えない、悪党の情人に棄てられた娘の生活力のユーモアというふうなものがある。義父を撲殺する混血の青年の荒あらしい逃走の道を明るませる月の光、というふうなものもある。おなじ月の光は、暴走する馬にふりおとされて頭に負傷しながら、泥酔してむなしく陽気に騒ぎまわり、やがて刑務所の枕にウィスキーの酔いのすっかりさめた頭を横たえ、それからの永い憂鬱な一生を考える、戦争から帰ったばかりの青年をも照らしている。また、もうひとりの戦争がえりの青年が古風でおだやかな故郷の町を眺めて、《たぶんこれが戦争をしなければならなかった理由なんだろう、これが平和というものの意味なんだ》とつぶやく時、フォークナーはもっと直截に、われわれの気持をなごませるのであって、そうした積極的な要素もある。

しかしフォークナーは、僕に、そのもっとも血なまぐさく苛酷な、恐しい部分においてもなお、ひとつの救済の印象をもたらす。それはまずフォークナーというひとりの個人的偏向にみちた小説家の、アメリカ人一般へ深くおろした根の、あきらかな存在感ということに由来するというべきであろう。アメリカ南部が単にアメリカのひとつの地方というより、いわばアメリカそのものであり、少なくともアメリカのふたつの顔のひとつであるという印象を、僕は、アメリカ旅行で得てきたが、フォークナーの南部こそは、まさにアメリカの総体であって、フォークナーに、おのずから、国民文学者の光彩をあたえる。この、ひとつの国の全体に、深くたくましく根ざしている作家というイメージが、まず僕に、ひとつの救済の印象をもたらす。そしてまた、フォークナーの描く、異常な宿命や血のかかわりあいは、それ自体が、ただちに逆転するかたちで、人間一般の父祖から末裔にいたる、血の鎖のつながりというものを実感させる。すなわち、ひとつの社会のタテのつながりに、人間が属していることの感覚を強く意識させる。それが、近親相姦的な結婚への男気をふるいおこさせるべく、異母兄によびかける弟の叫び声にすら、いかにも人間的な救済の響きをあたえるのであり、その異母兄に黒人の血がまじっていることを知って、妹との結婚を逆に妨害しようとしはじめる弟の転換と、そのあげくの近親殺戮にすら、やはり人間的な救済の味をあじわわせる所以であろう。しかもフォークナーはまさに個人的にかれ自身の内部に閉じこもって、そこに根をおろすことのみをおこない、この総合的なヨクナパトファ・サガの町と人びととを創造するのであるから、おそらくここには、すべての小説家を魅惑する、文学の社会的、個人的な分類をこえた有効性の達成があるというべきであろう。フォークナーはかれ自身を救済し、読者個人を救済し、そしてひとつの社会的役割を果たす。少なくとも『八月の光』を読んだ人間が、それを読まなかった時とおなじ眼と行動法でもって、アメリカを眺め、アメリカに対するとは思われない。

しかしいうまでもなく、フォークナーのように巨大な小説家がなしとげたことは、われわれの具体的な規範とはならない。僕はきわめて不確かな感覚において、なにごとか狂気めいた暗く恐しいものに対抗し、手さぐりで自分の根をおろすべくつとめる。根がどれだけ僕個人の殻をつきぬけて、他者と共通の地層へと降りてゆくかは僕に予想できない。しかしそのあいまいな営為が、この数年間、僕のやってきたことの全体であるし、これから永くやってゆこうとしているところのことのすべてなのである。

本当に文学が選ばれねばならないか?

1

ジェームズ・ボールドウィンの短篇集『その男に会いに行く』Going to Meet the Man におさめられた、おなじタイトルの短篇において、黒人との軋轢のなかのひとりの白人が、不眠の夜をすごしている。かれは妻とおなじベッドに横たわっていて、欲望は躰のうちにみちているが、それを具体的な性交渉にみちびくべく、表にひきだしてくることができない。その白人の男が、夜もすがら歌っている黒人たちの抗議の歌の一節に、ふと喚起されるところのものがある。

《我はヨルダンの流れに踏みいりぬ
水は我がくるぶしを浸したり

かれは汗をかきはじめた。かれは圧倒的な恐怖を感じたが、それは、なおかつ、奇妙な恐ろしい快楽をうちにはらんでいるのであった。

我はヨルダンの流れに踏みいりぬ
水は我が腰にまでいたりたり》

そして白人の男は、かれが少年で、おなじ子供の黒人の友達をもっていた時分、父親に、一生のあいだ決して忘れないであろうところの、奇怪なピクニックにつれてゆかれたこと、そこでどういう男に会ったかということを、思いだす。かれは黒人が樹につるされて生きながら焼かれようとする、その場面に出会ったのである。

微笑した白人が、まさに死なんとする黒人に近づく。かれはナイフをたずさえており、黒人のあらわになった性器を手にとってみる。白人の掌の上で、黒人の性器は、少年がかつて見た、最大の、そして最も黒いペニスである。

《白い手は、それを引きのばしたり揺さぶったり、愛撫したりした。それから、その死に瀕した男の眼が、ジェッシの眼をまっすぐ見つめた。それはほんの一秒ほどのことでしかありえなかったが、一年ほどにも長く感じられた。ジェッシは叫び声をあげ、群衆が叫び、ナイフがまず上向きに、つづいて下向きにきらめいて、その恐ろしいものを切りおとした。血がほとばしりおちた。》

おまえはこのピクニックを忘れることがあるまい、と父親はいい、ジェッシ、すなわち少年はそれを認める。そして現在のジェッシ、成年の白人男がそれをあらためて認識するとき、黒人たちとの軋轢のなかで昏迷していた欲望は、たちまち方向づけられて、かれは妻にむかってゆく、黒人のように、黒んぼうがやるように、かれはもっとも激しく性交する力を得ているのである。

ボールドウィンのこうした短篇を手がかりにして、僕はすくなくともふたつのことを主張することができる。まず、この死に瀕した黒人の性器を切りとる白人の顔に、おのずからもうひとつの白人の顔がかさなって、現実世界と同様に、文学の世界においても、それぞれの小説が孤立しているのではなく、ほとんどすべての小説が、ひとつの世界の構築にむかって方向づけられていることを暗示する、ということである。[*]もうひとつの白人の顔とは、フォークナーの『八月の光』の終末近くにあらわれて、黒人クリスマスの性器を肉切り庖丁で切りとり、これでこの死者は地獄において白人の女をおそうことはできないだろうと、雄叫びをあげる若い男、遅く生まれすぎて大戦にまにあわなかったことを不満に思っている青年の顔である。

＊　僕はこの考え方を、いまあらためて再発見するようにして、魅力を感じる。

そして僕が主張したい第二のことは、それこそがいま僕の書こうとしているところのものに関わっているのであるが、最初に引用した部分の、黒人たちの歌う歌にさそわれて、白人の男が汗を流しはじめ、きわめて特殊な恐怖を感じる、その風がわりで、かつ恐しい快楽のまじりあった恐怖心が人間をおそう一瞬について、ボールドウィンがこのように短篇小説の形で書く、そのやりかたよりほかに、いったい誰がそれを他人に伝達できるであろうか？　ということである。僕はこのような一節に出会うたびに、文学を被告とする法廷において、弁護人がわに有利な証人の言葉があきらかに発せられていることを感じるものである。

本当に文学が選ばれねばならないか？　もし文学が存在しなければ、この現実世界に、確実にひとつの欠落が生じる、文学とは本当にそうしたものなのか？　文学のかわりに、なにか他のもので代用できるといった、この現実世界にとって本質的に必要ではないものが文学ではないのか？

そのような問いかけは、文学について冷淡な人間の発するものであると同時に、いや、むしろそうした種類の、文学をまっとうなものとしてとりあつかう態度をもたない人間の問いかけであるよりは、比較を絶して深刻に、文学をかれ自身にとって必要とみなす人間の、みずからへの問いかけであるにちがいない。文学はなんの役に立つか？　どのような効用があるか？　というタイプの考え方が、社会的、個人的の両局面にわたる文学の有効性についての、積極的な、ポジティヴな問いかけであるとすれば、右にあげたような問いかけは、文学の有効性についての消極的な、ネガティヴなそれであって、すくなくとも作家たちにとっては、積極的な問いかけ同様に、重要である。

ジェームズ・ボールドウィンという秀れたアメリカ黒人の、活動の様ざまの相について考えるたびに、僕は、次のようなことをあらためて検討しないではいられない。すなわち、ボールドウィンの現実世界との関わりかたにおいて、本当に文学が選ばれねばならないか？　かれは文学より他の、もっと現実的で、もっとはっきりした、誰の眼にも確実な方法を選ぶべきではなかったか？　そして僕は、たとえば冒頭にあげたような一節を、ボールドウィンの著作に読むとき、じつに深い満足をあじわうのである。すくなくとも、ここにおいてボールドウィンが、文学を選ぶより他にあつかいようのない対象を、いかにも正統的に文学の領域にみちびきいれて、それにたちむかったということを、僕は理解し、いわば文学が正当化される瞬間にたちあったような気分になる。ボールドウィンのようなまっとうな人間が、文学の機能をもっともまっとうな形で充実させるのを見るのは気持がいい。

しかもここでは、文学という言葉を、より狭く小説と限定して、小説におけるイメージの効用が、たとえばエッセイの論理の背たけをはるかにこえて、直接、現実世界の高みに対応できる力をもつものであることを、いわば小説におけるイメージは、もうひとつの現実世界を構築するに匹敵する効用をもつことを、指摘すべきであろうと思う。

ノーマン・メイラーによれば、戦後アメリカ最上のスタイルをもったエッセイスト、ボールドウィンは、かれのエッセイにおいて、もし試みるならば、真夜中、妻とおなじベッドに、不燃焼な欲望と昼間の黒人とのかかわりあいの呼びおこした微妙な不安とともに横たわって、少年時の体験を反芻している白人の心理の意味を解明し論理づけ、解説することができるかもしれない。しかし、いったんそこにできあがった文章は、おそらくここに引用した短篇小説のイメージの力に決してよぶものではないであろう。その二つの文章のあいだの落差は説明しがたい。しかしきわめて確実な、小説のイメージの効用の秘密のもたらす落差である。

しかも小説として、もっと直接的にいえば小説のイメージとして、作家が把握したものを、あらためて別の、もっと抽象的な言葉におきかえようとすれば、それは失敗を結果することが多い。いわばそうした、たとえおなじ言葉の領域においてさえ置きかえ不能なところのものを小説のイメージが達成できるということが、すなわち、本当に文学が選ばれねばならない理由だとさえ、いうことができるであろう。

この問題についてボールドウィン自身が、かつて次のような意味のことを書いた。《私は考えるのだが、作家がかれの作品について語ることはつねに危険である。こういう風にいうのは、私が内気であるとか、ひかえめであるとかいうことを意味しない。それは単に、作家自身にとっても、かれの作品について、かれ自身が本当には理解していない、そして結局、理解しないままでおわることが、あまりに多い、というほどの意味である。なぜなら、小説は、われわれが現代において、それについて知りつくしていると考えているにもかかわらず、実際には、まさに、ほんの少しも知るところのない、ある深淵から生みだされるものであるからだ。

それは、恋愛や殺人や災厄が、そこから生みだされるとおなじ深淵である。明確にいいあらわすことのほとんど不可能であるところの深淵であり、そういうところに関わっているのが作家の努力というものなのである。すべての作家が、数年間にわたって一日二十四時間労働するというようなことはありうるし、それなしではかれが作家たることはできない。しかし同時に、そういう努力とは無関係なプラス・アルファなしで、すなわち、この深淵から浮かびあがってくるある種の自由なしで、それがページに一触して書かれたものに生命をあたえることなしで、作家が作家たることはできない。》

したがって小説の制作のそもそもの出発について考えても、作家がそのすべてを意識的に明確化できるようなものから、小説を構成してゆくといったやりかた、たとえば、ひとつの思想の命題を絵ときすることをもって、小説の制作にかえるといったやりかたは、小説そのもののもつ本質的な力、ボールドウィンのいう深淵にかかわった小説の力を、そもそものはじめから疎外することであろう。小説の制作は、むしろそうした明るい意識された世界の方向づけとは逆の、暗闇からはじめられなければならないものである筈である。それは、すなわち、こうした深淵にかかわって、文学の方法を選ぶよりほかにどうしようもないというところまで、ひとりの人間を追いつめ、そこに作家を誕生せしめるものが存在する、ということでもあるであろう。

この間の、作家自身の内部が現実生活に関わる微妙な事情については、フォークナーが『響きと怒り』をどのようにして書きはじめたかを語った、次のような談話が暗示的である。

《頭に浮んだある情景をもとに書き始めた。そのとき、それは象徴的だとは自覚しなかった。情景というのは、梨の木にのぼっている少女のパンツの泥だらけのおしりだった。木の上だと、祖母の葬式が行われている場所が窓ごしに見えるし、下の地面にいる弟たちに教えてやれるからだ。子供たちが誰であるか、何をしているのか、パンツがどんなふうによごれているのかを説明するとなると、短篇に書きこむのは無理で、一冊の長篇小説にしなければならないのがわかった。そのうちぼくは、よごれたパンツの象徴性に気がついた。するとそのイメージは、彼女の唯一の家から逃れようと、雨樋を伝っておりて行く、父も母もない娘の姿におきかえられた。その家では、恋も愛も理解も与えられたことがなかった。》(『作家の秘密』新潮社版)

作家が、この種の暗闇を背後にした、あるイメージを足場として出発する。小説を制作しながら、かれはしだいにそのイメージの奥深くひそむものを発見してゆく。また同時に、第一のイメージが、第二のイメージをみちびくということがある。それは単なる意味による連環でもなければ、必然的な論理による連環でもない。現実生活において不連続、不条理な二つの事件が相接しておこるように、作家自身にとってその意味とつながり方とが明瞭でない、イメージ群の継起ということは、しばしばある。小説は作家自身をそこにまきこんでゆく。また、かれは、かれみずからそこにまきこまれてゆく。失敗した小説が二重に痛ましいのは、おそらくその理由からだ。

そしてひとつの小説を書きおわった時、かれは確実にひとつの現実世界の出来事にあたるものを体験しているのである。したがってかれがあらためて、本当に文学が選ばれねばならないか? とみずから問うとき、それは実は、いま書きあげたばかりの小説にではなく、次の小説にのみかかわっているのである。*

* その後の経験に照らして考えて見ても、この幾分向う見ずだった意見はそれなりに正しいと思う。

2

なぜ小説を書くにいたったか? 小説を書きはじめ、それを自分の生涯の職業として選択するにいたった時、確実な理由はあったのか? すなわち、本当に文学が選ばれねばならなかったのか？ という問いかけを、僕もまた、僕自身にむかってくりかえしおこなってきた。おそらくそれは、すべての作家が、かれ自身にむかっておこなう問いかけにちがいない。そして僕は、その問いかけをおこなった様ざまな時と条件にしたがって、それぞれことなった答を、自分自身のために準備した。しかしそれらの答は、その問いかけの時と条件とから切りはなしてしまえば、いかにも不正確で無力なものに感じられる。結局、僕は、ある小説を書こうとつとめる時にはつねに、自分の最初の小説群について、あれらを書いた時、本当に文学が選ばれねばならなかったか？ と自分に問いかけているのであるが、それは実は、その時とりかかっている、新しい小説そのものについて、本当に文学が選ばれねばならないか？ を、考えてみようとしていることにほかならないのである。こうした問いかけは、つねにくりかえされるべきものであり、したがってそれへの答は、いったん獲得されればそのまま固定する、ドグマティックなたぐいのものではない。むしろ、作家が新しい仕事にむかって一歩踏みだす際の、本当に文学が選ばれねばならないか？ という問いかけは、絶対にそれによってかれ自身に運動性をあたえるほかない、作家が持つ唯一のハズミ車のごときものである。そして作家が、いったん新しい仕事を克服して次の新しい仕事にいたろうとすれば、かれはまた新しく、このハズミ車に対して自分自身を試みなければならない。

それではいま、ここにおさめた僕の最初の短篇小説群および、ひとつの長篇小説*について、なにが僕にそれらを書くことを必要とせしめたか？ を考える際に、いま、いったいどのような要素が重要に感じられるかといえば、それは、屈伏感のイメージということである。文学をつうじて対処するよりほかにない、特殊な構造をもった屈伏感のイメージが僕をとらえていたのであり、そのイメージに押しつぶされず、また逃げだしもせず、どのように生きのびるかということに、本当に文学が選ばれねばならなかったか？　という問いかけへの、答があったように思われるのである。

＊『奇妙な仕事』『死者の奢り』などの短篇群と、『芽むしり仔撃ち』。

国家が戦いに敗れたとき、ひとりの農村の愛国少年が屈伏感の巨大な種子をかかえこんでしまう。しかも同時にかれは、おなじく巨大な解放感、新生の感覚とともに、戦後の時代を生きる徒弟修業をもまた、始めたのであった。屈伏感は単に暗く恥かしく惨めなものにとどまらない。そして解放感、新生の感覚もまた、すっかり澄みわたった単純明快なそれではない。いわば屈伏感と解放感、新生の感覚が、それぞれ乾くまえに色を重ねて塗った水彩画さながら、あいまいに微妙に、にじみあい干渉しあって一種特別な色調をつくりあげて共存している。

屈伏感は僕にとって永つづきのする、ひとつのオブセッションと化していた。僕は読者としても、僕を激しくひきつける屈伏感のイメージを文学のうちに見出すたびに、なかなかそれから自由になることができなかった。僕はヘンリー・ミラーとノーマン・メイラーの小説のなかに、特に僕を刺戟する、屈伏感と解放感、新生の感覚の、にじみあいとでもいうべきものを見出した。僕はそれらをやはり具体的なイメージの形をとりなわしめることとなしにここに引用することでもって、僕自身のイメージの形にいたる手がかりとしたいと思う。たまたまそれらは、すなわちミラーの『セクリス』における、メイラーの『彼女の時の時』の部分稿における、および『アメリカの夢』における、ほぼおなじ構造の性的存在にかかわった部分である。

『セクサス』のグローヴ・プレス版、第15章、四四五ページは、主人公にむかって情人モナがかつて体験した陵辱の思い出を語る長い会話の一部にあてられている。強姦者は、それまでかれの躰の上にのせて奉仕させていた犠牲者にむかって、それはもう沢山だ、という。

《今度は、四つん這いになって、尻を高くあげろ」それからかれはありとあることをしたわ。こちらからとりだしたと思うと、あちらへ入れるという具合に。かれは私の頭を地面に、まっすぐ泥のなかにうずめさせ、両手でかれの睾丸を握りしめさせたのよ。》

あちらとは肛門をさすのであり、そこへの侵入はやがてオルガスムにいたる強姦者が、すっかり地面にくずおれた犠牲者の背いちめんに射精するばかりか、罵って一撃するのと同様、彼女の被陵辱の屈伏感をより苛酷なものとした要素であるというべきであろう。

もっともロレンスの『チャタレイ夫人の恋人』が《もっとも秘密な場所の恥、もっとも深く、もっとも古い恥》をつらぬきとおす肛門性交を、通常のそれより快楽的な行為として採用したように、それは『セクサス』の被陵辱者のそれとは逆の、受けとりかたをも可能とする行為であるであろう。しかも屈伏感をすっかり疎外するというのではなしに、いわば快楽とそのふたつを弁証法的に統一して、いかにもダイナミックな性的存在を呈示するのが、ノーマン・メイラーの作品における二例である。もっとも、ミラーのつくりあげたイメージが、抽象的な言葉におきかえることの容易でない、そして結局、十全にそれをおこなうことはできないという、遺恨の感情の残る、そうしたまさに文学的イメージの具体的な総量においてのみ、過不足なく伝達可能なところのものを胎んでいるように、メイラーのそれも、単純かつ明快であるわけではない。

すなわち、ここにおいても、本当に文学が選ばれねばならないか？という問いかけは具体的な答に接するわけである。

《それから、彼女が新しい、不本意ながらの魅力でぼくにじりじりしはじめたその瞬間に、ぼくはいきなり彼女の体をうつぶせにひっくりかえした。ぼくの復讐者は狂人の狂躁のように狂乱し、ぼくは彼女にいっさいの隙もあたえず、全身の重みで彼女をうつぶせにしたまま、力一杯マットレスにおさえつけて、万力のように固くしまった、いっさいの強情の座のなかに突入し、彼女を傷つけた。彼女はぼくの下で、罠にかかった小さな動物みたいに、あらゆる自由のうちでもこの最後の自由をぼくにゆるすまいとして、音も立てずに、猛烈に暴れ狂った。暴れ狂いながら、とらえられていて、彼女の象徴的な、それゆえに真実である膣の花嫁の座を、一ミリ、一ミリ、じりじりと、放棄しなければならなかった。こうしてぼくは突入した。ずーっと、奥の奥まで突入した――それには十分間も、それ以上もかかったろうか。だが、ぼくの復讐者が柄までとおって、性の本源の入口から何インチも、子宮の脇道にいよいよ深くめりこむと、ついに彼女は告別の小さな叫び声をあげた。ぼくは新たな身顫いを感ずることができた。身顫いは微かな漣としてはじまり、うねって、波浪となり、それから大波となって、彼女をのりこえ、彼女を押し流した。ぼくは彼女の大地からおこるこの震えを消しはしないかとおそれて、じっと身じろぎもしなかった。やがて、震えは去った。だが、彼女は生きのこって、さらに大きな震えのくるのをまった。

そこで、ぼくはもういちど彼女を仰向けにひっくりかえして、衝動的に愛の第一のホールにむかった。ひとつの匂いが立ちのぼってきた。ついに彼女の匂い、腋の下の匂いや汚れたソックスの匂いなどではなく、海の匂いだ。ぼくは彼女の口をとらえて、それにキスした。だが、彼女は遠くへ去っていた。彼女自身の波のあとを追って。波はもりあがっては、退き、また新しいはずみをえていっそう高くもりあがり、そのまま成功しそうになった。そのとき、彼女はまたためらいかけた。ぼくにはそれが感じられた。過去と現在、習慣と冒険のあいだの、あのためらいの一瞬、ぼくは彼女の耳にむかっていった。「この小汚ない、ちびの猶太(ジュウ)人め」

　それが彼女を鞭うって、のりこえさせた。最初の波はキスし、第二の波はこぼれ、それから第三波、第四波、第五波が、砕けながらどっと打ちよせた。そして、ついに彼女は去った。生れてはじめて彼女は水中で自由になった。ぼくも彼女といっしょにいきたいとおもった。だが、ぼくは血で窒息し、麻痺していた。彼女が生まれてはじめてすばらしい瞬間を経験していたとき、ぼくはただずきずき痛む一対の睾丸と充血した男根でしかなかった。ぼくは彼女の引きゆがんだ顔を見、「ああ、わたし、いったわ、いったわ」という彼女のすすり泣きを聞きながら、もの欲しそうに彼女といっしょになっていた。》(『ぼく自身のための広告』新潮社版)

　ここで、不感症であったインテリの娘を最後に鞭うってその心理的障害をのりこえさせる言葉(それはむしろ、彼女の意識と無意識の軍団をついに敗走せしめる最後の一撃というべきであろうが)の内容が、その直前の肛門への陵辱によって具体的に彼女を揺りうごかす、そしてあまりにも巨大な恥の重みに対抗できなくし敗走せしめるだけの、具体的な力をあたえられていることに、注目すべきであろう。

　彼女のむりやり体験させられたところのことは、彼女がついに獲得することのできたオルガスムと激しい緊張関係において拮抗しているのであって、翌朝、彼女はその屈伏感のおかえしを、彼女へのオルガスムの送り主にむかって叩きつけることによってしか、その心理的平衡を回復できない。そして青年は娘を自分に対等に立ちむかうことのできる、もうひとりのヒーローだと認識するのである。

次の引用は『アメリカの夢』の主人公が、殺人をおかしたあと、ドイツ移民の女中と性交渉をおこなう部分である。そこではナチという言葉が、『彼女の時の時』における猶太人(ジュウ)という言葉と、まったくおなじ役割をはたして、ベルリンの廃墟からやってきた娘をオルガスムにみちびく。彼女の性的背景については、最初、主人公がベッドのなかの彼女を見出したとき、彼女がオナニズムのさなかにいたことをもまた、思いだすべきであるかもしれない。

《ふいにぼくは、海をとびこえ、地に坑道を掘りたい欲望、鋭い切っ先のような鶏姦の欲望にかられた。あの臀には、用心深く、抜け目のない邪悪がぎっしり詰まっている。ぼくにはそれがわかっていた。だが、かの女は抵抗した。そして、はじめて口を利いた。「そっちじゃない！ verboten(いけない)！」

だが、ぼくはその verboten に、すでに一インチはいっていた。猛烈な敵意にみちたこんがらかった憎悪、貧しいひとたちの世界の不屈な強靭さそのもの、都市のねずみの知識が、かの女からおこってぼくのなかへはいってき、ぼくのヒーツ(熱気)の先端をにぶらせた。これで、しばらくはつづけることができた。そして、ぼくはつづけた。い ひとつの存在が(それは、つまり、創造にみちびくものであるが)、ぼくを迎えるように開いていた。ぼくは、すばらしい栄光とジャングルの翼の熱い羽ばたきを期待しながら、猛烈な勢いで、一挙にそれにはいっていった。だが、かの女はくたりとたるんでおり、かの女の box(穴)は、子宮と失望の倉庫との冷たいガスを思わせた。ぼくはかの女のそこを去って、最初のところへかえっていった。そして、一インチ、さらに決定的な四分の一インチ突入するための、猛烈な激闘を開始した。ぼくの手は赤く染めたかの女の髪をつかみ、一握りの髪をねじ上げるようにして引っぱった。ぼくはかの女の頭の皮の苦痛がかの女の体全体を、足の爪先まで金梃子みたいに緊張させ、揚げ蓋をおし上げるのを感じた。そして、ぼくははいった。決定的なあの四分の一インチを突入した。あとはようすいだった。そのとき、えもいえず微妙なにおいがかの女からおこった。なにかしら、社会で成功しようという野心、狭っ苦しい強情、偏執的な決意の背後にあるものが、それは、肉のようにやさしくて、しかもちっとも清潔でないもの、こそこそした、とても臆病な、でも、うら若いもの、パンツを汚した子供にかわった。「おまえはナチだ」ぼくはなにかわからずにかの女にいった。

「Ja(そうよ)」かの女は首をふった。「ちがうわ、ちがうわ」と、かの女はつづけた。「Ja, やめないで、ja」ナチをやっつけてやるのは、プライベートなすばらしい歓びだった。なんといっても、それにはなにかしら清潔なものがあった——ぼくは、ルッターの糞溜めの上のきれいな空気のなかをすべっているような気がした。かの女は解き放され、自由になっていた。まるでこれがけっきょくかの女の自然な行為のように、すっかり解き放され、完全に自由だった。》(『アメリカの夢』河出書房版)

ノーマン・メイラーがここであつかっているのは、直接には性の問題であり、肛門性交といった被陵辱感をともなう性交渉がはじめてつくりあげる、特殊なオルガスムの観察であるが、それはそのまま、人間の被束縛感、抑圧、そしてそこからの解放、自由の感覚の研究につながってゆく。屈伏感のもつ、盾の両面の性格があきらかになる。しかも猶太人(ジュウ)やナチといった言葉が、端的に、ここにえがきだされる性の世界を、社会的あるいは政治的世界の実体にまで、おしひろげる端緒をあたえる。性の世界の緊密な実在感によってひらかれた、屈伏感と解放感、自由の感覚のダイナミズムへの眼が、社会的・政治的世界の構造への眼に拡大されることは自然である。またここには、暴力的なるものへの人間の内部深くにおける新しい意味づけが暗示されていて、それはまた現実世界の外部における暴力的なるものに関わっても、その内容が薄められることのない暗示である。それは僕を、あらためて僕自身の屈伏感のオプセッシオンへとみちびき、そこに新しい光をあてるにたるものである。僕はその光のなかにおいて、僕が二十年前の夏以来感じつづけてきた、屈伏感と解放感、新生の感覚のにじみあいについて、あらためて考えはじめざるをえない。このようにして僕は、現実世界に生きることと文学との、緊張した相関を維持しつづけてきたのであった。

3

いうまでもなく性の領域の問題を、つねに社会的・政治的領域の問題に連続させて、それを理解しようとするのは、滑稽だ。しかもそういうことはとくに必要ではない。僕が自分の、敗戦時の心理的体験およびその残響を、ミラーやメイラーの性的な観察と意味づけにかさねあわせてみようとしたのは、文学におけるイメージがいかに本質的な深みに根ざしており、すなわちその本質から芽ばえた樹のどのような枝や葉に対しても、つねに生きいきした意味づけの樹液をおくりうるものだということを証明したかったからである。また、文学的なイメージの構成によっておこなわれる思考を、文学的思考と呼ぶならば、たとえそれが戦争における敗北についての思考であれ、一度は屈伏の意識そのものの本質的な根、または、肉や骨、淋巴液、胃や腸の分泌液、性的器官、そうしたものをかねそなえている意識としての、人間的な根元にまでたちもどって考えてみるほかないということを証明したかったからである。

現実世界に存在しているひとりの人間の頭を、ある一瞬、ひとつの意識がおとずれる。そのとき、この意識の全体は、それがいかに明確な命題をめぐって限定された言葉によるものであるにしても、抽象的な数行の文章によって完全におきかえられ、再現されうるものではないであろう。小学生が教室で、1+2=3という計算を、かれのちっぽけであたたかい頭の薄暗がりを利用して、暗算している。その瞬間のかれの意識すら、1+2=3という抽象的な表記でもって完全に表現でき、置きかえうるというものではあるまい。小学生は、教室の同級生たち、そのなかの敵と味方、教師たちの存在を、恐怖心や懐かしさ、そのほかの様ざまな感情とともに意識しているし、あるいはかれが空腹であったり、窓からの陽ざしを暑く感じているというようなこともあるであろう。もし僕がこの小学生の意識を、それが教室で実際に存在したとおなじように、文字でもって再び存在せしめようとすれば、僕には1+2=3という抽象的な内容だけでは充分でない。僕は文学的イメージを必要とする。そのとき、本当に文学が選ばれねばならない。*

* 僕はいま、このような情景を自分がどうして小説に書いてみなかったかを残念に思う。すでに僕はそれを書けないと感じる。不思議なことだ。

一九六五年夏、僕はアメリカで暮らしていた。そしてある朝、すでに陽ざしの鋭い大学前広場の横断歩道を渡ろうとして、信号の変る瞬間を待ちうけていた。僕はズボンのポケットに小さな版の『ハックルベリー・フィンの冒険』をいれており、またオレンジ・ジュースやパン、それにサラミ・ソーセージなどをいれた紙袋をかかえていた。僕の脇には、すでに若くはなくなりかかっているフランス人の女流作家が、やはり紙袋をかかえて立っており、彼女は数日前の原爆投下記念日に、ある地方局のディスク・ジョッキーの担当者が、

——ハッピ・バースデイ、ヒロシマ・デイ、ハッピ・バースデイ、ヒロシマ・デイ！　と歌って即刻、馘首されたという話をし、僕は彼女にその放送を彼女自身が聴いたのか、それともそうした報道を新聞で読んだのか？　と訊ねかえしていた。そのとき、オープンにしたフォルクス・ワーゲンに乗った四人のアメリカ人の若者が、僕らのつい鼻さきをかすめて通りすぎ、僕にむかって、どうだ、思い知ったか？　というようなことを叫んで嘲弄した。そこで僕は突然、その朝が八月十五日の朝であることを思いだした。それから僕を、二十年前と、それ以来の、巨大な屈伏感、解放感そして自由の感覚といったものが圧倒的にみたして、僕は眼も昏むような思いだった。それと同時に僕はアメリカ人の若者のもうひとりが叫んだ言葉と、僕の脇に立ったままフォルクス・ワーゲンからの嘲弄に気づかなかったふりをしている女友達の表情とには、いいさみうちされて、すっかり赤面してしまうのをも感じていたのである。それはまことにむきだしな性的な嘲罵の声であって、僕はしたたかに一撃うけ、いわば性的な情緒にかかわってもっとも動揺していたのである。僕はすぐうしろの暗い酒場の入口に逃げこんで、朝からそこにたむろしているアルコール中毒者たちのあいだにかく

れたいと考え、しかし現在、信号は人間の形をした青にかわり、フランス人の女流作家が一歩、歩道に踏みだして僕をふりかえっている以上、そこを渡ってゆかねばならないことはあきらかであり、そこでますます怯んでくるような気分で、広場の中央の、新聞やヨーロッパからの輸入雑誌のスタンドを眺めやり、ゆっくり前屈みに歩き出そうとした……するとまったくそれまでの会話と無関係に、友達は憤ろしげにこういったのであった。言葉もまたそれまでの英語からフランス語にかえて、挑発するように、

——あなたが『博士の奇妙な愛情』のような映画を見て、そこでの戦争や核兵器のあつかいに反撥しないのは理解できない。

このような風に僕はマサチュセッツ州ケンブリッジで暮らした日々のある瞬間を思いだす。そして僕があの瞬間に感じ反応したすべてのことどもを、このような形で再現するほかに方法を見出さない。このような形のイメージ化によらないで、抽象的な整理をおこなえば、たとえば僕のズボンのポケットのなかの『ハックルベリー・フィンの冒険』が、あの瞬間、錘りのように意識された、といったことを充分にすくいあげることができないと感じられる。『ハックルベリー・フィンの冒険』が脱落してしまう。しかし僕にとってたまたま『ハックルベリー・フィンの冒険』は、その瞬間から二十年以前の体験の前後をつうじて、僕が愛読してきた、唯一のアメリカ人による小説だったのであり、それがポケットにあるとないとでは、僕のその瞬間の動揺はいくらか形のちがうものとなっていたにちがいないのである。

僕はそのような形で、あの夏の朝の体験を総合的に理解しようと試み、すなわちイメージとして再現することで、その全体の意味を過不足なく把握しようとす

る。そして僕はそれを他者にむかって伝達する望みをいだくのである。そこでもまた、僕は本当に文学とそれにおけるイメージの効用に頼らなければならない。いうまでもなく、ことはある夏の朝の一瞬の、ありとあるすべての再現にとどまらないであろう。いまここに数百字の文章でもって、ケンブリッジ町のハーバード広場での体験を、イメージとしてふたたび存在させようとしている僕にとって、じつは一年前の現実は、本質的な拘束力をもっているものでない。僕は自由にその細部を変更することができる。現に僕は任意な取捨選択をおこなっている。また、広場にむかっている筈の僕の眼に、背後の酒場の薄暗がりのなかの、おとなしく萎縮したアルコール中毒者たちの姿がはっきりうつっているというような、《事実に反する》細部が重要なものとして再現されている以上、これは厳密には再現ではなくて、すっかり新しい創造である。僕はまったく新しい体験をしようとして、様ざまな細部をくみたてイメージ化しているのだ。そしてそれは、僕自身におけるアメリカの意味を、より深いところで理解するためにである。二十年来の屈伏感、解放感そして自由の感覚の重苦しさ、甘さ、そしてなんともいやらしい、うしろめたさなどのすべてを、あらためて総合的に理解しなおし、体験しなおすためである。僕はすぐに別の数百字で、もっと緊張しもっと充実したイメージを築くために、いまつくりあげた回顧的なイメージをどんどん改変することをはじめるだろう。そのようにして創作が進行する。すなわち、その時にはもう僕にとって、本当に文学が選ばれてしまっているのであり、それをつうじてしか現実世界に関わっても、僕には真の存在感のある体験のくみたてようはなくなっているのである。そして僕がついにそこに到る最終的な文章が、アメリカとの戦いと屈伏と、それ以後の特殊な平和の持続についての、すべての僕の感じ方を、読者に伝達しうるとすれば、そこにえがきだされた一九六五年八月十五日の朝のハーバード広場での光景が、どのように歪められ新しく構成されているにしても、それこそが真実なのだ。その時、文学は本当にそれが選ばれた所以の役割のすべてを果たしたのである。

ハックルベリー・フィンとヒーローの問題

1

僕が家庭教師をしていた時分、僕の授業などは、実際のところ必要としていない優秀な中学生に、岩波文庫の『ハックルベリー・フィンの冒険』を読ませたことがあった。大蔵省だったか外務省だったかのお役人の息子である利巧な少年は、それをとくに楽しむことはなしに読みおわって、

——ハックルベリー・フィンは、まったくの穀つぶしですね、かれは何ひとつなしとげない。黒ん坊ジムを自由にするために、かれはトム・ソーヤアと協力し

ましたが、ジムはそれ以前にワトソン老嬢の遺言で自由になっていたんだから、それも実際にはムダでした。しかもハックルベリー・フィンは、いったん家に戻ると、すぐにも土人部落（テリトリー）に出かけたいと考えているんです。かれは将来のことなど思ってみもしないんでしょうか？　まったくハックルベリー・フィンは穀つぶしですよ、といった。

この黒人救出の計画についてハックルベリー・フィンはこういうふうに反省している。

《それで、成程、トムは自由な黒ん坊を自由にするためにあんな面倒をし、厄介なことをしたのだ！　そして私には、この時この話を聞くまで、どうして彼が、あのやうな育ちでありながら、人が黒ん坊を自由にするのを助けることが出来るのだか、到底了解することが出来なかつたのだ。》（『ハックルベリー・フィンの冒険』岩波文庫版）

トム・ソーヤアは、まともな家庭に属する、まっとうな人間であるから、黒人奴隷制度の上になりたっているアメリカ南部社会とその時代において、社会と時代をまっこうから否定する作業ともいうべき、黒人救出に協力する人間ではありえない。すくなくともかれがそうした人間たりうることを、ハックルベリー・フィンは理解することができない。おそらくは僕の家庭教師先の立派な家庭に、出入りをゆるされる人間として、トム・ソーヤアは、ぎりぎりの限界にいる少年だったにちがいない。ハックルベリー・フィンは、もう絶対に出入り禁止だったことだろう。

そのハックルベリー・フィンも、当時の社会の内部に属しているのではない人間であり、家庭にも属さず、放浪してあるくことをもっとも愉快に感じるようなタイプであって、《つまり筏のやうないい家はない。他の場所は窮屈で息がつまりさうだ。だが筏はさうではない。筏の上は、とても自由で、気楽で、そして気持がいい》と感じるような少年であるが、それでいて、実は、黒人救出に努力することを、当初から望んでいたというのではない。かれがいかなる心理的イザコザもなしに、はじめから黒人ジムを解放することを自然なつとめと感じ、喜びとしていたのではない。

ハックルベリー・フィンは黒人ジムとの筏の生活において、しだいにかれ自身の、時代と社会への態度をつくりかえてゆき、そして最後に、かれ自身の意志において、絶対的な選択、あるいは決断をおこなって、それを終始、持続することになるのである。

はじめハックルベリーはこんな風に考えたり感じたりしている。《こんなに自由に近いと思ふと、俺(おら)からだ中震へて、熱ぼつたくなる、とジムは言つた。ところで、ねえ、私も、彼がさう言ふのを聞くと、からだ中震へて、熱ぼつたくなつたのだ。何故といふに、私は、彼はもう自由になりかけてゐる——それは誰のせゐか、誰のせゐでもない、私のせゐではないか、と考へ始めたからである。私にはどうしても、この考へを良心から取り去ることが出来なかつた。それで私は心を悩まされ、落着いてゐられなくなつた。一と所にじつとしてゐられなくなつた。今までは、私のしてゐるこの事が何であるか、はつきりとは考へなかつた。だが今やそれがはつきりした。そして私につきまとひ、益〻私を苦しめた。私は、私のせゐではない、何故といふに、私がジムをその正当な所有者から逃げ出さしたのではないから、と自分自身に分らせようとした。だがそれは無駄であつた。良心がいつでもかう言ふ。「だがお前はジムが自由を求めて逃げ出したのを知つてゐたではないか。そしてお前には岸に漕いで行つて、誰かに告げることが出来たではないか。」それはさうだつたのだ——さう言はれれば、もう遁れやうはなかった。痛い所はそこだつた。

あるいはまた、ハックルベリー・フィンはこのように考えている。《それから私自身のことを考へてみろ！ ハック・フィンが黒ん坊に自由を得させる手助けをしたといふことがすつかり知れ渡つてしまふだらう。そしてあの町から来た人にいつか再び出会つたら、私は恥かしさのため顔も上げられず、即座に跪いて彼の長靴を舐めるだらう。きつとその通りだ。人が何か卑しいことをする。それからその報いをその人は受けようと欲しない。その時には、隠れてゐられる限り、恥ではないと考へる。私の苦しい羽目はそつくりこの通りであつた。このことを色々と考へれば考へるほど、私の良心は益々私を苦しめた。そして私は益々自分が悪く、低く、卑しく思はれるやうになつた。そして到頭しまひに、ここには私の顔を打つて、私に何の害をも与へたことのない哀れな老婦人の黒ん坊を私が盗んでゐる間、始終上なる天から私の邪悪さは見守られてゐたといふことを私に知らせる、明らかな神の手があつたのだ、そして今やその手は、いつでも見張つてゐて、このやうな憐れむべき行ひが、ここまでは来るべし、その先は行くべからずと禁じてゐる神のあることを私に示してゐるのだ、と突然思ひついた時に、私は殆どその場に倒れさうになつた。》

しかしハックルベリー・フィンの究極の選択は、社会・時代に対しても、神に対しても、決然としてつぎの如くである。その時ハックルベリー・フィンは黒人ジムを密告すべき手紙を書き、それを手にして迷っていた。《それは苦しい立場であつた。私はそれを取り上げて、手に持つてゐた。私は震へてゐた。何故といふに私は、永久に、二つのうちのどちらかを取るやうに決めなければならなかつたから。私は、息をこらすやうにして、一分間じつと考へた。それからから心の中で言ふ。

「ぢやあ、よろしい、僕は地獄に行かう」――さう言つてその紙片(かみきれ)を引き裂いた。

それは恐ろしい考へであり、恐ろしい言葉であつた。だが私はさう言つたのだ。そしてさう言つたままにしてゐるのだ。そしてそれを変へようなどとは一度だつて思つたことがないのだ。私はこのことを全部頭から押し出してしまつた。そして育ちがさうなのだから、私の得手である邪(よこしま)な生活をまた続けてゆかうと言つた。その反対の方は私の得手ではないのだ。そしてその手始めに、私はまたジムを奴隷の状態から盗み出してやらう。そしてこれよりもつと悪いことを考へつけたら、それもやつてやらう。何故といふに私はもう落ち込んでしまひ、永久に落ち込んでしまつたのだから、毒喰はば皿までといふ状態になつてゐるのだ。》

このようにしてハックルベリー・フィンは、いわば実存主義的なヒーローとなる。マーク・トウェインはハックルベリーのために、黒人ジムが、じつはすでに自由に解放された黒人だったという抜け穴を用意してやって、かれが結局は、地獄へ行かなくてすむように工夫したのであるが、しかしハックルベリー・フィンは、いったんそのような選択をしたのであり、かれは再び土人部落(テリトリー)に出発する筈なのであるから、ハックルベリーがやがて、誰からも抜け穴を準備されない地獄への道をたどるであろうことは、ほぼ疑いをいれない。ハックルベリーは、かれの時代・社会そして神からも自由になり、赤裸の状態で孤立して、それらに相対し、《ぢやあ、よろしい、僕は地獄に行かう》という。しかもなお、その瞬間から、かれはかれの時代の、またすべての時代にわたってのアメリカを代表するヒーローとなったのである。

しかし、だからといってハックルベリー・フィンが、僕の利巧な生徒のいった穀つぶしでなくなったというのではない。おそらく僕の生徒は、かれの成功すべき生涯において、ひとりのハックルベリーをかれの家庭にみちびきいれることもないであろうし、かれ自身が新しいハックルベリー・フィンたることを望むことなどは、決してないであろう。僕はかれに一冊の無益な本として『ハックルベリー・フィンの冒険』をあたえたことになる。僕がやがて、かれの家庭教師の職をうしなったことは当然のなりゆきであった。

しかもなおハックルベリーを魅力ある先達とする、穀つぶしのヒーローたちは、とくにアメリカ二十世紀文学において追求されつづけてきた。『オーギー・マーチの冒険』は、そのままハックルベリーの後継ぎの物語であるし、『鹿の園』のヒーローもまた、ハックルベリーの後裔である。ハックルベリーが解放感をもとめて深夜そこにひそむ森や、筏で流れる川がアメリカを代表するのでなく、高速道路や高層建築がアメリカを代表するようになった今日において、そのとおりである。それはもっとも端的にいえば、ノーマン・メイラーが次のように書くような事情によるのであろう。

《そして、この神話、われわれはすべて自由であり、放浪し、冒険をおかし、ヴァイオレントなもの、香り高いもの、思いがけないものの波にのって成長するように生まれたのだという、この神話は、国民の規制家たち——政治家、医者、警官、教授、牧師、ラビ、人臣、イデオローグ、精神分析学者、建築家、経営者、そして無数のコミュニケーターたち——が、精神正常(サニティ)に衛生法、陳腐なきまり文句に平凡な説教と、レンガを山と積み重ねて、現代生活をどんなに囲いこんでみても、けっして手なずけることのできない力をもっていた。神話は、どうしても死のうとはしなかった。》

(『大統領のための白書』新潮社版)

アメリカとはまさにそのようにヒーローの神話が生きつづけ、しかも次第にマス・コミュニケイションによってあたえられた栄養素によって、巨大に、怪物的に成長した国家であった。ヒーローは時に、穀つぶしの様相をすっかり克服して、大衆の眼に、なにか実際的な価値のある存在のように映りはじめることがあった。しかし、陶酔がさめると、大衆はたちまち、昨日のヒーローが今日の穀つぶしにほかならないことを発見するのであった。

ケニス・S・デイヴィス著『英雄』は、そうしたアメリカのヒーローの誕生と死について克明に語っている。この大西洋横断飛行の初の成功者の伝記の副題は、『チャールス・A・リンドバーグとアメリカの夢(アメリカン・ドリーム)』であるが、それは、端的に、アメリカという国家の厖大な人口の夢が生みだすヒーローの本質についてかたるものである。

父親を尊敬し、かれの社会的孤立に接して、父親とともに疎外感をあじわっている、ひとりの少年がいた。かれは成長するにしたがって強まってくる精神的姿勢として、《低俗な世論に対する軽蔑、大衆の気紛れに対する嫌悪、他人との間に一定の距離を保とうとする決意、他人から畏敬を要求し得るような「偉大さ」へのあこがれ》をもつにいたったような少年である。そしてかれはまた、機械に一種の人格(パーソナリティ)をあたえる想像力を、かれの生涯を支配するもっとも重要な能力としてもっていたのであった。*

* ここに僕が簡略に示した着眼点が、デイヴィスの本のもっとも秀れたところだった。このような細部を生かすのでなければ、「ヴィエトナム以後」のアメリカを考えることはできないだろうと、いまの僕は思う。

しかし、少年はとくに指導的な人間たるべきコースを歩んだというのではない。少年は高等学校に入学してすぐに、その前年から大戦に参加して、食糧増産が叫ばれているアメリカにおいて、多くの少年たちがそうしたであろうように、学業を棄てトラクターを注文して農場の経営にのりだす。もし、かれが百姓の仕事をつづけていたとしたら、標準的なおとなしいアメリカ人がひとりできあがったことはまちがいないが、アメリカは、魅力的でかつ危険な、アメリカの夢のひとりの達成者を得ることはできなかった筈である。少年はある日、自分もまた飛行家になることができると考えた。それから、一九二七年春の大西洋横断飛行にいたる道は、リンドバーグ青年にとってまことに直截であり端的である。しかし、いったんかれがそれに成功したとき、アメリカの夢は、じつに厖大な量の光彩にかざられて達成され、かれはすべてのアメリカ人のヒーローとなりおおせてしまったのであった。

リンドバーグ青年とともに、すべてのアメリカ人の想像力が、スピリット・オブ・セントルイス号に乗って海を渡ったのである。それから十年間、リンドバーグは、達成されたアメリカの夢でありつづけねばならない。しかしリンドバーグは、幼時以来のプライヴァシーへの激しい愛着を失わず、かれに対する大衆の熱狂に違和感をもちつづけた。《理想の息子》《あらゆる娘たちの夢みる若者》《キリスト教的青年の完全な手本》としてアメリカの大衆のあこがれの対象であることを、かれは拒否したいとねがった。かれの嫌悪感の本質についてケニス・S・デイヴィスは次のように分析している。

《こうした経験は、一般に熱烈な賞讃や栄誉と考えられているものが、実際に形をとる場合には正反対なものとなることを、彼に悟らせた点で意味があったかもしれない。おそらく漠然とながら彼はここに示されたものが、ある面では自瀆的といってもいい一種のナルシシズムだったことを知ったであろう。なぜならば、「リンディー」とは何百万の人々が栄光につつまれた自分たちのイメージを讃えるための鏡であるとともに、彼のからだに何とかして手をふれ、あるいは屑をふれようとして躍起になる時の彼らの肉体の投影でもあったからだ。それを見て、本物のリンドバーグが胸の悪くなるような嫌悪をおぼえたのも当然だった。》(早川書房版)

栄光につつまれた自分たちのイメージとは、すなわちかれらのすべてにその可能性があることが、この飛行好きの若者の達成によってあらためて確認された、アメリカの夢のイメージにほかならない。百万長者になることが、アメリカの夢であり、世界中から注視される英雄たることが、アメリカの夢である。しかもそれらの夢は、当然、ある日突然に達成されるような条件のもとにある時、もっとも熱情をそそるであろう。リンドバーグはすべての条件において「アメリカの夢」を達成し、すべてのアメリカ人の肉体の投影として現実に存在し、すなわち全アメリカを覆いつくすような巨大さで存在し、かれはすなわちアメリカであり、アメリカ人の総体となった。しかも、かれの内部には幼時以来の、大衆への嫌悪感が暗いうずまきをつくりあげていたわけである。

犯罪者が、もっとも花やかで富裕な被害者を選択しようとして、かれの頭上をあおぎさえすれば、アメリカ大陸を覆いつくす「アメリカの夢」の実体がすぐに眼に入るとすれば、かれはもうリンドバーグを見逃す筈がない。リンドバーグは愛児を誘拐され、殺害され、ついにアメリカを去る。しかし、かれが再びアメリカに帰ってくる時、かれはいわばアメリカの夢の達成者としての立場の、逆のがわから、アメリカの大衆にむかっているのである。それがリンドバーグの生涯の、ヒーローたることの、それもアメリカの夢の具現者として巨大なヒーローたることの意味の、もっともスリリングな瞬間を構成することになる。リンドバーグがアメリカを去るにあたってポートランドの『オレゴニアン』紙が《われわれは初めてまともにアメリカの恥辱に直面した》《民主主義が犯罪者のなすがままになっていると見えることぐらい、ヨーロッパの独裁者たちを喜ばせるものはない》という論説をのせたということは、やがてヨーロッパから帰ったリンドバーグが、一種の民主主義への挑戦者となったことと考えあわせて、興味深い。

リンドバーグはかねがね医学者アレクシス・カレルと親交を結び、人工心臓の研究に共同作業をおこなっていた。アレクシス・カレルはまことに特徴的な人物である。アメリカは時に、かれのようなファナティックな医学者を外国からまねきよせて研究の場をあたえる。かれと思想的な立場は（ナチスとの相関においてなど）まったく逆であるが、『オルガスムの原理』やオルゴーネ箱のウィルヘルム・ライヒもまた、アメリカに最後の土地をもとめるほかないファナティックな、ほとんど気狂い科学者めいた天才であった。もっともアメリカが、最後にはこうした反日常的な人物を拒否することも確実であって、カレルは対独協力者の汚名のうちにフランスで死に、ライヒはニューヨークにおいて死ぬことはできたが、その場所は刑務所の中であった。

カレルやライヒ（たとえばかれの『小人よ・聞け（リッスン・リトルマン）』においてなど）のようなタイプの医学者の特徴のひとつは、人間の肉体について獲得したにすぎぬ確信を、尊大にも人間の社会・制度にまでおよぼして考えてゆるばかりか、実際に社会に対して働きかけ、自分の理念を実現することを望むにいたることである。* カレルは《人間は、科学のまだ存在しなかった十八世紀に発明されたデモクラシーがわれわれに信じさせてきたように、決して平等に創られたものでないことは、逃れられない事実である》などといい、指導者としてのエリートを科学的につくるための研究所の開設を望み、また次のように語ったということだ。《あるいはわれわれがアメリカでつくっているような雑種文明が最良の精神を生み出すかもしれない。……われわれはまだ偉人の発生過程を本当に知らないからだ。ただ、われわれが犬の飼育において行なっているように、それらの純血種族のうちから最悪のものを抹殺し、最良のものを保存することができれば、おそらくそれも有効であろう。》

* 現在の分子生物学者の仕事についてまで、僕は「尊大にも」とはいわないが、この考え方はなお、いまの僕のなかに生きていると思う。

アレクシス・カレルは『未知なるもの、人間』を一九三五年に出版したが、それについてデイヴィスはこう解説している。

《このような書物が、ムッソリーニのエチオピア攻撃やヒットラーのニュルンベルク法の年に有力な批評家から賞讃をうけ、ベストセラーになったことは、自由主義者の心を動揺させた。彼らはまた、このカレルが、アメリカの最も偉大な英雄で、専ら技術教育だけを身につけ、その個人的悲劇をアメリカ・デモクラシーの「訓練」の欠如に由来するものと信じているらしい、一人の反社会的傾向をもった青年の上に明らかに及ぼしてきた影響に、心を痛めずにはいられなかった。》

英国滞在中のリンドバーグは、一九三六年夏、妻とドイツを訪問してナチスの巨頭たちと親しくまじわった。三七年、三八年にも、かれはドイツを訪ねた。そしてかれはナチスの航空機生産能力に激しい印象をうけた。やがてヒットラーはリンドバーグに、鷲と星の功労十字章をおくる。それはミュンヘン会議の背景において、ドイツの空軍力に高い評価をあたえ、対立国にショックをあたえた、リンドバーグの功績にむくいるものだという観測をも許すものであった。勲章と共にかれは帰国する。

そしてリンドバーグは一九三九年のナチスによるポーランド侵入、英仏の対独宣戦にあたって、《年もまだ若く、魅力に富み、勇敢で、粘り強く、世論のための戦いでは合衆国大統領を相手にまわして最後まで戦い抜く力を持っている男》として、ラジオを通じ、ルーズベルト大統領の参戦政策に対抗しはじめるのである。かれの論理の基盤は、直接アレクシス・カレルの匂いのする人種的偏見であった。かれはヒットラーとすら手を握って、白色人種を自己防衛する壁をつくることを願った。

結局、パール・ハーバーの攻撃は、リンドバーグを一敗地にまみれさせて、かれの、アメリカの夢を達成したヒーローとしての時代は終るのであるが、かつて飛行機によって大西洋を横断しアメリカのヒーローとなったリンドバーグが、当時、最大のマス・コミュニケイションであったラジオをつうじて大統領に対抗し、かなりのところまで脅かしたことはまことに暗示的である。

アメリカの夢。そのもっとも端的な表現は、大統領となることであろう。そしてリンドバーグがラジオをつうじてやったことは、もうひとりの大統領として、ルーズベルトに対抗することであり、それはまさにかれが飛行機でパリの空港に到着したとき以来、昇りつめてきたアメリカの夢の階段の、最上階に達したことを意味するものであろう。

逆に、一介の飛行士が、なぜ大統領にさからって(もしリンドバーグが反ルーズベルトの宣伝をやめて協力するなら、かれを将来設置されるべき空軍省長官にしようという申し出さえなされたという噂もあった)ラジオで戦いをいどむ気になったか？ それは、かれがアメリカの夢を達成したヒーローとなった時、かれのヒーローとしての道は、もう大統領への階段をのぼることよりほかに、前へ進みようがなかったからである。アメリカの夢を具現したヒーローは、次には、大統領か、反(アンチ)・大統領たるしかない。空軍省長官などというポストはまったくなんでもない。そしてリンドバーグは、かれのラジオ放送が巨大な関心を呼びおこした以上、リンドバーグ＝英雄的飛行士というイメージにとどまらず、リンドバーグ＝アメリカの夢＝真の大統領というイメージを、厖大な数のアメリカ人大衆にいだかせていた筈ではないか。そのような激甚な飛躍が、アメリカの夢というスプリングボードを介して可能なところの国、アメリカ。そこにおいてヒーローとはじつに独特な意味あいをもつ筈である。*

* ニクソン以後、アメリカ大統領のイメージは変ったと思うが、カーターの自己演出を見ているとそうもいえぬかとも思う。

2

ハックルベリー・フィンは時代・社会の外側に《ちやあ、よろしい、僕は地獄に行かう》という決意の声とともに敢然と跳びだしたヒーローであった。リンドバーグは、かれの孤独な地獄の上を飛行したあと、大衆にむかえられたが、ハックルベリーの生来もっている大衆への異質感とは別に、積極的な敵意をもって大衆に冷たく沈黙して対し、反(アンチ)・大統領たることでもってアメリカの夢のもっとも奇怪なひとつの可能性を暗示した人間であった。ところが、これから僕がそのうちにひとつのアメリカ的なるヒーローの本質をあきらかにしようとする人物は、ハックルベリーとは逆に大富豪の家に生まれた。リンドバーグ同様、若く勇敢で魅力的なハンサムであるが、大衆と親しく連帯する(あるいは連帯の幻影を巨大に構築する)ことに成功して、反(アンチ)ではなく純正の大統領となり、しかもハックルベリーもリンドバーグも体験しない、もっとも苛酷な死をとげた人物である。

ジョン・F・ケネディについて、二冊のまさに対蹠的な書物が書かれている。一冊は、ケネディの側近であったシオドア・C・ソレンセンによる伝記であり、もう一冊は、ノーマン・メイラーによる『大統領のための白書』である。この二冊の本の明瞭な相違は、ソレンセンが、ケネディの大衆宣伝用につくった幻影あるいはイメージの内から、一歩も出ないのに反して、メイラーは、大統領の当選にさきだっては、メイラー自身のケネディ幻影、ケネディ・イメージによりかかってそれのみを語り、当選後は、その幻影とイメージの城からケネディを批判することで、やはりかれ自身の大統領幻影、大統領イメージを語っていることである。そして両者とも、アメリカの夢に明暗双方からいろどられた、ヒーローの存在についてあきらかにしている。

ケネディの死後に書かれたこの本の序文で、メイラーは次のようにのべている。《それにしても、ジョン・F・ケネディはすばらしい男だった。現代の民主主義は、境界線がはっきりしない圧制(テイラニー)である。われわれは止まれをかけられるまで真直に旅することによって、はじめて自分がどこまで行くことができるかを発見する。ケネディは急いでわれわれに止まれをかけようとはしなかった。たとえかれがアメリカの健康(ということはつまり、われわれの活力)は、ひとつにはその無法者たちの独創性と情熱にかかっていると信じていたとしても、ぼくはおどろかないだろう。

それから、もちろんかれは無法者によって殺された。これは悲劇であるが、しかしびっくりすることではない。ヘロイズムはしばしば、英雄を殺そうと決心している人間に生命をあたえるからである。究極的にいって、英雄とは神々と議論をし、そうして悪魔たちを目覚まし、悪魔たちにかれのヴィジョンを争わせる人間である。ひとは多くのものを達成すればするほど、悪魔が自分の創造の一部を占有することを、ますます確信するだろう。》(新潮社版)

おなじ序文でメイラーは《ひとが十分に気づかなかったことは、かれのユーモアの大きさだった》といっているが、ケネディのユーモアについての評価が、おそらくソレンセンの本とメイラーの本の唯一の共通点であろう。ソレンセンの本において、もっとも印象的なのは、ケネディとその側近たちを囲むユーモラスな雰囲気である。ソレンセンはかれの《単なる忠誠と愛情からでなく、深いプライドと確信から》ケネディの功績をほめたたえた本を、次のような文章で結んでいる。

《彼は大きな人間だった。だれが想像するよりも、もっと大きな人間であった。そして、ケネディ時代に生きたことは私たちにとって幸せであった。》(『ケネディの道』弘文堂版)

しかしソレンセンの本でケネディはとくに大きな人間として魅力があるのではない。ひとりのアメリカの青年が大統領たることをめざす。かれはこのアメリカの夢に熱中する。かれにとって、大統領になったあと、どのような政治をおこなうかというイメージが明瞭であるかといえば、それはそうではない。それはとくに重要な問題ではないのではないかと疑われる。ケネディ上院議員にとっては、大統領たること、アメリカの夢を具現することのみが、究極の問題であるように見える。リンドバーグにとって大西洋横断後の栄光が目的でなく（それはかれ個人の内部において時には、しかもたびたび、嫌悪し拒否すべきもののようにさえ感じられる）、ただ大西洋横断の冒険において実現すべきアメリカの夢のみが問題であったように、ケネディ上院議員にとっては大統領選に勝つことのみが、目的であるように見える。そしてかれとそのグループは、あたかも、リンドバーグがかれの唯一の才能として飛行機の技術を持っていたように、かれらの唯一の才能として選挙の技術を持っているように見えるのである。「偉大な」ケネディの崇拝者ソレンセンの本で、もっとも魅力的なのは、ケネディとそのグループが生きいきと選挙にのぞんでいる雰囲気であり、その自然なユーモアであり、それは読者に、アメリカとは、ごくふつうのひとりの青年が、大統領たることの可能な、そうした国なのではないか、という夢を、すなわちアメリカの夢を実感させるにたるものである。

《新大統領はホワイトハウスの住人になったといolder少年らしい誇りと興奮から脱けきらなかった。就任一日目、ポール・フェーと弟のテディをつれてミサにいった帰りにホワイトハウスの執務室に案内し、ほとんど空っぽの執務室にただ一つある椅子に腰をおろし、椅子をくるくる回しながら、うれしそうに「ポール、どうだい、結構かね」とたずねた。そこで、ポール・フェーはみなの気持を代弁して、こう答えた。「いまにだれかやってきて、OK、三人とも出てゆくんだよ、と言うんじゃないかという気がしますね」》

あるひとりのアメリカ青年とその仲間が、ホワイトハウスの大統領執務室に入って時をすごしている。だれもが、すぐにこの場所の正当な所有者(それはリンカーンみたいなヒゲを生やした三メートルもある巨人である)があらわれて、OK、出てゆけ、というと思っている。しかしいつまでも巨人はあらわれず、時がたち、青年たちはかれらこそがそこの主人であることを発見する。そうしたアメリカの夢の童話が可能に感じられるようなホワイトハウスでの気分を、ソレンセンはつたえているというべきであろう。このアメリカの夢の感覚が、すべてのアメリカ人のヒーローの感覚の根柢にあることを、ハックルベリー・フィンのイメージがそれと共存することを考えあわせながら、僕は、すくなくともそのように空想することでアメリカを理解することを好む。*

* もちろんこれは誤解にもとづく空想だが、いまもそれを好まぬとは、僕はいわない。

ノーマン・メイラーはかつてこのように書いたことがあった。《自惚れが強く、中身はからっぽで、しかもいばりちらす、今日の多くの人間と同様、ぼくもまたこの十年間、心ひそかに大統領をねらって立候補しつづけてきた。》running for President という言葉は、American dream という言葉と、ほとんどおなじ意味合いのように思える。メイラーは現に、『アメリカの夢』という小説を書いて、そのヒーローを、「ジャック・ケネディ」とおなじ戦争英雄で、かれと同時に国会に選出されたことのある人間としてえがきさえしたのであった。そのメイラーが大統領候補となったケネディを援護するために書いた文章『超人(スーパーマン)スーパーマーケットへきたる』と、ケネディが大統領に選ばれていくばくかの仕事をしたあとに書いた文章『序文のための白書—英雄と指導者』は、メイラーのケネディについての幻影あるいはイメージ、かれが大統領というヒーローにかける激甚な期待というものを、われわれに理解させるにたるものである。

ケネディが大統領候補に指名されるにあたって、メイラーはかれのヒーローのイメージをくりひろげた。《そうだ、政治の生活と神話の生活は、あまりにも遠くかけ離れてしまった。両者をたがいのもとにつれもどすものは、なにひとつなかった、共通の危険もなければ、目的もなく、希望もなく、いちばん本質的なことには、英雄もなかった。アメリカが必要としたのは英雄であった。かれの時代の中心である英雄であり、地下の疎外された回路にたっするかもしれない矛盾と神秘を暗示する性格をもった人間であった、なぜなら、ただ英雄だけが国民の秘密な想像をとらえることができ、それによって国民の活力を益することができるからである。英雄は想像を具現し、したがって個々の精神に自己の想像を考察し、成長する道を見つける自由をゆるす。個々の精神は自己の願望をいっそう意識するようになり、自分自身から隠れて力を消耗することを、よりすくなくすることができる。》

ルーズベルト大統領は、メイラーによればそうした英雄であったのである。《性的なもの、性に飢えたもの、貧しいもの、激しく労働するもの、想像的に裕福なものが、大統領のうちに自分たち自身を見、大統領を自分たちのような人間だと信ずることができた。だから、この国の大半がエネルギーを発見することができた。国は時代を窒息させる有毒な栄養物だと感ずるために浪費されるエネルギーが、そんなに多くはならなかったからである。

単純すぎる？　たしかにそうだ。単純なモデルを描こうとしているのだ。命題は、けっきょくそんなに神秘不可思議なものではない。それはただ、英雄はかれの時代を具現し、かれの時代よりもずばぬけて良くはない、だが、英雄は遠大な精神をもち、したがって時代に方向をあたえることができ、国民を鼓舞して、その性格の最も深い色合いを発見させることができるという考えにちょっと注意をひくだけである。根本的には、英雄という概念は、非人格的な社会的進歩と対立し、社会的病患は社会的立法によって解決することができるという信念と対立する。なぜなら、この概念は、国はその国の性格を自分にたいしてさらけだして見せる英雄をもつまでは、自分の性格のなかにほとんどすっかり閉じこめられている、と見るからである。それは、英雄がなければ国民は不活発になってしまうということを、暗に意味する。》

ケネディはどうなのか？　そうした英雄なのか？　ということをメイラーは考えてみなければならない。かれはケネディの特質を数えあげる。《戦争英雄、英雄的行為は真実であり、異例なものでさえある、死とともに生き、背中を不具にされて、かれを殺すか、それとも回復して権力につかせるかの、二つに一つの手術をうけた男、ファースト・レディは家事運営の執行者であることを好む民主主義の趣味にとっては、あまりにも空想的すぎるかもしれない顔をした淑女(レディ)とすすんで結婚した男、自分の政治上の先輩たちが自分を、もうそろそろよかろうとかんがえるより四年、八年、あるいは十二年もまえに、指名選挙をねらって全力をつくすことに決心して、政治的自殺をもとめた男、大会の一週間前に、青年は老人よりも歴史を指導するのにいっそう適していると声明する男。》

そしてメイラーはケネディの戦時の体験、かれ自身も負傷しながら、部下の救命ベルトの革ひもを歯でくわえて五時間も泳いだ体験に、自分のもっとも求めていたものを見出し、ケネディに英雄の光彩をあたえる決意をした。《それは自分のうちに死を感じ、自分の生命の危険をおかすことによって、自分の内部にあるその死を治すことができるということに賭ける人間の英知である。それは本能の治療(セラピー)である。これを不合理と呼ぶほど賢明な人間があるだろうか？　ケネディは、海軍に入隊するまえ、病気がちだった。黄疸で長患いの洗いおけで、プリンストンの一年生から洗いすてられ、ハーバードでは一年間病気をし、すでにフットボールでの怪我で背をいためていたかれの試練は、憤懣と野心が自分の肉体にはあまりにも大きすぎる男の、自己憎悪を思わせる。だれでも自分の激情を精神分析医のカウチの上で吐きだすことができるわけではない。なぜなら、怒りのうちには、ただ権力を獲得することによってのみ、はじめて和らぐことのできる怒りがあり、英雄となろうと試みるか、でなければ、すでに細胞のなかに存在しているあの死にもどっていくことを要求するほど非常に大きな激怒があるからである。だが、もしひとが成功するなら、呼びさまされたエネルギーは、それこそ異常なものとなりうるだろう。》

そしてノーマン・メイラーは、ケネディにじつに巨大な望みをたくしたのであった。

《事実、国がその想像力を回復し、国の開拓者(パイオニア)が予期しないもの、測り知ることができないものを渇望するまでは、人間の肉体に温か味をあたえる政治は存在しえない。それはわれわれが希望を託することのできる、将来に訪れる変化であった。このような人物が政権をにぎるとき、国民の神話はふたたび溌剌となるだろう。》

しかし、やがて大統領となったジョン・F・ケネディへの、ノーマン・メイラーの診断は、次のようであった。

《かれは大統領の伝統にたいする感覚と歴史の感覚をもっている――そして、偉大な人間になりたいという望みをいだいている。たしかにかれは偉大な大統領になるための、あらゆる資格をもっている——政治感覚、大衆の反応を感知する感覚、プロパガンダの感覚、情報をキャッチする能力、世界中が白熱しているときに、冷静をたもつことのできる能力、政府の立法部と行政部がたがいに抗争をつづけるのを中止させる機知、不必要に敵をつくらないようにすることができる、おそらくは過剰なほどの能力——そうだ、かれはあらゆる資格をもっている。たったひとつを除いてはだ。かれは、想像力をもっていない。》

3

僕がハックルベリー・フィンや、飛行士リンドバーグ、暗殺された若い大統領ジョン・F・ケネディをつうじて考えてきたのは、ヒーローの問題である。かれらは、あるいは筏でミシシッピー川を流れることに最大の自由を見出す、正真正銘の穀つぶしであり、あるいは大西洋を横断飛行してアメリカの夢を具現しながら、一種の反(アンチ)・大統領として大衆に挑戦した孤独な自我狂であったし、また、その逆に、純正の大統領になりおおせたのち、ヒーローのみを狙う犯罪者の野心にたおれた人物であった。かれらは、まさにおのおの対極をなしているが、しかし、かれらは共通して、アメリカとアメリカ人を表現するイメージである。それは現実世界とフィクションの世界をこえた、ヒーローというものの効用、役割であろう。

ジョン・F・ケネディの死後、あの大統領は偉大な人間だった、とメイラーに語りかけたパーティの女客にむかって、いや、かれは偉大な人間じゃなかった、とメイラーは答えた、とかれ自身で書いている。《「かれは偉大になることができたかもしれないし、失敗したかもしれない人間だった。いまとなっては、だれにもわからない。これこそ非常に恐ろしいことなのだ」

それは非常に恐ろしいことである。悲劇とは、手足の切断である。記憶の無数の神経が、もはや存在しない手や足に走りかえる。》

すなわちメイラーは、ああした失望の診断をくだしたあとも、ケネディにすっかり期待をうしなっていたわけではなかったのだ。かれがケネディあるいは、かれの幻の大統領に望みをかけていたのは、ひとりの人間の顔をもって、国家を人格化することのできるような英雄の出現である。そしてそのような政治家の出現によって活気をあたえられる政治を、メイラーは実存的な政治と呼び、それなしではアメリカ社会が、やがては全体主義にいたるべき疾患から、回復することはないとみなしているように思われる。そして実際、アメリカの夢について考えてみることのある者なら、メイラーの期待は、いつかみたされることがあるかもしれないという、緊張感のみなぎる着想にいたる瞬間があるであろう。すくなくともアメリカという言葉の響きは、いまなおそうした着想を許すだけの、柔らかくエラスティックな部分を持続しているように思われる。しかしその達成のときには、メイラーがいわばアメリカ人の無頓着さで軽やかに使用した「権力」という言葉が、より重くより危険に自己主張しはじめるのであろうが*……

* この課題はアメリカがヴィエトナムの傷からもっともあきらかに回復してのち(それにはなお時が必要だろう)、新しいアメリカがどうふるまうかを見て、考えなおしてみなければならない。

アメリカの問題から、小説の世界の問題にかえってくるとしよう。小説家がヒーローをつくりだし、かれの顔、かれの肉体、かれの感覚、かれの属性のすべてをつうじて、ひとつの世界のイメージをつくりあげようとするのは、それが小説の技術的必要のみにもとづくのでないことを、僕はあらためてくりかえさなくてもよいのではあるまいか？　メイラーはＦＢＩについてこういう、《ＦＢＩは歴史的には顔がない。顔がないから、陰険であり、悪疫みたいであり、邪悪な勢力である。顔のない権力は、国家の病気である。》確かにそのとおりなのだ。現実世界に、生きいきした、死滅にむかっていない、創造的な力をあたえようとすれば、われわれはそこに人間の顔を、しかもヒーローとしてそれを代表するにたる人間の顔を見出さなければならない。小説家が皮膚を剝がれた手のような敏感さで、さがしもとめているヒーローもまた、おなじ実存的意味あいをもつものである。

なぜ人間の顔でなければならないか？　それはわれわれの意識の構造が人間の顔を必要とするからである。僕は音楽家武満徹の意識の構造について、次のように書いたことがあった。かれの音楽が僕に一匹の蛇について考えさせた。その蛇は、かれ自身の尻尾を嚙みくだいて血の匂いのする濃い真紅の暗闇のなかへかぎりなくはいりこんでゆく。また、かれの音楽は、夕暮の山にむかって立っているひとりの男を考えさせた。かれは、世界そのものというべき山にむかっている。そして一瞬、自分自身の体のなかの暗い隧道をくぐりぬけた蛇の頭が、夕暮の山の背後の赤い空にぐっとあらわれてくるのである。この奇妙な悪夢のような僕のイメージにおいて、自分自身にかぎりなく入りこんでゆく蛇は音楽家であるし、夕暮の山塊にむかっている人間も音楽家であるのだった。ひとりの人間がその内部の奥底にむかって閉鎖的にはいりこむことが、世界にむかって意識をひろげることと一致する、ということにおいて、僕は人間の意識の構造を理解したいのである。すくなくとも、音楽家のみならず小説家もまた、そのようにかれ自身の意識を中核におくことにおいて、個人的な死をうちにひめた、かれ自身の恐しい孤立無援の状態と、眼もくらむほど厖大な数の人間群が生まれては死につづける世界全体とのあいだに橋をかけなければならない。そこで、ひとりの人間の顔が、個人と社会そして世界をむすびつける、基本的かつ究極的な役割をはたすことになるのである。そのようにして小説家はヒーローを探しはじめる……

*

＊ 最近の武満徹の仕事は、楽器の舞台上の配置にしてからが、意識的に構造的である。いまの僕は「構造」という用語について、より方法的に明確化しえていると思う。

ただひとりのヒーローすら見出しえない世界は、宇宙科学小説のペシミスティックな気分にいろどられた、世界の終焉以後の世界である。もっとも数十億の人間群が存在しながら、しかもなお、ひとりのヒーローの顔を発見できない、という見通しもまた、よりシーリアスな小説の書き手は空想する。ノーマン・メイラーのアメリカにかかわる危惧は、そのように世界全体にも拡大できるものであろう。したがって小説家はヒーローをさがしつづける……

作家は絶対に反政治的たりうるか？

1

僕がまだ二十歳になっていない駒場の学生で、なかば栄養失調であった時分、僕はひとつの滑稽な長篇小説をノートの切れはしとか、本のカヴァーの裏側とかに書きとめていた。最近、そのころからの、もっとも親しい友人のヒントによって、僕はそれをいかにも明瞭に思いだした。タイトルは、『ある大女の生涯の冒険』というのであるが、内容はまさにタイトルそのままである。ひとりの凄じく肥満した女、河馬に動物園長があたえる名前みたいに、デカコとみずから名のっている若い女が、ごく普通の日常生活を（といってもそれは、一般の体重と胴まわりの女にとってならば普通な筈のという意味であるが）おくっている。ところがデカコはあまりにも肥満しているので、たとえば化粧室の扉をくぐりぬけ、その窮屈な内部にはいりこむだけのことが、彼女には大冒険なのである。僕は、彼女のアセモに赤い、肉の棒みたいな腕の側面や張りだした腰が、扉の枠とすれあうありさまなどを幾ページも描写したものだ。彼女が旅行に出たりすると描写はなおさら大変で、駅にたどりついたところからひとつの章をはじめても、通りぬけ困難な改札口やら地下道やらの、次つぎに出現する難所におけるデカコの細密描写に疲労困憊して、結局僕は彼女が急行列車に乗りこむところまで努力をつづけることができない始末だった。無益な話だ。僕はやがて『ある大女の生涯の冒険』の草稿のすべてを紙袋にいれたまま棄ててしまったし、そのようにも厄介なヒロインのためにあらためて新しい小説を書こうとしたことはない。しかしそれ以来、巨人的な存在にたいする趣味は、僕の頭のすみに一種のコンプレクスさながら癒着してしまった。僕は渡辺一夫訳『ガルガンチュワとパンタグリュエル物語』をくりかえし愛読するものであるし、新作家の小説にしても、たとえばシュテファン・シュネックというアメリカの作家の『深夜玄関番(ナイト・クラーク)』が、《アメリカ文学における最も肥満した男》を描けば、その奇怪なヒーローに冷淡でいることはできなかった。大阪の、遅れてきたダダイストたちが発行している雑誌は、僕のことを《ノーマン・メイラーのダッコちゃん》と愉快ではあるが的はずれな嘲笑でかざってくれたが、おなじ雑誌に、かつての不運な野心家の相撲とりを思わせる、東富士子という名前の大女のアルサロ女給の活躍する小説が載った時には熱中した。新聞記事にしても、ブラジル北東部ペルナンブコ州に住むイノセンシア・コラチーノ・リラという二四二キロもの体重のある女性の記事などは、それに無関心でいることのできない性質のものであった。憐れにも凄じく肥満した彼女と、痩せほそった夫、四人の子供の、いかにも救われがたい絶望的な気分、最悪の家族的雰囲気のみなぎる新聞写真を、僕は数年前から書棚にピン・アップしている。*

* この写真を前にしての永い間の夢想は、『万延元年のフットボール』に結実した。

これら肥満するが上にも肥満した人びとが、隘路にゆきなやむ姿さながら、悲惨にも、また滑稽にグロテスクに、今日の作家は、日々せばまってくる政治の迷路の壁のあいだを、その肥満して活動の鈍い、しかし感じやすい弱い皮膚をもった躰でもって、懸命に駆けぬけねばならない。かれの腕が、腰が、危険な壁にふれておかしな摩擦音をたてる。今日の作家にとって、無事に政治の迷路を通りぬける法があるだろうか？いったいエレンブルグはどういう具合に駆けたのか？しかしかれにしても人知れず裸になれば、数しれぬ擦過傷で血まみれの、恥かしい躰であるかもしれないではないか。おおむね作家には、ふたつの死に方が可能である。任意のひとつの時代に荷担して、自分自身の意志によって死ぬか、他人の意志によって殺されるかすること。さもなくば、かれは、すべての時代に荷担しながら(すなわち望む望まぬとにかかわらず、肥満したかれの躰が、政治の迷路の壁を擦らないでいることはありえないのであるから)生きて、生きて、生きのびねばならぬ。百歳の長寿もなお、ものほしげなかれのためには短いくらいだ。広島で被爆したひとりの作家がいた。かれは原爆以後の世界、新しい洪水後の世界に生きて、切実な創作活動をおこなっていたが、朝鮮にもうひとつ別の洪水の兆候たるべき戦争がふたたびおこると自殺した。また、少年期には大逆事件に連座した同郷の叛逆者の運命を悲憤し、そして成長するとかれの生涯に出会ったすべての戦争にしだいに深く荷担し、亡国を嘆き、しかもなおマッカーサー将軍をたたえ、延々と生きて、厖大な量の荒涼たる作品をのこし、文化勲章をうけ、ラジオ録音中に心筋梗塞で死んだ作家がいた。そしてひとつの時代に殉じた作家のために、すべての時代に荷担した作家は哀切な悼歌をおくった。

《宵ノ間ハ酒場ニテ／少女ラト笑ヒシガ／土手ノカゲ／線路ノ闇ニ枕シテ／十一時卅一分／頭蓋骨後頭部割レ／片脚切レテ／人在リヌ／詰襟ノ服ヲマトヒ／ヨキ服ハ壁ニカケ／友ノタメ残シ置キシハ／ヌケガラニ似テ／「崩れ墜つ天地のまなか／一輪の花の幻」思ヒツメ／来世ハ雲雀ト念ジ／人死ニヌ／サリゲナク別レシ友ニ／書キ置キハ多カリキ》*

＊ これはいうまでもなく、原民喜の死を、佐藤春夫が悼んだ詩句である。

もしひとりの人間が今日、作家として出発するなら、そしてもし、かれに選択の自由があるなら、かれは右にあげたどちらかの道をえらばねばならない。おそらく第三の道あるいは中間の通路は、すでに閉じられてしまったのである。もっとも外目には、ひとりの作家が無傷で政治の迷路の曲り角を駆けぬけたように見えることがある。しかしかれはいつのまにか人知れぬ擦過傷をおっている筈である。遠大なプログラムが必要とされる詰め将棋のように、なかなか追いつめられないが、やがてかれは、自分が八方ふさがりの場所で、王手をかけられていることに気がつかないではいない。たとえば日韓条約について、大半の日本の作家たちは、政治の迷路を無傷でとおりぬけたように見える。日韓条約の締結のあと韓国を旅行して、そこで味わった異邦人むきの酒池肉林について、無邪気な報告をした流行作家もいるほどだ。かれのささくれだった良心は、まことに天気晴朗の模様である。僕はこの条約が議会で強行採決された真夜中、傍聴席に坐っていた。翌朝、僕は恐怖心とそれに深く根ざした嘔気とを感じたという文章を書いた。それにむかってある美しく強健な肉体で名高い若い作家がいう、それは嘘だ、レトリックだと。いまや政治をそのように実感しうる筈はないと、かれもまた無邪気な確信をこめて、いかなる根拠もなく。しかし、もしかれが日韓条約の、われわれとひとつの条約による結びづなをへだてた向う側で、いま現におこっていることどもを、ほんの少しでも気にかけてみるくらいは、怠惰でなかったとしたら、かれもまた、平気でヨットを楽しんではいられなかったのではないかと思われるのである。[＊]

＊ もちろん石原慎太郎の生涯の道すじと、僕のそれは

限りなく遠いものとなった。

その事件の一部始終について『統一朝鮮年鑑65〜66』がつたえている。一九六五年七月九日、韓国の若い作家、南廷賢が、短篇小説『糞地』を発表したことによって「反共法」違反(利敵行為)の嫌疑で拘束された。その日はたまたま、京城の作家たちが《主体性を喪失した売国的な韓日条約破棄、批准阻止》の声明書を出した日であったことも記憶されねばならない。南廷賢の拘束は、日韓条約反対の韓国の作家たちの動きをおさえるためのひとつのデモンストレーションでもあった筈である。

『糞地』とはどのような小説であるか? ヒーロー洪万寿の父親は、独立運動に参加して日本政府に殺害された。8・15解放直後、母親も米兵に強姦されたあげく気が狂って自殺した。そしてひとりの姉が(おなじ年鑑に、もうひとつ別の個所では、妹と書かれている)米軍のスピード曹長の妾になったことに憤激したヒーローは、スピード曹長の妻であるビーチ夫人を、向美山という場所につれだして強姦した後、米軍に包囲されて爆殺される、という筋立てだとのことである。

この小説のうち問題にされた(すなわち「北」の宣伝材料になる利敵行為と朴政権によって非難された)部分は、たとえば次のようだ。《異邦人達の溢れる性欲と食欲とにつかえるため、また一つの高層ビルディングがきれいに建てられるかもしれない》、《韓国は、異邦人達のたらした小便と糞水だけを主食にし……》、そして《事実を具体的に表現することのできる自由すらない世の中》といった文章が、「北」の宣伝に同調するものとみなされたのだというのである。ここでわれわれが、あらためて銘記すべきことは、右の文章の異邦人という言葉の指すものの、少なくとも二分の一は、われわれ日本人であること、そして、新しく建てられる高層ビルディングとは、日本人ビルと呼ばれるものだということであろう。

韓国の若い作家がその作品活動において、強権に拘束される。かれの拘束の原因をつくった作品の、批判のホコ先は、なかばわれわれ日本人に向ってむけられている。すなわち、かれを拘束する強権の側に、われわれ日本人は属しているのである。それを単なる論理の飛躍だというものがいれば、かれは朴政権のよって立つところについて（しかもそれは日韓条約の成立後、とくにあきらかに、強力に、海のこちら側から梃子入れされているのであるが）正当な想像力をもたないのみならず、最小限の国際的事実すら知らぬものであろう。政治的傍観者にモラルの退廃をひきおこす毒素の主要な二つが想像力の欠如と無知とである。それらは相乗しあって効力を倍加する。南廷賢は、拘束後一週間たって、若い批評家たちをはじめとする韓国の文学者たちの抗議によって釈放されたが、かれを不当に拘束した強権（それは直接には朴政権であるにしても、間接的かつ根本的には、われわれの政府をもふくむ強権であるが）に対して、われわれの国の作家たちのいかなる集団も抗議しなかった。それは単に、われわれがそれを知らなかったことにのみ由来するのであろうか？　しかし朴政権下のこうした事件が新聞に報道されることがないように、日本のジャーナリズムを改造したことについての連帯責任は、われわれにもあるのである。僕が心底、嫌悪感と不安に耐えないのは、戦後に育った人間として、中国および韓国に対して持つことがさほど不当ではなかった、自分たち以後の世代は、そこで罪をおかしたことがない、という免罪符のもっとも有効な種類のものを、いまや放棄せざるをえないのではないかと感じるからである。今日ふたたびわれわれの国が韓国の強権と共に、ひとりの韓国の作家を弾圧しているのである。それはじつに肌寒い感慨を湧きおこらしめる事態ではないか？　それでもなお、日本の作家たちは、日韓条約と、それのもたらす政治の迷路を、無傷でとおりぬけたように見えつづけるであろうか？*

＊　金芝河をめぐっての多様な事実と、日本にも遅ればせにおこった救援運動は、いくらかなりとこの事態を日本の作家の問題とした。

直接には南廷賢の小説を読んでいない僕には、その文学的な深みにおいて作家の思想を論じることができないが、ひとつの仮定的意見として、僕はかれのヒーロー洪万寿の絶望的な報復行為である強姦に、とくに関心をひかれるものである。なぜなら、それはいかにも直截に、在留朝鮮人のひとりの少年が東京港周辺の地域でひきおこした強姦殺人事件のことを思いおこさせるからである。韓国の土の上にいる洪万寿は、まことに悲惨な状況にはあるが、しかしかれの絶望感と、犯罪とのあいだには、まっすぐな太いパイプがつながっている。かれは、米軍下士官の妻の強姦を、犯罪のいいいい意識なしでおこないえたのですらあったかもしれない。すなわちかれは、強姦後、爆殺されるにあたって、自分自身をはじめて正当化できる、実存的な喜びすら感じえたかもしれない。殺戮された父親、暴行されて自殺した母親、かれにとっての当面の敵に性的に屈伏した姉(あるいは妹)、それらは汚辱にみちたマイナスの鎖としてかれにつらなっているのであるが、突然に攻撃の側にまわったヒーローは、敵の全体を象徴する存在を逆に強姦しかえすことによって、汚辱の鎖を一挙にプラスの場所へひきずりあげた、ということであった筈である。少なくとも、その強姦による価値の逆転の後、爆死するヒーローをえがくことは、現実に束縛されている南廷賢の、想像力の深い解放を意味したであろう。

しかし、日本に住んでいる韓国人としての、東京港周辺における強姦殺人事件の犯罪者たる、李珍宇の精神の劇は、そのように単純かつ公的な意味づけによって整理されるには、あまりにも暗くあいまいで恐しい部分を内蔵するものであった。まずかれが、かれ自身をそこに発見する状況の暗黒によって被害をこうむっていたことはあきらかで、それは紆余曲折して犯罪へとつながるのであるが(すなわち、かれがもし韓国人として日本に滞在しているのでなければ、かれの犯罪はおこらなかったであろう、ということは明白であるが、なぜ、かれが韓国人として日本に滞在していることで性犯罪をおかすことになったか? を説明することは複雑な操作を必要とする)、李珍宇にとって、かれをめぐる状況のうちから、かれの敵をはっきりえらびだすことは、洪万寿においてのそれのようには容易でない。出発点においてかれはすでに、困難な疑惑のうちにある。そこでかれのおかす強姦殺人には、それが果たしてかれをその状況から解放するために唯一の、正当な行動であったかどうか、はっきりわからないところが残る。かれに強姦され絞殺される悲惨な少女が、なぜかれの自己解放をはばむ敵なのか? 任意のひとりの少女を強姦殺害することで、本当にかれの八方ふさがりの壁に突破口はひらかれたのか? もちろん、犯罪後かれが逮捕され監禁される以上、かれの状況打開の試みは、現実世界に成果のあらわれるたぐいのそれではなくて、ただ、かれの想像力の世界における自己解放の試みである。しかしそれもまた、まことに疑わしいのだ。そこで李珍宇は、かれのあいまいな犯罪の意味を他人によって確認され保証されることをもとめて、新聞社に電話をかけたり手紙を書いたりしたのであった。

結局李珍宇は、二つの殺人と一つの強姦を確実におこなったということで死刑宣告をうけたが、その二つの犯罪のあいだに、やはり殺人をあつかった小説を書いて新聞社に投稿していた。それは第二の犯罪のあとの電話と手紙による、犯罪者としての自己確認広告と、本質的な意味において同じ欲求から出たものである。実際に李珍宇が小説を書いたことは、まことに赤裸々にそれをあかしだてるのであるが、かれの犯罪の真の意味が、想像力の世界における自己解放にかかわっている以上、かれは小説家であると共に、小説のヒーローであるという役割を演じねばならなかったのである。李珍宇は、強姦・爆死による現実的な自己解放をおこなった洪万寿とおなじタイプであると共に、そうしたヒーローを《事実を具体的に表現することのできる自由すらない世の中》においてつくりあげることによって、想像力の世界での自己解放をおこなうことをめざした、もうひとりの南廷賢でもあったのである。

李珍宇が、そうしたかれ自身の絶望的な犯罪の、想像力の世界における自己解放の意味を、しっかりつかんで死刑台に消えたかどうか、それは疑わしい。その疑わしさが僕にもっとも強い打撃をあたえる。李珍宇は、かれ自身の犯罪を、この国で日々くりかえされるまったく意味のない、単なる汚ならしく卑しい恥辱にまみれた強姦殺人の数かずのなかに見うしなってしまい、まったくかれ自身を恥じながら、すでに救助しようのない暗い暗い最悪の絶望のうちに、死刑台に死んだのではなかったろうか?

李珍宇がわが国の法律によって死刑を執行された以上、かれを殺した強権とは、すなわちわれわれ日本人のすべてをふくむ。そして、この強姦殺人者が想像力の世界で自己解放することによってしか、そこから逃れるすべを知らなかった苛酷な状況の諸因子は、現実の日本からとりのぞかれるどころか、日韓条約の成立後、より確実に肥大して存在しつづけており、われわれはみな日本人の名において、それにつらなっているのである。それでもなお、日本の作家たちは、日本と韓国にかかわる政治の迷路を、無傷でとおりぬけることができていると信じうるのであろうか?

僕がいま確かな予感において、暗黒の感情と共に思いえがくのは、もっと直接的に日本人と相争う状況をえがきだすことによってしか、自己の想像力の世界での解放感をあじわうことのできない作家が、やがて韓国にあらわれるだろうということである。日本のジャーナリズムは、たとえば日韓条約後の新しい排日作家というような呼び名において、かれを紹介するであろうが、その最悪の時にいたって韓国の作家と日本の作家が、ひとつの連帯感を回復することがどのように難かしいか。言葉のみならず政治にかかわっていっても、作家とは、結局はまずかれの自国民のための作家である。日本人による李珍宇の死刑執行を傍観した日本の作家が、その時韓国の作家と共になにほどのことをなし得るだろう? それでもなお、われわれは、政治の迷路を、無傷でとおりぬけたつもりでいることができるであろうか?

2

作家が、文章において現実とかかわる以上、すなわちかれが、眼にふれ耳にすることのすべてに、文章において立ちむかわねばならぬ以上、かれが純粋に反政治的たることは可能であろうか? それは不可能であるにちがいない。もっとも、作家が政治的であること において、美しくヒロイックに政治的である確率は、きわめて低い筈である。もしそれがあるにしても、それは作家が文学を断念して政治に、しかも敗者の最後の戦いとして絶望的に体当りする瞬間に、はじめて成立するヒロイックな美しさである。作家は、オーデンの詩句によれば《正しい者たちのなかで正しく、不浄のなかで不浄に／もしできるものなら、ひ弱い彼みづからの身を以て／人類のすべての被害を鈍痛で受けとめねばならぬ》人間なのであるから、かれが政治にかかわるのは、強権の側においてでなく、つねに民衆の側においてであるべきだし、しかも、未来への見とおしと共に現在を生きる、少数のエリートと共にではなく、つねに錯誤しつつジグザグに進む大多数の民衆と共に、政治にかかわる他はないのである。したがってかれはたびたび、醜く反ヒロイックに政治的であるが、いうまでもなくそれは、単にかれの人間としての資質によるのではなくて、政治的ということそのものの内的性格に由来する筈であろう。エリオットの詩句をひけば、作家は民衆と共に《河馬》の同類である。《だだびろい背中を負うた河馬のやつ／泥沼にお腹を押しあて揺ぎもない／よそ目にはとてもがっちりしているみたいで／このやつ、肉と血ばかりのかたまりだ》

もっとも民衆は、結局あらゆる時代を生きのびるのであるが、作家には、すでにのべたように民衆と共にあらゆる時代を生きのびる型と、ひとつの時代においてのみ生きる作家とがある。スターリン時代に粛清された作家と、それを生きのびて、雪どけの時代から次の時代に向ってもまた生きのびつづける作家の、どちらがより秀れているかを問うことはほとんど無意味である。作家はただ、自分がそのどちらを選ぶかを、きめなければならない。もっとも端的にいえば、基本的には作家は、かれの時代を次の時代に向って生きのびることを要求されてはいない。ふたたびオーデンの詩句をひけば、作家が生きのびるべくつとめねばならぬのは、作家はもとより同時代の加害者も被害者もひっくるめた、すべての人間の狂気をであろう。《ああ聞えてくる、わたしのまはりに上海から湧き上る／ゲリラ戦の遙か彼方のつぶやき声と入り交つて／「人間」の声——「われらの狂気を生き延びる道を教へよ」》

さて僕と同世代のひとりの批評家が、いや自分は政治とかかわることとなしに、いわば反政治の個人のガラス球のなかに閉じこもって、自分自身の内的動機にのみかかわる軌道を、燐光をひいて飛んでゆくのだといういう。歴史はくりかえすかもしれないが、時代思想の反覆の周期がそれほど短いはずはないから、もしこのひとりの、準備中の思想家が、まったく孤独で自閉的なガラス球に閉じこもることに成功すれば、かつてのファシズムの時代のようには、ガラス球のなかの気難かしい住人に、なんらかの現実的役割を果たさせる宣伝家の仕事がなりたつことはないであろう。しかし、やはりガラス球のなかの住人も、かれが文筆業者である以上は、決して隠遁者となるわけではなくて、外界にさまざまの通信をおくってくる。宇宙空間の無限の沈黙のうちを運行して、たえまなく信号を発してくる通信衛星のごとくに。

たとえばかれは平和や戦後民主主義の意識を維持しつづける者らを「正義」を語るものとしてしりぞけ、自分のガラス球を推進しているエネルギーをさしてただ「私情」のみだとするような文章を書く。かれがいかにも強力な確固たる「私情」を所有していることを僕は信ずるものであるが、だからといってかれが、「正義」を語るものとしてしりぞける者たちが、かれらもまた、その「私情」はもとより、すくなくとも疑似被害意識による恨みつらみよりはいくらか上品な「私情」をこえるものに、内部から充電されていることを否定する具体的な根拠はないのである。しかも、平和や戦後民主主義をその意識のなかで重く感じるものが、いま切実に銘記しているのは、自分たちをもふくめて、今日の日本人がわれとそこにまきこまれようとしている「不正義」に対する、激しい嫌悪の感覚である。その「不正義」は、望むと望まぬとにかかわらず、われわれをまきこむ力であって、たとえ燐光を発するガラス球の中からであれ、文章を書いてそれを発表するものらはみな、多かれ少なかれ、刻々増大するいいひけめの感情において、政治とかかわらざるをえないのが、現状であろう。それにたいして鈍感に尻をまくるか、敏感にそれを注視しつづけるかのちがいがあるにすぎない。*

＊ 僕がたとえ比喩にしても、江藤淳を《反政治の個人のガラス球のなかに閉じこもる》人間ととらえていたことを、いまの僕はまったく理解しえない。

3

僕が一九六〇年の冬に、すなわちいわゆる安保闘争の年の終りに書いて、その翌年のはじめの発行月号の雑誌に発表した『ヤヴンティーン』と、その第二部『政治少年死す』は、文学の世界より他からの攻撃を受けた。とくに『政治少年死す』について、それが受けた攻撃を理由にして、その文学的な欠陥をつく批評もあったが、攻撃そのものが文学とはいかなる関係もない視点によるものなのであるから、それを文学的な批評の世界に援用することは妥当でないばかりか、基本的に、文学外からの攻撃の権威を認めた、敗北主義の意見である。この批評は、ちなみにあの燐光を発するガラス球のなかの批評家によるものであった。文学外からの攻撃を受けた際に、作家にとって一体、なにが頼りになるか、誰が支えとなるかということを、とくにそうした攻撃のさなかに考えてみることは作家に少なからぬ教育をおこなうものである。二つの作品の掲載誌は、やがて編集部の名においてまことに特徴的に「攻撃」に答えた。それについて平野謙氏の文芸時評がおこなった論評は次のようであった。

《あらためてことわるまでもなく、この時評はもっぱら雑誌の小説を対象としている。戯曲や評論にはほとんど言及しない建て前である。しかし、今月は小説以外のものに、どうしてもふれざるを得ない。それは中央公論の「お詫び」と「社告」という文書と文学界の「謹告」という文書である。中央公論の方はいわゆる嶋中事件に関連したものであり、文学界の方は大江健三郎の小説「セヴンティーン」に関係するものである。……「謹告」の趣旨は、大江健三郎の「セヴンティーン」は山口二矢の事件にヒントを得て、これを虚構のかたちで創作化し、その文学理念を展開したものだが、虚構だとはいえ、その関係団体に迷惑を与えたことを認め、ここに詫びる、というものである。その日付けから明らかなように、これは嶋中事件以前に書かれたものである。……「謹告」の場合は、(引用者注、石川達三「生きてゐる兵隊」の新聞紙法違反のもとによる起訴と)無論、比較にはならぬが、一見逆のケースのように見える。根本的には虚構だけれど、やはり関係団体に迷惑をかけたから悪かった、といっているのであって「虚構の事実を恰も事実の如く空想して執筆した」とは正反対ともいえる。私はここで改めて事実と虚構、モデルと実際というような一般論をむしかえす気はない。ウソにしろホントにしろ、ああいうふうに書くのは安寧秩序を紊すとか迷惑をうけるとかいうので「起訴」となり「謹告」となったのがポイントである。無論、ひとつの文学作品が当局によって起訴される場合と、掲載した編集部が「謹告」を書く場合とでは、まるで比重がちがう。しかし、現在は「生きてゐる兵隊」当時とは異なって、たとえば「チャタレイ夫人の恋人」をめぐって文学者側もあれだけ執拗にたたかえる時世である。その時世に、関係団体から迷惑したといわれるたびに、「お詫び」や「謹告」していたのでは、文学者の側からいえば、やはりたまらぬということになりはしないか。……山口二矢にヒントを得て、大江健三郎が、「セヴンティーン」を書きあげたとき、それが関係団体にどんな迷惑をかけようと、それは「セヴンティーン」という一文学作品の知ったこっちゃないという原則論は、文学界編集部も十分わきまえていたはずである。かりに「セヴンティーン」の主人公のイメージが山口二矢その人を侮辱するものと一部で受けとられたとしても、それでいちいち編集部が「謹告」していた日には、しまいには誌面が「謹告」だらけになるだろう。問題は、一作品の芸術的価値と、その社会的効用なり影響力なりとは別物だ、という原則論だけではもはや割りきれぬところにあり、文学界の「謹告」もまたそこから派生している。その点、私は文学界編集部に同情せざるを得ない。しかし、そういう今日の新事態にいかに対処すべきか、という問題をめぐって、文学者は編集者にゲタをあずけたままでいいか、というところに、私のひそかな疑問も生ずるのだ。》

ここにのべられたような事情において、僕は現在もなお、『政治少年死す』を単行本のうちに収録して刊行することができない。もっともそれを考えるたびに暗い恥かしさが僕をとらえることを、告白したところでなにになるというのでもないが。『チャタレイ夫人の恋人』について執拗な戦いを示した文学者たちが、『風流夢譚』あるいは『セヴンティーン』にかかわって戦うことがなかったのはなぜか、という右の文章につらなる問題についていえば、それは直接日本の右翼との相関においてよりも、もっと本質的にそれが天皇制の喚起するすべてのことにかかわっているからである。作家としての僕自身もまた、『セヴンティーン』や『政治少年死す』を、いったいいかなる目的において書いたかといえば、それは直接日本の右翼を研究するためというのではなかった。それはもっと本質的に、われわれの外部と内部に、普遍的に深く存在する天皇制とその影についての、僕のイメージをくりひろげるための仕事にほかならなかったのである。おそらくそれは誰の眼にもあきらかであったろう。したがって当の作家は孤立せざるをえなかったのにちがいない。『政治少年死す』において、ヒーローは天皇制をめぐって、たとえば次のような感情的体験をあじわう。引用のまえにあらかじめつけくわえておけば、この小説は保守派からも進歩派からも、様ざまな種類の政治的誤解をうけたが、もっとも端的にいって、僕はこの小説のヒーローに対して、嘲弄的であったことは一瞬たりともない。

《めざましく峻烈な汐の香が、一瞬おれの疲れた鼻孔をはじけるほど緊張させた、おれは眼をひらき、怒いちめんにひろがる夕暮の海を見た、そしておれは叫んだ、

「ああ、天皇陛下！」

真実、天皇を見たと信じた、黄金の眩ゆい縁かざりのついた真紅の十八世紀の王侯がヨーロッパでつけた大きいカラーをまき、燦然たる紫の輝きが頬から耳、髪へとつらなる純白の天皇の顔を見たと信じた、海にいま没しようとする太陽だ、しかし太陽すなわち、天皇ではないか、絶対の、宇宙のように絶対の天皇の精髄ではないか！　おれは啓示を海にしずむ夏の太陽から、天皇そのものからあたえられたのだ、天皇よ、天

皇よ、どうすればいいのか教えてください、と祈った瞬間に！》

少年は暗殺後の独房で自殺しようとしている。《死だ、私心なき者の恐怖なき死、至福の死、そして天皇こそは死を超え、死から恐怖の牙をもぎとり、恐怖を至福にかえて死をかざる存在なのだ！》《おれは純粋天皇の、天皇陛下の胎内の広大な宇宙のような暗黒の海を、胎水の海を無意識でゼロで、いまだ生れざる者として漂っているのだから、ああ、おれの眼が黄金と薔薇色と古代紫の光でみたされる、千万ルクスの光だ、天皇よ、天皇よ！》

この小説を発表してから五年たって、一九六六年の八・一五記念集会に、僕はひとつの講演をした。それは僕が作家の課題として、天皇制を決してさけてとおるわけにはゆかないのが、日本の知的風土の本質的な特殊性であること、そして天皇制の問題があるかぎり、日本の作家は、かれがどのように孤独な密室に閉じこもろうとも、また、かれが保守派であるか進歩派であるかにかかわらず、絶対に、政治と無関係であるわけにはゆかない、とつねづね考えていることにかかわる、次のような部分をふくむものである。

《一人の人間が、自分はこういうふうに過去の記憶を選択しているという。ところが他の人たちが、それはちがうという、もっと総合的な、歪んでいない記憶をもちつづけていれば、前者の説得力は危機にひんするわけですが、とくに日本の保守派の近代・現代史にかかわる記憶の一面性にとってはまことに有効なかくれみのがある。それが天皇制の思想であると思います。意識的な保守派とその影響下の民衆がたとえば戦争前後の過去を考える。自分はあることを記憶しつづけようとしている、自分に都合のいいあることだけを記憶しようとしている。しかし、そのことをまともに考えつづけるならば、どうしても一方的な記憶だけにはとどまらなくなってしまう。自分にとって都合がわるくなってしまうこともまた記憶せざるをえない。そういうときに、いや、自分はもうこれ以上考えることをやめよう、誰ももう考えなくてもいいという、一方的記憶の許容量の限界を示して、一応の安定をしめしてくれるもののひとつに確かに天皇制があると思うのです。息子を戦争でうしなった人間が戦争の昨日と今日の現実について考えつづけ、明日の戦争について考えるにいたろうとしている時、たとえば今日、別の場所でおこなわれている慰霊祭への天皇の出席ということがあれば、その人間は一応考えつづけるのをやめて安定を得、優しい涙を流すだけで記憶を美化しおおせるということがありはしないか?

Aという人間の一方的な記憶の誤りが追及されていって、Aが窮地に陥ったときに、Aは追及するBに向って、もうこれ以上追及するなという権威をもつ拒絶の一撃として天皇制をもち出してくるというようなこともあります。たとえば、二十一年前の敗戦とその直後について考えてみるなら、あの時代、日本人の多くは何によって生きのびたか。戦争に敗けた荒れはてた市街でなお生きのびねばならなかったあの時代に、何によって生きのびていったか。おそらく天皇制をたよりにして生きのびたと主張する人はごくわずかでしょう。逆に天皇制にかかわって自決することに新しい生命を見出そうとした人たちさえいました。天皇制は戦後の日常生活の生きるエネルギーの手がかりにはならなかった筈です。われわれはそれによって生きのびたのではない。そうではなくて、日本人が焼土のうちで望みをたくしたのは、民主主義という現実的な思想だった筈でしょう。民主主義、デモクラシーについても、いろいろな考え方があったにはちがいないけれども、ともかく新しい憲法が体現する民主主義的なるものを手がかりにしてわれわれは生きのびてきたのではありませんか？　あの時代は、一般の民衆のレヴェルにおいて、天皇制を根本的に考え直してみることが可能な、そういう自由な雰囲気、解放された精神が一般民衆のなかにあった稀有な時代だったわけでしょう。

ところが今日の保守派とその影響下の民衆はこういう時代であったことを現在記憶しつづけることを望んでいない。とくに二十一年前の天皇制についての自由な批判的気分の記憶を取り去ってしまった上で、敗戦と戦後を記憶しようとする。それに対して、おかしいではないか、あのとき、天皇制にたいするイメージはこういう状態であったではないか、という気持を、いまも持ちつづける人間は市民の日常生活のなかに多くないのではないか？　いわば、それを思いださせることが一つのタブーになっている。一つの禁忌にすらなっている。そして、天皇制についてのそういう抑制の気持、ひかえめな感じ方が敗戦と戦後の真の意味をさぐる思考を突然にちょん切る判断停止の指標となっているように思います。明治時代にしましても、明治維新の民衆的基盤であった市民たちが、天皇の元首制を確立することをひたすらめざして、明治維新をおこなったかというと、そういうことはなかった筈でしょう。市民あるいは町人や百姓はかれら自身の解放ということをめざしている。それが明治維新の民衆的基盤であったわけでしょう。しかし今日、明治はよかったという声を発し、よかった明治の記憶をもっていると称する人たちが明治の民衆を中心に考えていることは、まず絶対にないといっていいように思います。しかも、明治の民衆の解放感ということを大切に考えるものにたいしては、じゃ君は天皇制についてどう考えているのかと反論することで、相手を沈黙させることができる状態ではないか？　こういう一方的記憶のための巨大なかくれみの、意識や論理の抑制の道具が厳として存在している、それが今日の日本であろうと思います。

アメリカの戦後派の小説家、ノーマン・メイラーがＦＢＩについて、それは一般人の芸術と一般民衆の心のなかに抑制の力をもちこんだ、それは邪悪な力であったということを書いております。ＦＢＩと天皇制とをいっしょにするつもりは毛頭ありませんが、しかし、今日の日本において一般人の芸術を抑制し、一般民衆の心のなかに抑制の力をもちこんでいるものが何であるかといえば、それはほかならぬ天皇制だと思います。もちろん私はそれを邪悪な力というわけではない。しかし今日の日本の民衆の芸術と心とを抑制するものが存在して、それが二十一年前の戦争にたいする記憶すらも一面的に偏向させることに力をかしているということについては、あらためて考えてみる必要があると思います。》

4

僕が広島の原爆と、原爆後の人間の生活と思想について一連のエッセイを書いた時、僕はそれこそ政治的に保守派から進歩派にいたる、様ざまな声による批判をうけねばならなかった。それらの批判はみな、記憶の畠のなかでなおみずみずしい。『アカハタ』はわざわざ広島での座談会をおこなって批判したし、さきにのべたガラス球のなかの単独旅行者は、いかがわしいところがあるとさえ書いた。しかし、それらの批判のうち、ある中国通の大学教師が書いた文章は、まことに一種の典型を示していて、興味深い点ではいかなる批判にも距離をあけるものであった。かれはこのようにいったものである。《大江の『ヒロシマ・ノート』はまぎれもないファシズム思想の本であり……なぜそうかといえば、大江の論理が、個人的実感から認識された個々の被爆者の事例を、集団的(社会的)実践の上に立つさまざまな理論の一つと暴力的に結合しているからである。その理論とは反共・反中国・部分核停条約礼讃ということなのだが、こういう理論を検証するには、その基礎となっている世界政治の実践の中に身を投ずるしかない。少なくともその実践の豊富な情報を入手していなければならない、と思われるのに、大江は彼の個人的体験だけを提出するのである。それが暴力的であるのは、あらゆる理論に「問答無用」を強いるような形で(その文体、レトリック)、原爆被災者と偉大とをもちだすからである。理論を立てる者、とくに中国の共産主義者は、またソ連の指導者でも、自らの理論をこのような形で主張しはしない。世界各地の経験の上に立って、それを帰納し総合して理論を立てるのである。……大江が『ヒロシマ・ノート』で提出したものは特殊的でいて普遍的であることを主張する〃原爆被災者〃である。しかもそれは日本にしかいない、とされる。それは最初から相対化をゆるさぬ、絶対的な価値基準であって、その絶対の高みから、中国の核実験や日本原水協や日本共産党が弾劾されるのである。そこにはファシズム思想の諸要素が出そろっている。理論拒否、一国にしかない特殊なものの絶対化、反共。そして現在の時点でのファシズムの決定的要因としての反中国。ぼくは、こういう本がベストセラーになるところに、現在の日本の危機的状況を感ずるのである。》

中国通にもピンからキリまであるし、大学教師にも上等と並等と下等とがあることは知っている。そこで僕は、この語るにおちた文章にかくべつ驚きはしないが、それを読むことで僕にあきらかに感じられてくるのは、こうした鈍い犬みたいな御用宣伝家の文章とはちがう筈の、作家が政治にかかわって書く文章の特質ということであった。

作家は、まず、他を攻撃するにあたって、今日、ファシズムというような言葉を援用してはならないであろう。作家はまた、他を攻撃するために力みかえるあまり、自分自身の歪みを意識することができなくなるほどに単純であってもならないであろう。作家はそして、あらゆるものが相対的であることを、苦い心で知らねばならないにしても、そこにひとつの絶対的なものを発見し、自分の志をかけてその絶対性を維持することを惧れてはならないであろう。たとえば、ひとりの原爆症による死者の出口なしの絶望感に接して、それを自分の態度の絶対的な立脚点とみなす決意をすることは、ひとりの作家の自由であるが、かれの自由はあらゆるものを相対的にしか観ずることのない人間の自由にくらべて、決して甘ったるくも容易でもないのである。

考えてみれば、作家の仕事の全体とは、相対的なもののしか存在せぬ価値の荒野に、かれの懐疑的な精神のすべてを賭けて、ひとつの絶対的な樹木を育成すべく試みることであらねばならない。谷川俊太郎の詩句に、

本当のことを云おうか

という衝撃的な呼びかけがあるが、作家がフィクションをその方法とする以上、かれのいうことはみな、決して《本当のこと》ではない。しかもかれは、あらゆる《本当のこと》から追放された場所で、かれの精神と内体のすべてをかけて、なお、

本当のことを云おうか

と問いつめつづけているのである。そしてその作家を持続させるものは、じつは「私情」でもなければ「正義」でもない。それはかれが作家たるより他に自己解放のてだてのないことを意識した瞬間から、かれの内

部の核心に居すわった、あるひとつの志である。それは、かれの内部のもっとも深い所に根をおろした、あるひとつの狂気だといってもいい。作家は、結局それをつうじてのみ政治にかかわっているのであって、かれが政治についていかなる言葉を発するにしても、それがこの志あるいは狂気にねざしていなければ、それは単なる、夢のまた夢にすぎない。そして、かれが政治の迷路をとおりぬけながら受ける傷にしても、この志あるいは狂気につながることがなければ、単なる骨折り損のくたびれ儲けにほかならないのである。

作家は文学によってなにをもたらしうるか？

1

この冬のはじめ、僕は戦後世代をめぐる僕の考えのしめくくりとしての講演をおこなったが、そのなかで、いったいきみは自分がいかなる点で戦後的だと思うか？という問いかけにどのように答えるか、ということを語った。たとえば講演会で話していて聴衆から拍手されるとたじろいでしまう、ということにおいて戦後的だということができるだろう、と僕はいった。僕は講演会で、話しながら、聴衆をインプレスしよう、説得して屈伏させようという気持を持つことがない。

壇上で話しながら、いわば、聴衆と一緒に井戸の周りに集まって深みをのぞきこんでいるという気分が僕をとらえている。聴衆とおなじ方向をむいて、暗闇のなかになにか定かならぬものを見ているという風に、僕は話すのみである。すなわち、講演会でのひとつの単位の時間を、聴衆と共有することのみを僕は希望しているのであって、聴衆をインプレスし、説得しようという意志はまさに稀薄であり、ほとんど存在しないといったほうがいい。とくに聴衆を、なんらかの意味において屈伏させようと考えたことはない。そしてそれは、教室のうちに絶対的な権威は存在しなくて、みんな相対的に共通の討論をすすめるという、戦後教育の教室での習慣が尾をひいているのだと思う、というようなことを話したのであったが、それは僕にとってもっとも新しい聴衆であったその夜の聴衆に、とくに積極的に共感された模様ではなかった。おそらく僕は、自分の個人的な気分と、戦後教育とのむすびつけ方において、牽強附会の印象をあたえたのであろう。戦後教育で育った者たちの中にも、まことに説得的な講演において聴衆をほとんど征服しつくさんばかりの効果をあげる人間はいるのだから。僕と同年輩の、じつにスターの名にふさわしく、また率直なある作家が、講演会で聴衆が、かれの言葉のままに反応を示すのを見るとき、一種の「権力の意志」がみたされた満足を感じる、と僕に話したことがあった。最近その作家がテレヴィの討論会で語るのを僕は興味深く眺めたが、やがて討論会場の聴衆からの質問がつのられて、その作家へも、まことに核心にふれた質問が提出されたが、作家は嘲弄あるいは怒りを示すのみで、質問に正面から答えることはなかった。独裁者は、臣下の叛逆に絶対に不寛容である。質問がかえってきて、聴衆と「権力の意志」の解放に酔う壇上のスターとを、おなじテ面にひきずりおろしてはならないのだ。壇上の人間はつねに孤独に、むしろ嫌厭の情を持って、聴衆を拒んでいなければならない、というようなことを、この作家は信じているように思われた。僕は、自分と同じ時期に教育を受けた人間である、この作家をブラウン管の輝やきのうちにまぶしくみつめながら、僕への様ざまな批判者がいうとおり、戦後教育とは単に局地的なものであったのかもしれないというような、寒ざむとした感慨をもったものである。

しかし僕は、単にこの率直すぎるほど率直な「権力の意志」の愛好家に驚いたことを告白するだけで、自分だけは無疵に聴衆と講演者の相関関係のひきおこす諸問題から逃げおおすことができる、とは思っていない。僕が聴衆からの拍手を聞いてたじろぐのは、アクティヴにいえば確かに、最初にのべた事情によって説明しうる部分をふくんでいるであろうが、ネガティヴにいえば、それは単に僕が聴衆の反応を恐れているにほかならぬ部分も確実にあるからである。聴衆から拍手が起こるやいなや恐しさと恥かしさのとりことなってカーテンのかげに駈けこみたいという欲求にとらえられることがしばしばあるのを、否定しようがないからである。だからといって(少なくとも自覚的には)僕が聴衆になんらかの嘘を話した、というのではない。僕は自分が日々考えつづけてき、その講演をおこなう時間を現在として、信じていることどもを話したのである。しかもなお拍手が起こると恥かしさの情が湧きおこって、しばしば耐えがたいほどだというのである。そこで僕は、表現ということ自体に、そうした恐しさ恥かしさをひきおこすメカニズムがあるのだ、という風に考えざるをえない。しかもそれは、その表現を受けとるがわの反応によって、はじめて実在化されるところの、恐しさ、恥かしさである。もし、この仮説が正しければ、表現する者と、それを受けとる者とは、恐しさ、恥かしさを媒体として、むすびついていると ころがあるともまたいわねばならないであろう。そのような場合、表現者は、かれの表現を受けとる者に対して、ひけめの感情とともにむかいあっているところがあるというべきであろう。それは一般の教師の態度とはおよそ逆のものである。

いうまでもなく、こうした事情は僕個人にとっても、単に講演のみにとどまらない。文章を書く作業そのものの全体を覆って、おなじ事情があらわれることを認めねばならない。ひとつの文章を発表したあと、見知らぬ他人から(しかしこの他人の側では、その文章をつうじて僕の内部にふれているわけであるから、かれにとっては、僕は、まったく見知らぬ他人ではない。そこから様ざまの、おたがいを傷つける不幸な行きちがいや困難がうまれる)深夜に電話がかかってきて、その文章についての批評が語られはじめると、僕をとらえるのは、講演会での拍手に接したとおなじ、恐しさと恥かしさである。むしろ僕の文章に立腹した人間からの、激しい侮辱の言葉がやってくる時は、まだ、それに対する態度が容易なほどだ。むしろ僕は、抗議、脅迫の手紙または電話に接するたびに、一種の安堵の念をあじわってきたようにさえ思うのである。表現という、ひとつのうしろめたい行為をおかした人間として、自分が処罰されているという感覚のみが、その安堵の原因である。いうまでもなく、そうした抗議、脅迫の、とくに政治的な意味あいでの正当性、誤謬の問題はそうした感覚と関係しない。また、僕がそうした抗議や脅迫に対して屈伏するというのではない。すくなくとも僕単独でそうした抗議・脅迫に屈伏したことはない。出版社による僕の作品についての謝罪広告についての僕の考え方についてはすでにのべた。それでいて僕は、そうしたものにふれるたびに、あの内奥の安堵の感覚、表現したことに由来するうしろめたさを、幾分かはとり除かれたという安堵の感覚を体験しないではいないのである。

逆に、僕の文章が深夜の見知らぬ他人の声によって支持されるとき、僕のうしろめたさは二重になる。僕はそのうしろめたさの周辺を堂どうめぐりしつつ、不眠の夜をすごさねばならない。そのような時にも、それではきみは嘘を書いたのか、と問われれば、それはそうではない、僕の日々考えつづけてきたことを書いたと答えるであろう。しかもなお、表現のうしろめたさが存在するところが重要なのである。

僕と同世代の、もっとも明敏な批評家のひとりは、僕の書くもののうち、とくにエッセイにおける表現に、不誠実な欺瞞があると告発しつづけてきた。もしかれが僕のつねに感じている、この表現のうしろめたさということを知れば、それこそはきみの欺瞞に由来するものだというであろう。この批評家はあまりにも明敏でありすぎるために、かれ自身の表現のうしろめたさには鈍感であるにちがいないのであるから。かれは次のように書いているのであるが、そのシンタックスの内なる言葉の意味において、かれは僕に、きみがにせものであるからこそ、そのような表現のうしろめたさを自覚することを禁じえないのだというであろうと思う。

《皮肉にいえば、大江氏はあたかも戦後日本の悲惨さを一身に背負った宿命の子であるかのように、自己のイメイジを描き出してみせた。しかし、この一種誇大妄想的な確信は、不思議なことにどこかで時代の問題の根源に触れてもいた。現在の自分はにせものであり、本当の自分はどこへ行ってしまったのかわからない。しかも、あまりに深く「仮り」の、あるいは「に

せ」の生活の中にひたりすぎたために、破滅とひきかえにしか「本来の自分」にめぐりあえない。》

　こうした批評に答えるためには、僕は表現のうしろめたさを認めるものであるが、同時に、むしろ表現のうしろめたさを支えとして、自分が小説においてもエッセイにおいても、不誠実な欺瞞をおこなおうとしてはいないという権利をもつように思う、という他はない。かの批評家は、《皮肉にいえば》単にかれ自身の批評的世界の安全維持のために、一個の同世代の作家における不誠実な欺瞞という幻影を必要としているにすぎない。したがって、こうした批評が僕の内奥の真の核心にふれたということはできないのである。

　しかし、たとえばある深夜の電話の声が、僕の表現のうしろめたさについての言葉をたちまち撥きとばすように、

――それでは、きみはなんのために文章を発表するんだ！　と僕に問いかけてきた時、僕は自分が核心をつかれたことを感じて、沈黙せざるをえなかったのである。

　自分の文章の社会的効果について、文章を発表しつづけるにしたがって、ますます僕はほとんどいかなるまぼろしも見なくなったように思われる。しかも表現したあとのうしろめたさは、ますますきつく僕を噛みつづけるのである。それでいてなぜ、自分は文章を発表するのか？　このような問いこそは、作家を一瞬釘づけにするものだ。それは作家がいつまでも、充分には答えることのできない問いである。作家たちはその問いかけのホコ先を避けてとおることによってのみ、かれの日常生活の平穏を維持するのである。しかし、

――それでは、きみはなんのために文章を発表するんだ！　という問いかけは、くりかえし作家のまえによみがえってきて、かれを不意撃ちするのである。も

し、その作家が表現のあとのうしろめたさについて懊悩するタイプの人間であるなら、かれの文章は人間と人間をむすびつけるものであるどころか、人間を人間から切りはなすものではないか、という問いかけによってもまた、おなじような不意撃ちの衝撃をこうむるであろう。

人間は、かれと他人とをむすびつけるために声を発するのであるとともに、かれと他人とを切りはなすためにもまた声を発する。とくに今日の文学についていえば、それが作家と他の人間とをむすびつけるためにあげられた声であるのか、作家と他の人間とを切りはなすために発せられた声であるのかということは、決して明瞭な問題ではない。しかも、人間を人間にむすびつけるための声が、人間を人間から切りはなす声と相重なることもあるのである。

2

文章による表現には、それが小説でもなければ論文でもない、単なる辞典の一節にすぎないような場合にも、なまなかな小説や論文を越えた、全体的な、すなわちその文章の書き手の人間としての全体にかかわり、読み手の人間としての全体にかかわる、喚起作用をおこなうものがある。文学の読者が、その読書の範囲を、いわゆる文学作品の世界のみに限ることがあれば、それはまさに残念なことといわねばならない。文学作品における表現とは、文章によってあきらかにされる、広大で豊かな世界のごく一部にすぎない。しかもそれは、かなり疑わしいところのある一部である。とくに小説における表現は、それがフィクションに関わっている以上、そうした疑わしさと当初から無縁ではないし、そうした疑わしさを乗りこえることによってのみ、小説の、表現の世界における特殊な独自性をきずきあげるものでなくてはならない。

僕は現在、実際にはそれと別の方法で進行させているひとつの長篇小説*を、あるひとりの青年が、

　本当のことを云おうか

という谷川俊太郎の詩句に喚起されて、かれのもっとも内奥の《本当のこと》をいおうとする遺書のごときものの形で書こうとしていた一時期があった。すでにこの一連のエッセイのうちでのべたように、作家がフィクションをつくりあげてものを書く以上、かれのいうことはみな、《本当のこと》ではない。しかもかれは、それを熟知した上で、なお、

　本当のことを云おうか

と他者および自分自身を、威嚇しなければならない。それが、いわば作家の職業における自己認識の方法である。僕は、先にあげた長篇小説のヒーローの、

　本当のことを云おうか

という切羽つまった決断に、より独特な意味をこめさせることによって、この一句の持っている重みを確実にしようとしていた。すなわち僕のヒーローは、すくなくともなお生きつづけようとする人間にとっては絶対にいってしまうことのできない、そのようにも致命的な《本当のこと》をいうことをめざしている人間として、設定されていたのである。それをいってしまった人間は、他者からもうそれ以上、人間として認められない、そのように恐しく危険な《本当のこと》、いったんそれをいってしまえば他者から殺害されるか、自分自身で自分を殺戮するかの、二つの自由しか残されていない《本当のこと》、それをいってしまうべく、かれは決断するのである。

＊　それは『万延元年のフットボール』である。この連の文章は、この小説が生み出される直前の内面生活

と深く関係していると、いまの僕は思う。

僕がこの小説のために、右にあげたプランの段階で書いたノートの内から、ヒーローと、かれに対して懐疑的な第三者とのあいだの、こうした《本当のこと》をいう決意についての会話を引用すれば次のようである。

――本当のことをいおうか、と絶体絶命のところで決意する人間はいるだろう。しかしかれは、その本当のことをいったあと、殺されもせず自殺もせず、なお生きつづける方途を、見つけだすだろうよ、と第三者がヒーローにいう。

――いや、そこが不可能犯罪的に困難なところだ。もし、かれの本当のことをいってしまった人間が、殺されもせず自殺もせず、なんだか人間とはちがう極度に厭らしく凶々(まが)しいものに変ることなしに、なお生きつづけることができたとしたら、それは直接に、かれがいってしまった本当のことが、じつはおれの用いる言葉の意味での、ぎりぎりの爆発物みたいな、本当のこととはちがうものであったことを示すのさ。

――それでは、きみのいわゆる本当のことをいった人間は、まったく出口なしというわけかい？ しかし作家はどうだろう。いうまでもなく、それはドストエフスキーとかフォークナーとかの、恐しい作家のことなんだが、こういう作家は、かれらの小説をつうじて、その本当のことをいい、なおも生きのびたのじゃないか？

――作家か？ 確かに連中が、まさにその本当の事に近いことをいって、しかも殴り殺されもせず、気狂いにもならずに、生きのびることはあるかもしれない。連中は、フィクションの枠組でもって他人を騙しおおす。しかし、そのフィクションの枠組をかぶせれば、どのように恐しいことも危険なことも、破廉恥なことも、安全にいってしまえるということ自体が、作家の仕事を本質的に弱くしているんだ。すくなくとも、作家自身はどんなに切実な本当のことをいうときにも、自分はフィクションの形において、どのようなことでもいってしまえる人間だという意識があって、かれは自分のいうことすべての毒に、あらかじめ免疫になってしまっているんだよ。それは結局、読者にもつたわって、フィクションの枠組のなかで語られていることは、直接、赤裸の魂にぐさりとくるようなことは存在しないと見くびられてしまっているんだ。そういう風に考えてみると、文章にされたものなどのなかには、おれの想像しているような種類の本当のことは、いわれたことがないようだよ。せいぜい《本当のことを云おうか》と真暗闇の竪穴に跳びこむ身ぶりをしてみせることができるだけのようだよ。

作家として僕が、自分の小説のノートのうちのヒーローに抗弁すれば、その骨子となるのは（結局、僕はそのように抗弁することを考えているうちにヒーローの自己矛盾を見出し、それをバネにして他の方法での小説の可能性にむかって、わがヒーローを跳躍させたのであるが）、すでに死んでしまった作家たちの死体の列を眺めれば、われわれは、つねにそれらの死体がフィクションの枠組のもとに糊塗しようとした、かれら自身の《本当のこと》の全体をあからさまにさらけだして、死者としてそこに横たわっていることに気がつく、ということであろうと思う。ほんものの作家はほんものらしく、にせものの作家はそのにせものとしてのかれ自身をいまや隠蔽することはないという意味で、ほんものの作家よりもなお切実な真実感とともに、かれらの《本当のこと》をあらわに呈示して横たわっているのである。

小説を離れて、その文章の書き手の人間的な全体性を表現する文章として、たとえば知里真志保著『アイヌ語入門』というような本がある。これは、アイヌ語を学び、アイヌ文化にふれようとする初心者のための小さいハンド・ブックであるが、そのなかば文法書、なかば辞典ともいうべき小冊子の様ざまな場所に、われわれは、知里真志保というアイヌの学者と、かれの背後の文化の全体、およびかれが今日の日本の状況のもとアイヌの知識人として生きることがどういうことであったかという全体を、そしてそこに投影された日本人とはなにか、ということとの全体をもまた、劇的に表現している文章を見出す。「あとがき」における次のような一節などは、アイヌ文化と今日のアイヌ人、それへの日本人の欺瞞的な関わり方と、アイヌ知識人の憤激を、もっとも簡明にかつ的確に表現しえているものである。真の文章はこのようにして、その書き手とかれをふくむ世界の全体を表現する。

《ことばや、ことばの解釈だけならまだしも、中には史実のでっちあげまでも、勇敢にやってのける人がいる。農学博士河野広道氏の「貝塚人骨の謎とアイヌのイオマンテ」という論文の中に、次のような記述が出てくる。〝イオマンテの内で、最も注意すべきは、十勝アイヌの「人送り」の故事である。十勝の山間の僻地に於ては、冬期大雪の時などは鹿猟がなく、食糧を得るに困難であったから、「人送り」を行った。人送りとは、労働に堪えざる老人を、熊を送る場合に似た儀式を行って、オマンテするのであって、その肉は食料に供した。十勝アイヌが今でも人喰いと呼ばれて他のアイヌに軽蔑されるのはこの故である。……但し、このような生きて居る血族を送ってその人肉を食する如き極端な風習は、全く生産物に恵れなかった山間の僻地にのみ見られる特別の風習であって、決して一般のアイヌの風習ではない〟と。

ところで、この「人送り」の風習が果して実在したかどうかについて、河野博士は〝高倉新一郎君から聞いた〟といい、高倉博士は〝おれはそんなことをいった覚えはない〟といわれる。してみると、これまた根も葉もないでっちあげであったわけである。いずれにしても、「人送り」などという、ありもしない風習や名称をでっちあげ、その名称の定義を述べ、行事のやり方から、発生の意義までも説くような、人を食った学者もいるのだから、アイヌ学界はこわいところである。》

右の文章は、出版された書物にふくまれるものであって、当然、読者が予想されている。しかし、読者をそのように予想するのではなく、しかもまぢかな死をひかえた獄中の日記として書かれたような文章にも、その書き手がどのような人間であったかを、全体的に表現するものがある。次に引用するのは、二・二六事件の関係将校が、処刑を目前にして書きのこした日記の一節であるが、人間はなぜそのような状況においても、こうした全体的な自己表現の文章を書くのであろうか？　という問いにわれわれをみちびく。挫折した行動のあとの孤独な犯罪人は、いったい誰にこのような全体的な自己表現にみちた呼びかけをおくるつもりだったのか？　これから最悪の死にいたろうとする人間が、自己表現の呼びかけをおこなうということには、どのような意味があるのであろうか？　それを考えることは、結局、緩慢な死の到来を待ちつづけている存在にはちがいない、われわれすべての人間の自己表現の呼びかけとはなにか、孤独な死にいたらざるを得ない作家の自己表現の呼びかけが、この世界になにをもたらすのか、という根元的な疑惑へまでもわれわれをみちびくように思われるのである。

《二、天皇陛下、陛下の側近は国民を圧する漢奸で一杯でありますゾ、御気付キ遊バサヌデハ日本が大変になりますゾ、今に今に大変なことになりますゾ、二、明治陛下も皇大神宮様も何をしておられるのでありますか、天皇陛下をなぜ御助けなさらぬのですか、三、日本の神々はどれもこれも皆ねむっておられるのですか、この日本の大事をよそにしているほどのなまけもののなら日本の神様ではない、磯部菱海はソンナ下らぬナマケ神とは縁を切る、そんな下らぬ神ならば、日本の天地から追いはらってしまうのだ。よくよく菱海の言うことを胸にきざんでおくがいい、今にみろ、今にみろッ。》

おなじように孤独な激しく鬱屈する人間が、誰のために書いた文章なのか、誰に呼びかけるために書いた文章であるのか、不明でありながら、すなわち文章の書き手自身にも、それがどのような読者を期待しているものであるかわからなかった筈の文章でありながら、しかもその切実な叫び声のような、まことに全体的な自己表現の響きが、われわれの胸につたわって来ずにはいない文章のひとつに、漱石の、すでにその狂気の疑いにかかわるものとして広く知られている、大正三年の『日記及断片』がある。そこに書かれている内容が、精神病理学的にどのような事実を表現しているかということは、当面の問題として重要ではない。作家は一個の狂人である資格を有するであろう。とくにその作家がすでに死者である以上、かれが生前に所有した狂気によって、今日のわれわれが被害をこうむるということはない。しかも、その文章は現在もなお、僕にとって深く本質的な喚起力をもちつづけている。人はなぜこのような文章を書くのか？　人はこのような不安のうちにあって、なぜ沈黙しつづけていることができないのか？　なぜ漱石は次のような一節を書くことを望んだのか？　という恐しさと悲痛さにつきまとわれた、文章を書く人間としてのもっとも根本的な疑いにそれは僕をみちびく。そして、このような文章が残された以上、われわれそれを読む者はいったいどのようにして、もっとも正しく漱石に相対しうるか？ という怯えに似た感情にもまた僕をみちびく。

《中と安倍が水曜に来た。私は下女に何を持つて来て下さいと云つた。是はもとより不自然に聞える言葉使ひである。然し下女の方で矛盾をやり、其矛盾を詰れば好加減な言訳を云ひ（ママ）。さうして屹度何か外の事で復讐をするから私もわざと私の性質に反したやうな事をやるのである。私が下女に何々して下さいと云ふや否や安倍はいきなり同じ様に歯を鳴らし出した。さうして夫を何遍もやるから君は歯が痛いかと聞いた。すると彼の返事は少し松根と違つてゐた。今度は痛いのではないけれども何だか変だと云つて又やつた。私は彼に向つて云つた。私のやうに年寄になるに（ママ）歯が長くなるのみか歯と歯の間がすいて何うしても其隙間に物の挾まつたのを空気の力で取るためにちう〳〵云はなくてはならない。御客様の前でも失礼な声をさせると云つて、私の方でも歯を鳴らした。すると安倍の方でも已めない、いつ迄も不愉快な音を出すから私は不得已其音はやめろと忠告した。安倍ははい已めますと答へた。然しもう一返やつていや是は失礼といつてやめた。》

人はなぜこのような文章を書くのか？ 人はなぜそのような文章を読むばかりか、そこに書き手の人間的な全体を発見して、感銘をうけるのか？ いうまでもなくこうした文章において、その書き手は、読み手のための教師ではない。書き手は、かれ自身の暗い淵を覗きこみ、かれをとらえた黒い怪物を相手に、苦しい闘いをいどむ状態にある。そのような格闘のさなかに発した叫び声とでもいうものが、われわれにつたわってきて、そこに感銘が生じるのである。

しかしこうした文章における自己表現とは、いったい人間社会になにをもたらすのか？　それは、人間と人間をむすびつけるか？　ひとりの孤独な人間の叫び声が、もうひとりの孤独な人間の内奥の叫び声を喚起するということは、どういう意味をもつのか？

3

J＝P・サルトルは日本を訪れて多くのことを語ったが、かれの演説の全体をつうじて僕にもっとも興味深かったのは、次のような一節であった。

《作家の政治参加とは、言語に含まれた情報でないもの、あるいは非情報の部分を開拓しながら、体験された世界内存在という伝達し得ないものを伝達し、そして全体と部分、全体性と全体化、世界と世界内存在との間の緊張を、世界内存在の意味として保つこと、そして読者をして自由に彼の内部にこの緊張を、彼自身の人生の意味として形づくるようにうながすことである。》（『中央公論』に訳載されたものによる）

しかも、ここにおいてもっとも喚起的な言葉は「緊張」にほかならないであろう。さきにあげたアイヌの知識人と、二・二六事件の関係将校と漱石の三種の文章を、一貫して流れているものは、怒りの精神である。この三種の文章は、それぞれ緊張しきっているが、それは怒りにつらぬかれた緊張というべきであろう。*

＊　僕はいまサルトルのこの言葉の全体に関心をもつ。それは『小説の方法』（岩波書店版）で展開したところにつながってゆく。しかしこの文章を書いた時、確かに僕の中心課題は、「緊張」であったのだ。

知里真志保博士は、かれの背後に、アイヌ民族の歴史と現在の、文化的なるものと悲惨の総量をひかえている。かれの眼のまえには、アイヌ民族を永い歴史にわたって迫害し、今日滅亡直前にまでそれを追いつめている日本人の総体がある。アイヌ文化の日本人側の理解者としての、アイヌ学者たちもまた、その日本の総体にふくまれるものだ。むしろ、そうした表面的なアイヌの味方は、逆に日本人のうちなる、最悪のアイヌの敵でもありうるだろう。知里真志保博士の文章は、あまりにも端的にそれを摘発するものである。

おなじような事情を示すものとして、アメリカにおける白人と黒人の関係がある。（ただ黒人は強力であり、なお圧倒的に強力になりつつある。黒人は白人に力で対抗することが不可能ではない。しかし滅亡寸前のアイヌはそれが可能でない。知里真志保博士は孤り怒る者である。）ジェームズ・ボールドウィンは、知里真志保博士が、日本人のアイヌ理解者に鋭い批判の眼をむけつづけたように、アメリカの白人の進歩派について、南部のこちこちの人種差別主義者たちよりもなお始末の悪い、《信じられないほどの、底なしの、真に臆病な鈍感さ》を批判してきた。この言葉を引用しながら、アーサー・シュレジンガー・ジュニアは、ボールドウィンをふくむ黒人の知識人たちが、ケネディ司法長官と、かれのアパートで会った模様を、かなり嘲弄的にえがいている。黒人たちが、かれらのために働く有能な実力者たる、当時の大統領の弟を、たとえば、《ロバート・ケネディと同じ部屋にいると思うと、へどを吐きたいような気持になる》といったりして反撥させ、かれらにあたえられた機会をむだづかいしてしまった、というのがシュレジンガーの言い分である。しかしボールドウィンたちの反応は正しかったのだ。かれらは黒人の歴史と現状との、緊張感にみちた力関係のうちに存在しているかれら自身の存在のタイプから、たとえかれらにちょっとした援助をおこなう政府高官の前でも、離れてしまうことができなかったにすぎず、そうすることで、ケネディ司法長官の黒人への配慮の、にせもの性をあかしだてる効果をあげたのである。それは結局のところ、シュレジンガーの立腹ぶりそのものからさえも、あきらかにうかがい知ることのできる事情である。

知里真志保博士は、かれの背後にあるものと、かれが眼の前に見すえるものとのあいだに、ひとりのアイヌ知識人として緊張感とともに存在している。博士の存在が軸となって、この三者の相互関係をかぎりなく緊張させる。そして博士の緊張感は、われわれ読者につたわり、われわれにもまた、ひとつの緊張感をひきおこす。博士の怒りは、日本人であるわれわれをはじきとばすものなのであるから、われわれの緊張は博士によって押しつけられたものではない。われわれは、まさに《自由に》、われわれの内部にその緊張を形づくったのである。アイヌの知識人としての知里真志保博士の、怒りにみちた文章は、あらためてわれわれに博士とのあいだのにせものの連帯感しか自分がもたぬことを思い知らせ、われわれを博士から切りはなすが、しかしわれわれは博士の文章によって喚起された、自分の内部の緊張において、なにものかをもたらされたことを感じざるをえない。それは、なにをもたらされたのであるのか？　それを僕は、われわれの人間としての存在の根にむすびつくきっかけをもたらされたのだと考えるものである。なぜならば、われわれに喚起された緊張は、われわれの人間としての存在の根にかかわった緊張感であるからである。

二・二六事件の関係将校の憤怒の文章もまた、処刑をひかえて獄中にあるこの孤独で荒あらしい人間から、直接には誰も何ひとつもたらされるものではない。かれは、天皇陛下、明治天皇陛下、皇大神宮様、日本の神がみに、つぎつぎに呼びかけている。しかし、かれの呼びかけの言葉は、聞きいれられることがないのを、このファナティックなクーデタ参加者自身、よく知っている感じがあって、それは、呼びかける対象とかれとの断絶を、よりくっきりと浮かびあがらせる効果しかあげていない。しかも、この呼びかけがある以上、われわれはこの文章を読むにあたって、二重に文章の書き手から切りはなされている。まことに、文章の書き手は深甚な孤独のうちに、この叫び声のごときものを発したのである。かれの緊張感は、かれが背後にひかえている日本人の天皇制感覚の総体と、かれが眼の前に見すえている当時の政治的腐敗とを、かれ自身の、銃殺されるべきひとりの日本人の肉体においてつなぐことによって生じている。そして、銃殺されるファナティックに対して、われわれはすっかり切りはなされた場所にいるのであるが、しかしわれわれはこの文章を読むことによって、われわれ自身の深い内部に緊張感を見出さざるをえない。そしてわれわれは、その緊張感が、天皇制の感覚と密接にむすびついていることを見出し、それをつうじて自分に、日本人としての存在の根にむかうきっかけがあたえられたことに気づくであろう。われわれが、この二・二六事件の関係将校とおなじ天皇制の感覚をもつというのではない。むしろその対極をなす天皇制感覚をもちながらも、なおわれわれは、自分の日本人としての存在の根にかかわったところで、天皇制の感覚を、あらためて体験せざるをえない。そのような意味において、これは《自由》われわれの内部に形づくられた、緊張にほかならないのである。

漱石の暗く鬱屈した苛立ちを、狂気と呼ぶことは決してあまりにまとはずれではない。しかし狂気の淵を眼の前にした漱石は、絶対に弛緩していない。それはいかにも内的な鬱屈にのみ由来するだけに、かれの緊張は、孤独なものではあるが、もっとも激しいものである。そして、かれの『日記及断片』を読むわれわれに喚起される緊張は、かれ自身の狂気にむかいあう漱石の緊張に触発されながらも、われわれおのおのの狂気にむかわしめる緊張であって、それもまた《自由に》、われわれの内部に形づくられた緊張であり、それはもっとも端的に、われわれの人間としての存在の根にかかわらしめるものである。

これらの三種の例においてわれわれが見るのは、すべての文章の表現者たちが、読者といわば敵対するような位置にありながら、あるいは目前に迫った処刑や狂気によって、われわれと断絶しながら、そのかれら独自の緊張によって、われわれ独自の緊張をみちびき、その緊張は、われわれをわれわれ自身の存在の根にむすびつけるということである。サルトルの言葉にもどれば、《世界と世界内存在との間の緊張》といういい方によって表現されるところの、人間とその存在の根とのあいだの緊張したむすびつきを回復する、ということである。

4

ル・クレジオの『調書』(新潮社版)は、ヒーローを、軍隊または精神病院から脱出してきた青年として、しかも海のなかに棄てられたかれのモーターバイクによって、外部からはすでに死んだと思われている人間として設定したばかりか、かれが日々、海を見おろす丘の上の、住人のいない家にはいりこんで、風景や事物を見まもっている状態からえがきはじめることによって、ヒーローを、他の人間からすっかり切りはなしてしまった。かれが暴力的におかして情人とした娘は、やがて青年を告発することによってあきらかなように、かれとは実際にはむすびついていない他人である。青年は、動物(犬から白鼠にいたるまで)に同化することを望むような、退行型の人間としての自分を選ぶことによって、ますます他人たちから遠ざかる。かれが再び他人との交渉を開始するのは、狂人として精神医学の若い学生たちの面接をうけるにあたってのことである。それもまた、かれの他人たちとの断絶を確実にするためのもうひとつの光景にすぎない。

しかし青年の瞑想あるいは観察は、独自の緊張感にみちており、かれ自身の存在の根とかれのあいだの緊張は、われわれにつたわってくる。われわれはそれによって自分自身の緊張を喚起され、われわれ自身の存在の根にむかいはじめざるをえない。この孤独な、外部から隔絶された青年の瞑想と観察のもっている意味はどういうことなのであるか？　この青年のまことに執拗で微細なところに眼のとどく事物の観察、そして母親の胎内にむかっての退行の昂揚感、そうしたものがわれわれに訴えかけてくるのはなぜであるか？

《現代人はあらゆるものを、なんの連関もない錯乱状態のままで、手当りしだいに掻きあつめてくるのですが、それは、現代人のこころのなかも一種の支離滅裂な錯乱状態を呈していることの証拠にほかなりません。現代人は外界の諸事物に対しても、もはや確乎たる事実としてのそれに向かいあっているわけではなく、従ってもろもろの事物も、もはやそれぞれがただ一個かぎりの独自のものとして人間の眼に映ずることもなくなっています。また現代人はもはや一つの特別な行為を通じて個々の事物に近づくこともしないのです。》（マックス・ピカート『われわれ自身のなかのヒットラー』みすず書房版）

マックス・ピカートは一九三二年のドイツ旅行において、右の一節をふくむ対話を、ある政党の実力者とかわし、当時力をえていたヒットラーの出現の意味をあきらかにした。ヒットラーは自殺したが、われわれのあいだに、右のような事情は残っている。われわれと《諸事物》との関係は、いまなお同じである。そのような時、ル・クレジオはひとりの絶対に孤独な青年を起用して、事物が《一個かぎりの独自のものとして人間の眼に映ずる》べく、執拗な観察者たらしめたのである。青年はあるいは白鼠に、あるいは犬に同化するようなやり方で、まさにかれ独自の《特別な行為を通じて個々の事物に近づく》のである。われわれがこの反社会的な青年の観察や冥想をつうじてうけとる緊張感は、それにもとづいているといわねばならない。

僕が、表現することのうしろめたさにとらえられながら、表現したものを受けとめられたことから生ずる反応に、恥かしさと恐しさを感じながら、しかもなお表現しつづけることについて、もしひとつの自己弁護を試みるとすれば、僕はこのようにして自分が自分自身の存在の根にむかうことによって、他者に、かれ自身の存在の根にむかう緊張を喚起したいのだ、ということにとどまる。そのようにしてしか僕は(もし自分の表現するものが、なにものかを同時代人にもたらすとしたら)他者に、自分の文章をつうじて働きかけることができないということを、約十年間の作家としての生活をつうじて理解せざるをえなかったのである。

——それでは、きみはなんのために文章を発表するんだ! と深夜の電話において僕を詰問し、結局僕から沈黙しかひきだすことのなかった、僕の見知らぬあなたへの、これが僕の答の試みのひとつである。

作家としてどのように書くか?

1

テレヴィのドキュメンタリー番組で、ピノチオのような頭に、光の加減で瞼のなかがすっかり黒眼のように見える、瘦せた小柄な、若い指揮者が公演の練習をしている光景が映し出された。かれは交響楽団と共に、ベルリオーズの『レクイエム』をつくりあげようとしているのである。シンフォニーが幾小節かを演奏した後、男声合唱が参加する。指揮をする青年は、音を聴き、指揮棒と共に躰を動かしながら、まことに内面的な激しい集中を示して考えこんでいる。かれは合唱の参加の仕方が気にいらないのであるが、かれが自分のイメージを説明する声は、ほとんど吃っているようで、言葉の意味もあまり明確ではなく、端的にいって自分の説得力がない。指揮者は、いくつかの言葉によって自分のイメージを明確につたえうるだけ充分には、まだ、かれ自身のイメージを正確につかまえていないように感じられる。しかもかれは、そのイメージを言葉にかえるに充分なだけの時間を持っているわけではない。すべては恐るべきスピードと共にどんどん進行する。再びシンフォニーが幾小節かを演奏し合唱がそれに加わってゆく。指揮者は満足ではない。しかし、いまかれは、五分前よりはもっと具体的に、かれの考えていること、望んでいることを、言葉にすることができる。

——合唱の方、もう少しだけ早く音をください、タッ、タッ、タッと少しずつ早く。三連音ではないが、まるで三連音の感じに、タッ、タッ、タッ、タッと!

そのような注文はテレヴィのブラウン管の前で緊張

して事のなりゆきを(それは西部劇で悪漢どもにかこまれたヒーローが、どのようにして危機を脱するかを見つめているような気分をあたえる。しかもこの場合、かならずしも、ヒーローの勝利について、たかをくくるわけにはゆかない。現にこの若い指揮者は、演奏会場の内外に、スキャンダラスな強敵の数かずの待ち伏せする日本に帰ってきて、このベルリオーズと取り組んでいる、危機の内なるヒーローであって、かれの決闘の結果についての予測は、単純にはくだしがたいのである)、見まもっている者にとって、あまりに漠然としており、不充分な説明力しか持たないように感じられる。しかし演奏家たちは、青年の期待の心をくみとる。シンフォニーが幾小節かを演奏し、合唱がそれに加わり、いま「音楽」はあきらかに即物的なまとまりの印象を、「もの」としての堅固感をそなえている。指揮者はあからさまに嬉しげな満足の表情を示す。かれの内部の秩序と外部のざらざらした粗野な感じとのあいだの、摩擦の気配がいまは消えている。それはテレヴィの前の人間にもまた、快いカタルシスをあたえるものだ。指揮者はすでに素早く次の小節群に向っている……

僕はかつてこの指揮者の青年にインタヴィユーをおこなったことがあった。かれは文学の世界の言葉とはまったく異種の言葉で、しかもじつに明快に、音楽とそれに関わる人間の問題について語った。いまも僕はかれとの会話の爽快感をはっきり思いだすことができる。

q　あなたの指揮をみていると、たしかに音楽的な生命を生きていられることがわかる。音楽家の場合は、芸術を作りあげる時、プレーヤーが弾くのと、聴衆が理解するのと、全部、同じ時間におこなわれているんだし、指揮者の〝音楽する〟という言葉はじつによく当っていると思う。僕もテレヴィをつうじて、あなたと一緒に音楽していたんですね。

a　そうですよ。もし、一緒にいたと感じてくだされば、音楽家としては非常に嬉しいですね。それが一番大切ですものね。音楽を非常にむずかしいものに感じちゃうと、それはもう僕たちの問題じゃなくなっちゃう。固くなったら、何もできないですよ。*

* この指揮者がわれわれの世代の最初の巨匠ともいうべき小沢征爾であることはいうまでもない。

僕はかれの使っていた「音楽する」という、かれ独自の意味づけを背後にひかえなければたちまち崩壊してしまいそうに思える、危険な充実をはらんだ新しい言葉をたびたび思いだす。最近、この指揮者を攻撃するスキャンダル雑誌の記事のうちに、かれの友人たちの意見として、この指揮者は知的教養の低い人間で、音楽のみに感覚と才能を持っている、というほどの意味の言葉がのせられているのを見たとき、僕は大きな違和感にとらえられずにはいなかった。かれのようにも、時間さえあれば自分自身の文化的特性に密着した説得力のある、自由な会話をおこなうことのできる戦後世代の人間に、僕はあまりしばしば会ったことはなかった。

さて僕が、若い指揮者の練習風景について語ったのは、交響楽団員たちの前で、自分の内部と切迫した関係をたもちながら、かれ自身がそれを、しかとは説明できないにもかかわらず、自分がそれを希望していることだけは苦しいほど明瞭な、そういう音を探しもとめ、そして結局、それを曖昧さの鉱床から具体的に発掘してゆく過程に、僕が僕自身の創作の実際的な過程にあいかようところのものを見出すからである。それは僕の仕事のすすめ方にそくしていえば、とくに原稿の推敲の段階と、校正刷の手なおしの段階に(そのふたつの段階に必要な時間と集中力との総和は、僕にとって最初の原稿の制作に要するそれと、ほとんどひとしい)、とくに似かよっているように思われる。

最初の原稿において、それを書いている僕自身は、僕の眼にうつらない。僕の眼の背後に暗闇の広がりがあって、そこから意識による制禦をこえたものが、次つぎにくりだしてくる、というのが、僕にとって自然な感覚である。したがって最初の原稿は、僕の肉体そのものの一部のようであるか、少なくとも僕の肉体そのものの熱や湿りけをそのまま継承していて、それは「形式」を持たない、ドロドロのかたまりのように感じられるのである。ケラワックが、ある一定の時間に頭に浮かぶことのすべてをタイプライターにうちつづけ、なにも浮かんでこなければ花マークでも連続してうちつづけ、そして時間がすぎさればそこにできあがっているものが作品であって、それを一字一句なりと訂正してはならない、というシュールレアリスムの方法に似た創作法について書いていた。それはグローヴ・プレス版のアメリカ現代作家の短篇アンソロジーの後記においてであるが、そこに収録された作品をかんがみても、すなわちケラワックは、この「形式」をもたないドロドロのかたまりこそを、かれの作品と呼びたいのであろう。もっともそうした考え方にいたるより以前のかれの作品のうちに、意識の厳重な点検をへて整然たる「形式」をそなえながら、かつ自由な作品があることはいうまでもない。むしろ、つづまるところここでケラワックがのべている創作法は、かれの夢想に属するというべきかもしれない。それと関連して、僕は日本に週刊誌ブームがおとずれてすぐのころ、たまたま九州へ一緒に講演旅行した、ある流行作家の巨魁が(この言葉の伝統的な意味からいえば、賊でないことはもとより、叛逆者ですらもない流行作家に、

この言葉を冠しては不正確であろうが、かれはなんとなく巨魁という言葉にぴったりする風貌をそなえていた)、

——頭に浮かぶことがそのまま、文字になってあらわれる機械があればいいのに! と衝撃をうけずにはいられないほどナイーヴなことをいうのを耳にしたことを覚えている。もっともいまや、この巨魁以下の流行作家たちは、週刊誌時代の荒波に完全に適応して、右のような嘆声を再び発することはないように思われる。

さて僕もまた、このドロドロのかたまりの状態のまま、作品を発表したことが幾たびかあった。たとえば『セヴンティーン』と『政治少年死す』がそうであった。それを告白することによって、このひとつながりの小説に対する攻撃者に対して、僕は有利な批判の材料を提出したことになるかもしれないが、ともかくそれは事実である。これらの作品よりも以前に、僕がこの《全作品》におさめた最初の小説としての『奇妙な仕事』もまた、書きなおしたり、校正刷の段階で訂正したりする、ということはない作品であった。僕はそれを書いて東京大学新聞に送ったあと、約十年間それを再び読むことがなかった。いま、この《全作品》版で読んでみると、あきらかに原稿の段階で、僕が誤記したまま、それが今日まで残っている部分すら発見される。

《僕は長椅子に腕を下し眼を伏せた。爪の周りの皮膚のささくれだった掌が膝の上で慄えた。》

この文章において、腕は、腰でなければならない。もっとも『セヴンティーン』にくらべて『奇妙な仕事』は、とくにドロドロした感じの生きている作品ではない。小さな、軽いそれではあるが、ちょっとした「形式」もそなえている。それは僕が、この作品とおなじ主題について戯曲を書いており、したがってこの

作品にむけて小説化する行為は、なかば意識化された過程においてなされたものであったからである。『奇妙な仕事』という小説は、僕の眼の背後の暗闇から、僕の肉体そのものの熱や湿りけをおびてあらわれた、不安定な赤んぼうそのものではなく、戯曲『獣たちの声』が小説『奇妙な仕事』に移ってゆくあいだ、僕の眼は、その過程を明瞭に眺めて意識のヤスリにかけていたのである。そのような意味で映画や演劇のための adaptation には、基本的に創作の内的な不安や危険の感覚と、無縁なところがあるように思われる。僕はかつて、ある映画監督の夫人で、彼女自身シナリオ・ライターである人物から、自分は原稿用紙に文字を書くことに嫌悪しか感じないが、おまえはどうか？ という不思議な質問を受けたことをおぼえている。僕はこの賢しげな女知識人の質問に答えるかわりに、むしろシナリオ・ライターの仕事一般について、ある啓示をうけとった。それは右のような考えにすぐさまつらなってゆくものであった。*

* しかしこれはたまたま日本映画の衰弱と関係していると思う。たとえばその草創期の、伊丹万作の仕事について、こういうことはいえない。

原稿の段階の、ドロドロした、「形式」を持たぬ、そして自分自身の熱と湿りけをわけもっているかたまりは、いわばわれわれの伝承の内なる神がみの時代の《浮きし脂の如くして》ただよう様子が、まったくクラゲのようであった、ドロドロの国に似ている。それに対し、意識の力の天の沼矛（ヌボコ）でかきまわし、滴をしたたらせるような作業をおこなわなければ、「形式」をそなえた実体はあらわれない。そうした作業の段階が、若い指揮者の練習風景の意味するものと、本質的にかよいあうように思われたのである。

すなわち眼の前に生まれたばかりの、まだ曖昧さをかねそなえた、柔らかく、ぐにゃぐにゃしてあたたかい音のかたまりがある。それを自分の意識のヤスリにかけて、抵抗感のある硬さに、かたちづくらなければならない。しかしどのような硬さ、どのような「形式」にまでたかめたいのかという、考え方と鍛え方の終局の到達点は、指揮者自身にも明確ではない。なぜならば、まだその段階では、それは指揮者の意識の中にすら存在していないからだ。もしあらかじめ意識によってとらえられる、「できあがったもの」のイメージが先行していることがあれば、創作行為そのものが無意味である。

逆にいえば、意識の上に「できあがったもの」の形が存在しないところから出発して、「もの」としてのそれにたどりつくところに、創作行為の生産としての意味が生じるのである。そして、完成された作品に、それまでは決して存在しなかった、「もの」としての新しい異様さと、意識の浸透を完全には許さない、拒否的なほどの「もの」としての堅固さがあたえられるのである。その危険な緊張感をあじわうことのない者にとって、原稿用紙に文字を書くことが嫌悪感しかひきおこさない労働であるとしても、それは当然のことであって、救いようはない。

文章を訂正して形をととのえ、力点を明確にし、多義性*への落し罠をひとつずつ埋め、夾雑物をとりのぞき、的確な補強材を加えて、ひとつのイメージをすっきり充実させてゆく。その過程において、信頼する編集者と（一等はじめの、自分の眼の背後の暗闇から、ドロドロしたかたまりをとり出す時には、それは自分の意識とすら協同できないのであるから、他人の力をかりることは不可能だ。しかし、意識のヤスリとコテで、ドロドロしたかたまりに立ちむかう時には、編集者の意識と、自分の意識は、ほとんど対等な力関係において機能を発揮する。指揮台のすぐわきに陣どっているコンサート・マスターの役割が、編集者の役割である）かわす会話も、結局は、若い指揮者の、

——合唱の方、もう少しだけ早く音をください、タッ、タッ、タッと少しずつ早く。三連音ではないが、まるで三連音の感じに、タッ、タッ、タッと！というほどの言葉をかわしあうことができるのみである。しかし言葉の群はしだいに硬くなり、「形式」をあらわしはじめ、そして結局、作品ができあがって、作家は危機をのりこえるのである。作家が危機のうちに作品ともども撃ちたおされることはしばしばある。作家はテレヴィ西部劇のヒーローではない。かれはむしろヒーローの出現以前に、悪漢たちに苦しめられ、時には豚のごとく射殺される、荒蕪の土地の疲れた農夫に似ている。

＊ 文学のイメージの構造的に作り出された多義性については、僕はいま積極的にそれを評価する。

このような原稿の訂正と補強の段階における、作家の才能とは、どのような性格のものであろうか？ 指揮者についていえば、かれの交響楽団のメムバーたちを、ひとつの緊張した瞬間にむけて激しく集中させ、指揮者ともども、困難を乗りこえさせる力をさして、才能というのであるにちがいない。現に、あの若い指揮者にみられる才能は、そうした、人間群および自分自身に対して働きかける、力の感覚であることが明瞭であるように思われる。そしてそれは、自由に解放された教室における、教育家の才能とかよいあうものである。

僕はかつて群馬県島小学校における、斎藤喜博校長の教育を見ることであじわった、真に芸術的・生産的なものにふれた際の感動について文章を書いたことがあった。地方の様ざまに束縛されていた子供たちを解

放して自由をあたえ、その自由な子供たちを生きいきと集中させる緊張と流動感にあふれた教室には、確かに、音楽の世界に直接つながる感動を喚起するところのものがあったのである。

《この教室とこの子供たちは完全に解放されているが、解放されたまま有機体のように組織され、そこで自由で個性的なコミュニケイションがおこなわれるわけである。

組織論とコミュニケイション論はおなじことだ、と斎藤さんは活潑な子供たちに上機嫌でいった。この教室は解放された教室です。

こう書けば、ことは抽象的なようだが、ひとつの教室に本当に生きいきと自分本来の自分のすべての芽を解放することのできた自由な子供らが、ネギボウズを観察し、その結果をつたえ、つたえられている。子供たちはおたがいに自由にむすびつきあい(それは運動場で遊んでいるときのようだ)、しかも小さな女の先生の演出に素直になめらかにしたがっている。ここで、この解放された自由な子供の組織は、そのまま解放された自由なコミュニケイションをひきおこす。》

この教室における生徒たちの行動と思考とに、きわめて似かよっているところの心理的実体を、若い指揮者が、したたかな演奏家たちのあいだに喚起することができる時、かれには独自の才能があるといわねばならないであろう。最近刊行された斎藤喜博校長の自伝においても、この決して異様にとびぬけた能力をもつというのではない人物の、教育家としてのまぎれもない才能は、自分自身をふくめて、周囲の他人たちを強く集中させる緊張感をかもしだす才能であるが、それはあの若い指揮者の才能とおなじ性格のものであるように思われるのである。

作家もまた、かれ自身と、ドロドロしたかたまりのうちなる言葉とイメージ群とを、ひとつの確実な「形式」にむけて集中させる緊張した意識の力を必要とする点において、かれの才能はあきらかに、かれらの才能につながるものでなければならない。

2

交響楽団の指揮者の行動と思考を手がかりにして、僕は作家の創作の過程における行動と思考について考えてきたが、音楽家の思想とその作品との相関は、やはり、作家の思想とその作品についての、いたずらに観念的でない、具体的なヒントをあたえる手がかりである。最近僕は、「武満徹の思想」という文章を書いて、おもにこの作曲家の文章から、かれの思想をあとづけてゆこうとした。そしていま、武満徹の新作、『地平線のドーリア』を聴きながら、自分の書いた文章を想起すると、いうまでもなく僕は自分の文章の様ざまな欠陥を認めざるをえないが、同時に、たびたび「武満徹の思想」と『地平線のドーリア』が共鳴してたてる、人間の肉体と精神にともにかかわる音を聴くことがあって、それは僕に、作家の思想とその作品についての思考の手がかりをもたらすのである。

《僕が武満徹の音楽からうける感動は》と僕は書いた。《いくつかの例外をのぞいて（それは、いうまでもなく僕の理解力の貧しさからくる例外であって、音楽家に責任はないが）つねに、明瞭で正確で、具体的であった。もし人間の魂が純粋に発する声があるなら、その声のように、まさしく人間的であった。

また、武満徹の文章と、現実にその風貌姿勢にふれることのできる武満徹の人格は、これは例外なくつねに、明瞭で正確で、具体的であり、純粋に人間的である。僕は、そのような印象をいだいて武満徹と同時代に生きていることを幸運と感じているものとして、かれ自身の文章を手がかりにしながら、かれの思想の全体のスケッチを試みたい。

武満徹の文章は独特なもので、それは、耳を澄まて、読むことをうながす性格をもっている。「私はまず音を構築するという観念を捨てたい。私たちの生きている世界には沈黙と無限の音がある。私は自分の手でその音を刻んで苦しい一つの音を得たいと思う。そして、それは沈黙と測りあえるほどに強いものでなければならない」と武満徹はいっているが、文章においても、かれはそのように唯一の言葉をさがしもとめているように見える。そのようにしてつくりあげられた、必要にして、かつ十分な文章は、この寡黙な音楽家の沈黙の時の総量をつぐなうにたる、現実的な力をもつのである。

さがしもとめられた武満徹の言葉のうち、かれの思想の根幹にあるものは、すなわち武満徹の沈黙のもっとも深いところに沈んでいる錘りのような言葉は、次のような文章にふくまれていると思われる、「私は音楽と自然とのかかわりについて、いつも考えているが、それは自然の風景を描写するということではない。私は時として人間のいない自然風景に深くうたれるし、それが音楽する契機ともなる。しかし、みみっちくりす汚れた人間の生活というものを忘れることはできない。私は自然と人間を相対するものとしては考えられない。私は生きることに自然な自然さというものをとうとびたい。それを〈自然〉とよびたい。これは奥の細道に遁れるような行為とは大きく矛盾するのである。私が創るうえで、自然な行為というのは現実との交渉ということでしかない。芸術は現実との沸騰的な交渉ののちにうまれるのだ。」

この自然という言葉にかかわって、武満徹は、「生活の様式が、自然な均衡を失うことはおそろしい。私たちは、生きるかぎりにおいて自然との調和ということを志しているものだろう。芸術はそこにはじまり、かならずそこへ還るものにちがいない。調和とか均衡という言葉は、既成の尺に律せられるという意味ではない。それは、たんなる機能主義を超えたものである。自らのモデュールによって世界に新しい発見をすることだ」ともいっている。

かれのもちいる自らのモデュールという言葉は、僕に、レオナルドが理想の人間像を示すために描いた、いかにも自然で、しかも、じつに異様な印象のある図表のイメージを喚起した。それは、ライオンのような髪をした、憂わしげで威厳のある裸体の男の絵であるが、両腕をひろげ、両足を踏みひらいた、かれの両手首、両足首は、臍を中心とした円周上にあって、理想的な人間のモデュールを示す。

それが人間の自然な寸法によってなりたっているものであることは確かにしても、裸体の男の忍耐にみちた表情があきらかにするとおり、それは意識的に選ばれ、努力をもって持続されている姿勢であり、モデュールであろう。

武満徹もまた、そのように「自然」な自分自身のモデュールを選びとり、それによって世界を計量することによって、世界に意味をあたえ、世界を人間の意識にかかわるものとして、すなわちかれの音楽として、実在させつづけるのである。それはまた、世界にひとつの発見をする表現行為が、それ自体において、表現者自身のモデュールを自覚せしめ、さらに更新せしめることでもあるであろう。そのようにして世界と音楽家は、日々新しくなりつづける。

世界と自分自身との関係は、武満徹が次のようにあきらかに意識するところのことである。かれは、同時代のほとんどすべての芸術家がそうであるような、世界と自分自身との関係を見うしなった、世界の迷い子ではない、「世界はいつでも自分の傍にありながら、気付く時には遠くにある。だから世界を喚ぶには、自分に呼びかける他にはない。感覚のあざむきがちな働きかけを避けて自分の坑道を降りることだ。その道だけが世界への豊かさに通じるものだから。」

しかもこうした語り口は、単なる文章表現のあやによるのではない。武満徹には、世界の核心にいたる道、自分の奥底深く降りる坑道が具体的に眼に見えている(あるいは、その道の存在そのもののたてる音が耳に聞えている)のである。「私にとって世界は音であり、音は私をつらぬいて世界に環のようにつづいている。私は音にたいして積極的な意味づけをする。そうすることで音のなかにある自分を確かめてみる。これは私にとっても、もっとも現実的なおこないなのだ。形づくるというのではなく、私は世界へつらなりたいと思う。」

このように世界という言葉や、自然という言葉を、自分自身の内部に深く沈みこませて語る人間は、たびたび、自己閉鎖的な、ミスティックな人間として現実を拒むことがある。武満徹は、確かに神秘的な哲学や、怪奇小説やSFの熱心な読書家であるが、しかし、かれは、およそ、そうした傾向とは逆の、現実に参加する音楽家である。

武満徹はまず孤立して自閉的たることを拒否する、「私は共同の仕事というものを愛する。私は個々の内部的な仕事をかろんじるものではないが、それが自己完結に陥りがちであることを危惧するのだ。自我の確立ということは近代の前提であるが、他を遮ることに潔癖であれば、遠からず己を殺すことにもなろう。そこには空気が通わない。」

武満徹が映画や演劇に示す熱情と誠実は、数多くの、かれの共同作業者たちのひろくみとめるところのことであるし、映画館や劇場にあつまってくる民衆が、確実に、それを感じとるところのことであろう。

武満徹の作曲したひとつの音楽を、邦楽の演奏家が、おそらくはかれの閉じられてきた特殊の世界に、はじめて鳴り響く音と、はじめて克服される技術的困難の印象において、真摯に演奏するのを聞いて、僕の友人である年若い外国人が、あの邦楽の演奏家は平静だろうか、憤懣は感じないだろうか、とたずねた。僕はたちどころに、そうしたことはないであろう、と答えたが、それは武満徹の次のような、洞察と優しさにみちた言葉を思いだしたからであった。「邦楽の人たちは、純粋に音によって思考するという訓練には欠けているが、音色に対する感受性はするどい。」ここには他者となれあいでなしに、真に連帯することを知っている人間の言葉の響きがある。

武満徹の政治的な意見は、つねに物ごとの本質にふれていて進歩的であり、すなわち独立したラディカルの意見であるように思われる。一九六〇年に、われわれは、政治的党派からは独立して、強権に抗議するグループをつくった。それ以後、なおラディカルでありつづけている、かつてのメムバーはじつに数少ない。武満徹から直接に政治にかかわる言葉を聞いたことは、きわめてまれであるが、僕は次のような文章に、もっとも信頼すべき、ラディカルの顔を見出すのである、「私は、もっと積極的に現代を音楽の手掛りとしたい。現代の視点から民謡を……などというただし書きはまやかしにすぎない。なぜなら、作者はあまりに現代を客観視しすぎる。作者が相手にすべきは真に同時代の思想や感情である。この激しいウズのなかで、おのれをいかし、それを証すことだけが正しく伝統につらなることにはならないか。」

現実に参加してゆき、他者と連帯する武満徹は、また、かれ自身の内部の死について特徴的なイメージをいだいている人間であって、かれの音楽、たとえば『弦楽のためのレクイエム』は僕にとって、すでに自分自身の死とそれを切りはなすことができないと感じさせるような、そうした体験をあたえる力をもっている。僕は、広島にたびたび旅行していたころ、原爆資料館で、放射能に細胞をみにくく破壊された草の葉を見るたびに、武満徹の『弦楽のためのレクイエム』と次のような文章を思いだした、「ある植物学者は、生体のかたちづくる細胞には、アモルフ—無形態なものは存在しないと語った。それは顕微鏡的世界でのことだが、細胞は厳格に秩序だてられ、時に正六面体というような形が発見されるそうである。アモルフィな形態が発見される場合は屍体か、あるいは、損傷した部分からに限られているらしい。これは私たちにとってたいへん暗示的な事柄ではないか。」そのとおりだ、これは死についてのもっとも恐ろしい暗示をはらんでいる。

「かつて、筑豊の廃墟に立って、私は、抒情的な景色にくみこまれてしまいそうなその風景を、恐ろしいものとして眺めていた。そして、何故そのことが私にとって恐ろしいものであったかをいつも考えていた。それは、人為的なものが、自然に風化されてしまうことの恐怖である」とも、武満徹は書いている。それは死の本源にかかわる瞑想であろう。しかも武満徹の死の想念のうちなる、恐ろしい自然のモティーフは、かれが音楽とのかかわりにおいてくりかえし語っているとおなじ「自然」である。その相互関係はふたつの文章が、共鳴しあってたちまちあきらかにするであろう。

「図式的なおきてにくみしかれてしまった音楽のた

ゃちな法則から〈音〉をときはなって、呼吸のかようほんとうの運動を〈音〉にもたせたい。音楽の本来あるべき姿は、現在のように観念的な内部表白にとどまるものではなく、自然との深いかかわりによって優美に、時には残酷になされるものだと思う。」

「私たちは、人間を待ちうけている死の沈黙を避けられない。自然の優美にして残酷な仕うちと書いたのはそのためである。」そこで音楽家は、死の想念のまえに、かれ自身の態度を選択した、「私は生きるかぎりにおいて、沈黙に抗議するものとしての〈音〉を択ぶだろう。それは強い一つの音でなければならない。」

僕がかれと同時代の小説家として、武満徹の芸術的態度にいだく共感の最もふかい根はそこにねざしている。死についてかれのように率直に語る同時代の芸術家はまことに稀であるし、かれのように決然と「強い一つの音」をさがしもとめることを選んでそれをなしとげつづけている芸術家は、なおさらに稀であるから。

今日より、ほぼ半世紀をさかのぼる明治四一年に、二葉亭四迷は、次のような言葉によって、漠然としてはいるが切実な期待の声を発した。

「何しろ日本人の音楽には日本人の肺腑に徹るような或物がなけりゃならぬ。何だか知らんが確かにある。そこが日本人の特色だろう。だからよし西洋楽が輸入されるにしてからが、その特色――その或物が摂取され調和されて、特殊な日本音楽になって来なければ心から日本人を動かすことが出来ぬ。」そして今日、武満徹が達成したのは、まさに日本人の肺腑に徹り、心から日本人を動かすことのできる音楽である。しかし、それは、単に、日本人の心情の枠内にとじこめられた音楽でなかった。現にそれは西欧の聴衆を感動させるものである。だからといって、武満徹の音楽が、西欧の世界に逆輸出されるべき、日本製の特殊な西洋音楽となりおおせたというのでは絶対になかった。

日本、西欧ということにかかわっていえば、武満徹の次のような言葉が、かれの意図と、かれが現実になしとげたところのことを充分にあきらかにするであろう。「私は日本的なものの特質を曝いて、それと西欧的なるものを等価値のものとして自身の手で衝突させたい。私たちの時代の立場としてはそれはけっして不可能ではないだろう。その時そこにうまれる矛盾が表現の唯一の批評となるのである。」

　武満徹の音楽を聞くものはみなそこに、この衝突の火花が照しだす、矛盾のかたまりを、すなわちダイナミックで創造的な自己批評の根を見出すであろう。しかし、もっと本質的な奥底では、より鋭い光を発する火花が、深い河をあかるませ、そこに浮んでいる音楽家の肉体そのものを照しだしているのである。音の河のなかの音楽家は、自然に世界に、われわれの現実に、自由にはいりこんでは、すべてをむすびつける。それはすでに、二葉亭の想像力をこえたところに、武満徹が歩み出ていることを示すにたるであろう。

　もし、われわれが、いかなる留保条件もなしに、明治に対して優位を誇ることができる存在を、芸術の分野にもとめるとしたら、まず武満徹の名があげられねばならない。》

　右のように僕は書いたのであるが、音楽家の思想とは、聴衆に言葉として直接伝わるものではない。音楽家が書いた文章から、かれの「自然」にかかわる思想の糸口を、把握することができる。だからといって、そのまま、かれの音楽の深みにかかわって、理解することができるということにはならない。また、かれの音楽のみを聴いて、そこから、かれの「自然」にかかわる思想を確実に散文化することができるというのでもない。少なくとも、かれの音楽を聴いて、そこから武満徹の「自然」についての思想を、具体的にとらえることは、武満徹自身をのぞけば、誰にも決して容易ではないであろう。(逆に言葉におきかえることなしに、もっと根源的なところで、「自然」の思想そのものと通いあうものを感じとることは、広く多くの者に可能であろう。それが音楽を聴くということだ。しかしそれを具体的な言葉におきかえようとするわれわれをたえずおそうのは、指のあいだから水がもれるような、苛立たしい喪失感のみである。)音楽家の、音楽そのものと、かれが言葉として表現する「思想」とが、音楽家の内部で有機的な、いわば人間の identity において結びついていることは疑いようがないが、われわれ外側から、音楽家の音楽と文章にふれる者にとっては、それらはどのようにかかわりあうものなのであろう?

僕自身の体験についていえば、いうまでもなく、僕は武満徹のレコードを聴きながら、そこにかれの言葉、「自然」や「音」の思想を読みとるというのではない。しかし僕がしばしば体験したのは、かれの音楽を聴いているうちに、ある啓示があって、自分がいま、武満徹の文章の思想を、僕にとって終生、可能なかぎりの深さにまで理解した、と感じる瞬間である。また、かれの音楽を聴きながら、もしかれの文章を読むことがなかったなら、いま自分の耳の聴きとっている音楽からうける感銘(それはあるいは希望の兆候であるし、あるいは不安や恐怖の苦い味のする動揺であるが)を、それこそアモルフィなものとしてしか自分の内部にとらえることがなかったろう、という反省をも、僕はくりかえし体験してきたのであった。

そして、創作する者と、それを受けとめる者との交叉点にたっている人間の感覚から、確実に感じられる唯一のことは、もし、あのような音楽が武満徹によってつくりだされることがなければ、あのような文章におけるかれの思想は懐胎されることがなかったであろう、ということと、あのような思想が存在しなければ、かれの音楽は内容空疎なものとして、次の発展へのバネをもつことがなかったであろうということである。そして、もし音楽と、あのような文章における思想が、内部に共存していなければ、武満徹は現実生活の危機(それはあらゆる人間におとずれるところの危機である)にあたって平衡感覚をうしない、崩壊してしまったであろうということである。

ひとつの思想を文章に表現して、小説に象嵌するというようなことよりも、もっと根源的な深い場所で、思想と作家の活動とはむすびついている。そうした思想的なものの、根源的な存在感を体験することによってのみ、作家はその場所で倒れないでいる平衡感覚と、前へすすむための実質的な動機づけをうるのである。

3

作家が小説を書くことは、かれの内部においてかれがすでに知りつくしていることを、単に文字にかえる行為ではない。ノーマン・メイラーが、ジェームズ・ボールドウィンについて書いた言葉にそくしていえば、作家は、自分がなにを知っているかわからないまま知っていたところのものを発見する、スリルと喜びの内において、小説を書くのである。かれが頭のなかで整理し、それを言葉にかえることのできた思想などは、その意味において、すでに文学的素材としての新鮮度をうしなった、いわば古くなった魚にすぎない。作家は、かれの内部から、まだ意味も「形式」もはっきりしない、未分化のドロドロしたものを、肉体の熱と湿りけをそこなわないでとりださなければならない。これが第一の条件である。それが十全におこなわれることのなかった作品にわれわれが嗅ぎつけるのは、あきらかな二番煎じの匂いである。作家自身の意識がそれを頭のなかで整理したにすぎなくても、読者はそれがすでに誰かに読まれた本であり、その誰かのうちには自分自身もまたふくまれていることを、いささかの発見のスリルもない退屈感のうちに実感せざるをえない。

作家もまたかれが自分の創作活動をつうじて、かれ自身の内部の、人間全体の根源的な深みに根をおろした、奇怪で不安なドロドロのものの実在感にふれるのでなければ、いかに創作をかさねても、かれに新しい体験の喜びはないであろう。自分の内部からあらわれたドロドロのものに「形式」をあたえ、ものそのもののように堅固な存在感を明瞭に浮かびあがらせることによって、自分自身からすっかり切りはなすことが、創作行為であるが、かれは自分のつくりあげたものにあらためて対することによって、かれ自身とこの世界について新しい体験をするのだ。そのような意味における体験、あるいは経験について、僕はパリ在住の日々から短い旅を日本におこなった森有正教授と対話をかわすことができた。僕は、たとえ自分がそれに自分特有の歪曲をおこなったにしても、結局はそうしたものの考え方について、森有正教授に学んだのであるから、この対話の機会は、僕にとって卒業試験の面接のようなものであり、僕は自分が柔らかく素直になって、様ざまの内的な感慨を語りつづけるのを時どきは驚きとともに、自分の耳に聞いていた。記録を読むと、たとえば僕は次のように語ったのであった。

《美しいと感じることも、人を殺してはいけないと思うことも一つの伝統なんでしょうが、そういう伝統に自分はどうして出会ったのかということを考えますと、それは外側からきたというよりも、生きているうちに、自分の心の中の根を発見する瞬間があって、突然、自分の中に美しいものに感じるものを発見したり、あるいは、人を殺してはならないということを発見したのではなかったか。その発見ということが人間の体験ではないかというふうに考えるようになりました。だから、生きるということは、どうもばかばかしいような気もしますが、そういうものに出会うことでもって成りたっているんじゃないかと思います。……そして死についても何かそうしたものに出会って死んでいくんだろうと思うんです。そう考えると、美に対する感覚を自分の一部分として発見することは、ほんとうにどうして可能なんだろうかということですね。それは自分が生まれる百年前に絵をかいた人とどうして通いあうことがあるんだろうかということでもありますが。》

体験という言葉を軸にして、僕がなぜ書くか、を整理すれば、僕が小説を書こうとするのは、そのような体験をあじわうためだと表現することも可能なのであるから、小説をどのように書くかという問題もまた、そうした体験にむけて自分自身を集中させるためにどのように有効な方法をとるか、ということが問われねばならない。そして、方法とは、そのように切実な内的要求があらわれた時、おのずから、しかもそのような要求にとってもっとも真正な形のそれが、作家の眼のまえにあらわれるものである。このような方法をのぞいては作家を真に生きいきと集中させる方法はない。*

* いま僕は「方法」についてこのように楽観的ではない。そこで僕は『小説の方法』(岩波書店版)を書くことを自分に課したのであった。

《僕は、自分の体験で、子供のときから待機するということがいろんなモメントになってきたと思うんですね。それが小説家になった瞬間に、具体的には崩れてしまったわけです。小説家というものは、現実的に何もなしとげないのですから。それに何も新しいものが現実からやってくるわけじゃないのですから。方向性のない生活に入り込んだわけですね。ところが、それでいてつねに僕をかりたてているものというと、やはり待機しているという感情なんですね。だから精神の方向づけとして待機というものが僕を支えてくれている。待機の感情はけっして欠落感ではないように思うのです。……マイナスの感情じゃなくて、待機そのものがアクティヴなものですね。それによって精神が方向性をもつ。そういうことを積みかさねて僕は生きてゆくのだろうと今では思っているのです。

現在は科学的な発展の見通しはずいぶんはっきりついておりますね。たとえば宇宙に行くとか、電子レンジというものができて、五秒間で卵が焼けるというような。僕の一生のうちで積極的な意味で体験することは、たいてい科学者が予想してくれているわけですね。だから生きていく意味はないといえばないんです。悪い予想のほうでも、僕が滅びる前に世界が滅びるのかもしれないというふうな、いままでの人間が全くもたなかった最悪の予想というものもあるわけです。そういうことでいまや予想というものの積極的なエネルギーがなくなったかというと、そうでなくて、いつも待機しているという感じが僕にはあります。》

作家としての僕は(そしていまやそれよりほかの僕という可能性の道のすべてを僕は閉ざしてしまったのであるが)、やがて死について真の体験をおこなうにいたるまで、このような待機の感情に方向づけられて作家の仕事をつづけてゆくのであろう。そして僕自身の内奥から、この待機の感情の実在感が消えうせないかぎり、小説の方法はおのずから展開してゆくし、その展開と、現実につくりあげられた「他者」として、あらためて僕にいどみかかってくる、僕の小説とのあいだのダイナミズムこそが、また僕の内部の待機の感情に滋養をあたえるものなのである。

〔一九六六―六七年〕

II

文学ノート

作家が小説を書こうとする……

これから僕が語ろうとするところのことは、すべてひとりの作家としての僕が、小説を書こうとして自分自身を、作家という仕事独自の(それがなにかほかの仕事にくらべて、特別にすぐれているとかいう意味あいではないが)khaos にむけて方向づけようとする時、僕が経験する内容である。僕は、なんとかこの作業を十幾年やってきた。そして、僕はいくらかの経験をつんだ。その経験の実質について、しばしば、僕は、自分の投げあげたボールに自分の頭を撃たれるようにして、わずかずつにしても思いあたることがあった。実際それは、このようなことまで他人に教示をあおぐわけにはゆかない、と感ぜしめるたぐいの小さなことであった。迂遠かつ卑小な、閉鎖的なことども、およそ有効性ゼロのことども。しかし、僕は、ともかく作家として生きてきたのであったし、十幾年、作家でありつづけるということは、ほとんど九〇パーセント、作家として死ぬ、ということであるように予感されるのである。たとえ、もう一ページも小説を書かぬにしても、作家として死ぬのだ。引きかえし不能のところへ踏み出たのだ。作家たろうとする選択自体は、外部から見るかぎり、たいした選択ではないだろう。しかし、その一度かぎりの生命を生きようとする人間にとっては、ともかく、かれが作家の死を死ぬることになる、というところに入りこんでしまったのは、滑稽にひびきかねないが、充分に大きい問題である。すなわち僕はひとりの作家として、そのように生き、そのように死ぬという、すでに取り消し不可能の選択をした人間として、作家という仕事独自の、経験としての様ざまな、旧事項再認と新発見とを、ためつすがめつしてすごす、かなり永い時間をもつようになった。いま、その時間に僕の内部におこるところのことどもを、僕は観察し、書きとどめてゆこうとする。

作家が、これからひとつの小説を書こうとして白い紙にむかっている状態は、実際に時どきグラヴィアにあらわれる、そのような姿勢の作家の写真が、いかにも空疎で滑稽であるのと同様、たんに外観にとどまらず、その作家の意識の内部においても奇妙な、不確実なものに僕にも自覚されてきた。事故死した人間の網膜を切りとって、そこにプリントされている、その人間の最後の、世界の眺めを再生することができるかもしれない、という記事が、通俗科学誌にのったことがあったが、小説の制作中に頓死した作家の頭蓋骨をとりのぞいて、脳細胞をその種の透視器にかけたとしても、はかばかしい文様は浮びあがってこないだろう。

小説を書こうとしている時、作家は、たしかに小規模の、粗い線でひかれたダイヤグラムのごときものを、意識のなかにひろげてみている。しかしその筋書のようなものは、およそひとりの大の男がかれの全存在をかけて、それに熱中するものとしては、まったくあやふやであるし、魅力ということについていってもそれにとぼしいものだ。作家はまた、いくつかのイメージを、言葉によって限定し確実にするまえのそれを、ぼんやりと淡く、しかし自由なひろがりのある、夢の記憶のようにして準備している。しかし、よくよくのものずきでなければ、それに耳をかしてくれぬであろうような、不定形な状態においてしか、作家は、それらのイメージについて前もって語ることができない。それらの内包されているイメージは、そのほとんどが、作家の現実生活における観察から湧きおこってきたものだ。しかしそれは物理的なカメラ・アイが、一瞬ととらえるところの、すでに固定している観察というのではない。作家の内部につながり、つねに生き、揺れうごいているところの観察である。それは外部に、なんらかの傍証を実在させているというのではない。カメラのかわりに、生きている毛蟹(けがに)をつかんで、それを眼におしつけるようにして写真をとっている男のことを思い描いてみよう。蟹の眼玉から、外部のひとつの光景がはいってきて、甲羅のしたの複雑な内臓にうつるのだとしよう。蟹が脚をうごかしたり呼吸したりするたびに、内臓にうつっているものは変化をとげるだろう。作家の観察も、かれの内部でさいげんなく微動しては変化しつづけているのである。シャボン玉の薄い皮膜の上を、脂の縞が間断なく動いているように、作家の内部で観察は、つねに活動している。そのようなタイプの観察を弁護するとすれば、そもそも静止した観察は、非人間的なものではなかろうか。知覚がそれを整理することはできる。しかし、そのような死んだ観察が、イメージとして生きた可塑性をそなえるにいたることはないであろう。

作家がその散文において、わざわざそのような死んだ観察の一部分をとりだしてみせるやりかたは、歴史的にあった。最近もアンチ・ロマンの作家たちが、まさにこのやりかたで、かれらの静物 nature morte を呈示してみせたことがある。僕の感想では、かれらフランスの現代作家は、じつは死への希求に揺りうごかされていたのだ。かれらは死んだふりをして、そしてかれらの死んでいる内部にうつった、死んだ観察を、しずかに陳列したかったのだ。まことに自然にわれわれは、自分の死後も海は干満し、雲は動き、陽の光はあたたかい、という事実を、なんとか自分の死に前もって、にせの経験と知りながらも、あじわってみたいとねがわないであろうか。あの散文の運動家たちはそれをやってみたのだ。死んだふりをして、誰ひとりやってこない、他人の意識から離れた部屋にじっと横たわって、薄眼をあけ(それを気にかけては、死体が眼をあけていることは実際しばしばあることとなのだから、と自分を納得させつつであったかもしれない)、天井板の木目やしみを見つめているような気分で、かれらはその nature morte を呈示したのであろう。もっともそれが、真の死でなく、死んだふりである以上、かれらの観察もまた、ほんとうに死んだ観察ではなく、それは生きたイメージの喚起力を持たずにすませるわけにはゆかない。しかし、かれらの呈示した、静物かち逆探知される、生きた意識としてのかれらは、おおかれすくなかれ、人間としての魅力において涸渇しているように感じられた。死んだふりをしているつもりのかれらの内部で、ほんとうの死が、すでにはじまっていたのかもしれない。

さて自分の肉体および意識に、呼吸根をおろすようにして生きている観察が、その作家の生命の、死にむかう進行の刻々に、微妙にかたちをかえつつ、かれのイメージの源泉となる。作家はそのようなイメージとともに生きている。しかしそのイメージを、かれの内体と意識から、ひき剝がしてしまっては、なお生きたままのイメージを他人に呈示することができない。したがって、このようなイメージがある、と他人に話そうとしては、聴き手から作家は、漠然たる疑惑のモヤのかかった眼で、見つめられることになってしまうのだ。まして、このような大筋があり、それに串刺しになる肉塊のように、このようなイメージが準備されている、と順序立てて話してみたとしても、それによって作家が、これから書かれるべきかれの小説について、なにごとか緊急に重要なことどもを、語ったことには決してならない。じつは作家にとってすでに書かれてしまった小説すらも、要約するわけにはゆかないのである。どのようにであれ要約されたものは、およそ小説とは別のものだ。これから書こうとする小説を、要約することなどはそれこそ気狂いめいている。要約を試みるだけで、すべてがだめになってしまうこともあるだろう。あらゆる作家たちに有効な、その小説制作の努力を不毛なものとしてしまうための、悪意のシステムを作りたいとすれば、それは簡単なことだ。あらゆる作家にむかって、出版社が、大筋とイメージ見本つきの、要約を提出することを、出版契約のさいの条件とすれば充分である。

社会主義国家の小説の、ある種の限界性の印象には、かれらがそのような、要約つきの出版契約を(事実上はそうした契約が実在しないにしても)、あらかじめ国家にさしだすような気分で、かれらの小説の制作の過程をすすめねばならぬ、ということに由来するのではないかと僕は疑っている。あらゆる意味あいにおいて検閲のある場所での小説制作には、その種の本質的な限界性が、できあがった作品につきまとっている。わたしはこのように要約することのできる小説を書くのです、と語った瞬間に、その人間の内部のいちばん外側のところに胚胎されていたところの小説が、早産して喪なわれてしまうのである。いつも話すばかりで、決して書きあげることのない小説の作家は、じつはそう誤解されているような、怠惰な人間ではないのだ。かれはただ、要約の魔にとりつかれてしまった、不幸な作家にほかならぬのである。

このように、まず、大筋のダイヤグラムと、イメージ群とが、たとえ作家によってあらかじめ所有されているにしても、これから小説を書きはじめようとしている、助走態勢にはいった作家の、意識の暗く狭く熱い内部にさしこんだ胃カメラのごときものは、ついにはかばかしいものをうつし出しはしない、と確認しよう。実際その意味では、作家はたいした準備の集積や、確固たるよりどころにたって小説を書きはじめるのではないのだ。しかも、そこが作家の、滑稽なほどにも悲劇的なところなのであるが、かれはそのような状態で、なおも身分不相応な野望をいだき、そして小説を書きはじめるのである。

野望、まことに不遜にも根本的に大がかりなところのある、作家の野望。それは作家が、この世界のなかに人間として存在していることについての、かれ固有の経験を呈示したい、とねがっていることにほかならない。言葉を幾層にもかさねることをおそれず、その意味あいを、できるかぎり狭く確かに、限定することにしよう。作家は、自分にとってこの世界のなかに実在しているとはこういうことなのだと、かれより他の人間にたいして連絡したいのである。作家は、自分にとってこの世界と、そのなかに生きている人間とはこういうものなのだということを示したい。自分がこの世界を見つめているところの覗き穴から、人間であるとはこのようなことだと、地獄におちるほどの、かれの全責任において認めたいのである。それは作家が、かれ独自の、ひとりの人間として一回かぎりの生を生きるやりかたで、この世界に人間として生きている意味あいを把握してみせることである。それは、つづまるところ、作家が、かれのスタイルによって、この世界と、そこに人間として生きることとの全体を、再構成してみようとすることではあるまいか？　作家がまったくかよわく非力な個人の努力によって、この世界を、かれのやりかたにしたがって組みたてなおそうとするのであるから、それは不遜にも根本的に、大がかりなところのある企画だと誰でもが認めるであろう。

いうまでもないことではあるが、作家はこの世界の、意味を解釈しようとするのではない。この世界のなかに生きているということが、いったいどういう意味であるかを抽出してみせようというのではない。むしろ作家は、じつにかれがこの第四間氷期の人類の歴史に、はじめてあらわれたところの、唯一の考えるいいい人でもあるかのように、伝統にたよらぬ独力のいきごみで、いっさいの方法的援助を拒みつつ、それこそ猿が樹から下りて以来、それまでの歴史に数知れぬ知的冒険家たちがつくりあげた目録にはいっさい眼もくれず、ただ自分のスタイルの世界の意味あいを、そこに人間として生きていることの意味あいを、かれの言葉できざみあげてゆこうとする人間なのである。そしてかれはやがて他人にも有効な手段となって、この世界のなかの人間の自己の考察のたすけになるような、手がかりをつくりだしておくというだけのこともしない。かれはただ、ひとりの人間として自分はこのように現実世界のなかに存在しているのだ、ということを、かれにとって、そのかれ自身を世界から剝ぎとることが、たちまちその世界の終りを意味するように、人間として、時間と場所に制約されつつ、一回かぎりの存在の仕方をしている、そのようなひとりの人間の経験のかたちにおいて、小説という架空の世界になにごとか表現しようとするのである。

ひとりの人間が、この現実世界のなかに生きているということの全体を、かれの経験として、総ぐるみ把握しようとすることは、作家においては、じつはこまごまと具体的な細部にかかわりつつ、微小な足場をわずかずつ、おしひろげて、そこにもうひとつの新しい具体物を積みかさねる、というやりかたですすめられる。かれは、その職人的な努力において、あらゆる概念への誘惑と闘わねばならない。あらゆる解釈の欲望と争わねばならず、しかもいちいちその闘争において勝利をおさめてでなければ、前へ進めぬであろう。たとえ作家がこの現実世界について概念をつくりだしても、世界のなかに生きていることの意味あいを解釈しても、それはまったくなにほどのこともない。概念と解釈の専門家たちは、かれらの専門の歴史にたって、かれら独自の作業をすすめているのだ。実際、作家と、哲学あるいは歴史学の専門家とのあいだに、厳密な学としての検討にたえるような、共通の足場はないように思える。たとえば、作家が、哲学者にむかって、いまかれの書こうとしている小説について説明する、無益で骨の折れる長話を開始するとしよう。作家はまずかれの小説にひとりの人間がみちびきこまれねばならぬことを、誰の眼にもあきらかな既定事実であるかのように語ってしまうだろう。そして次へ展開しようとして、不審げな哲学者の制止に出会うだろう。そこで小説についてなんとか厳密に語ろうとする作家は、すでに漠然たる困難の予感に勇気をうしないながらも、作家であるかれ自身の、この現実世界のなかでの存在の全体を、そのまま呈示するために、この小説にひとりの人間を、まずつくりださねばならないのだ、と説明する。それでは、その作中人物は、作家自身なのかね？と聞かれれば、いや、そうではない、と作家はこたえる。しかし、それでは作中人物は、作家によって十全に意識化され、対象化されたもの、すなわち、作家よりほかの存在なのか？　そのような問いにたいしても、作家は、いやそれはそうではない、なぜなら、作中人物が、この世界をどのように経験しているかということを描きだしてゆく時、まず作家が、その人物について、完全に知りつくしてしまったということになれば、その人物は小説の展開のまえに、すでに死んだオブジェのごときものとなりさがるのであるからだ、と答えるほかないだろうから、会話の先ゆきは憐れなことになる。そのような作中人物は、小説の屋台骨を背負うことができない。作中人物とは、この現実世界における人間のありようそのままに、決して閉じられることのない円周のようなかれ自身をそなえて、つねに跳びこえ運動をおこなっている、不確実、未定形な存在でなければならない。また、作家は、その小説を具体的に展開してゆくにしたがって、現実にこの世界のなかで生きているかれ自身の経験を、刻々つみかさねてゆくし、作中人物にあてた、かれの意識の照明の照りかえしの光によって、はじめてかれ自身の内部の(肉体と意識とがこまかな網目をつくっている)暗い部分について自覚することができるのであるから、作中人物と作家のあいだには、血管のように生きて動いているパイプがつながっているのだともまた、作家は哲学者に説明しなければならないであろう。まったく厄介な話だが、ともかく小説のなかにひとりの人間をみちびきこむという、最初の操作において、問題はすでに複雑であり、充分にあいまいですらもあるのである。それでは作中人物をひとりの人間とみなすとして、かれがかれであるためには、ヘーゲルによれば、他者たる媒体が必要であるが、作家とは、そのような媒体として、小説のなかのかれのためにあるのだろうか、と哲学者は、かれ自身が納得するための誘い水を示そうとするかもしれない。

そのように発展するとして、確かにそれはそうでありえる、いや、そのとおりである部分が大きくさえある、と作家は考えるほかにない。そのような人間と人間の対峙の感覚こそを、実際に、作家はかれの小説の制作のさなかに、感じとることがあるからだ。作家は、その小説のなかの人間が、そのようなかれであるための、媒体のようなものである。しかし同時に、小説のなかの人間は、作家が、かれ自身であるための媒体にもまたほかならぬ。それでは、と作家がそのように、ひたすらかれの体験にたって語るとして、すでに哲学者は、もう憐れむような表情をかれにむけるのみであろう。実際、すでにそこにはヘーゲルが生きのこる余地はないだろうから。しかしヘーゲルの勝手な拡大解釈について、作家を非難するわけにはまいらぬだろうことも確実である。作家とはまさにそのように、歴史にたった体系にしたがうことなく、あらゆる種類の言葉からの信号を鋭敏に感じとり、それをかれの言葉の体系のなかにとりこんでしまう人間なのである。したがって言葉はしばしば、厳密な意味の稜線をつき崩されてしまう。しかも同時に、概念や体系のなかで枯れしぼみかけていた言葉が、それによって偶然にも生きた体液をとり戻し、ふくらみ、外側にむけて働きかけ、細胞増殖する、いわば言葉としての生殖能力を回復する、ということもまた、しばしば起りうるのである。僕はやがて話のすすみゆく勢いの、その収斂するところにおいて、ほかならぬ言葉を中心にすえて語ることにならざるをえないであろうが、まえもってそれにかかわるひとつの問いかけを発しておくなら、人間の経験の一部である、言葉において、規格のなかに閉じこめられて死んだも同然の、意味の一義的純潔が大切であろうか、言葉そのものの肉体と意識の再生こそが重要であろうか？　小説の制作とは、まさにそのような言葉の、人間にたとえれば、肉体と意識とを、総ぐるみ蘇生させる行為である。言葉について集中的に考える段階で、僕はこのあいまいな課題の独特な重要さについて、あらためて包囲しなおすように語りたいと思う。

さて作家がこの現実世界のなかにひとりの人間とし

て生きていることの、経験としての内容と、かれの小説においてかれが表現しようとする、この世界のなかに存在している感覚とが、直接あいかさなるというのではない。しかし作家は、かれの現実世界における、存在の感覚からすっかり離れて、かれの小説における世界の感覚をつくりあげるのではない。作家は、かれがそのようにこの世界のなかに存在していることの、他人には伝達不可能であるほどにも、かれのそうしたありようの実質に、具体的に、肉体と意識にかかわって根ざしているところこそを、小説の世界において、再現しようとするのである。かれの現実の世界における経験の、もっとも独特にかれの肉体と意識にかかわっている根こそが、ほかならぬかれの小説においてかれの確認することを望み、表現することを望むものなのだ。しかしそれは、そもそも解釈や、概念化を拒むものである。いったん解釈され、概念化されたものは、まさにそうした操作が可能であったということにおいて証明されるように、かれにとってもっとも根本的な経験ではない。しかもなお、そうしたそもそもの徹底的な困難を見きわめつつ、作家は、その伝達不可能の、人間がこのように世界のなかで経験する、ということをこそ小説において表現しようとするのである。それを表現することがめざされるからこそ、小説を書くことが、その作家における、この現実世界の内側からの把握そのものともなるという事実が、しばしば可能なのである。

作家が、この現実世界のなかに実在するところの経験を、表現しようとする。小説の制作において具体化される、この世界の実在の感覚において、作家は、その世界のそとに立っての展望をえるのであってはならない。それではあらゆる試みが、根柢のところでだめになってしまう。奇妙な構造のたとえ話になるが、作家は、卵のなかにもぐりこんだまま、その卵をゆでようとしている不思議なコックのごとき人間なのである。しかもそのような、科学的に不可能なやりかたで、しかしこの世界のなかに人間としてあることの経験を、もっとも科学的な対象化にたえるような、具体性、即物性において表現しようとするのが、作家の仕事なのである。

この現実世界の内部にひとりの人間として実在する、ということの、経験としての具体的な内容は、肉体と意識の、おそらくは高分子化学の領域にも比較されるような、微細な、しかも運動しつづけている現場のそれである。その全体を、十全に言葉にかえることが、どうして可能なのか、ということもまた、やがてそこに集中すべき、言葉の課題の前ぶれとして、問われて当然であろう。肉体からひき剝がしては意味をうしなうような意識の経験を、それこそ一般には、意識の針金細工の素材にすぎない言葉で、本当に表現することができるのか？　たとえそうだとしてもそれは哲学的に観察してみれば、意識の眼くらましの効果によることがはっきりするのではないか？　しかし僕が、これらの数多くの抽象語をひきずりつつ、いま不器用になんとかあきらかにしようとしている小説の世界の構造において、言葉とは、あいまい化、神秘化の傾向とはまったく逆の、明確化、即物化の方向にすすめばすすむほど、その作家独自の(他人に了解されるように解釈したり、説明したり、概念化したりすることのできぬ)経験の呈示に有効であると観察される、言葉なのである。僕は、ある種の倒錯した精神主義者のような具合に、「もの」のみが明瞭であって、それにまつわる、すべての意識的なるものは、つづまるところあいまいであるなどというつもりはない。むしろその逆のことこそを主張しているのである。「もの」こそがあいまいなのだ。「もの」は、いかなる意識的なるものにもまして人間を欺き、はてしない判断留保のたねとなる。いうまでもないが、作家がその小説の制作にあたって使用できる素材は、言葉のみだ。作家は、それがほんのちっぽけな「もの」であれ、それをそのまま小説のなかに導入することはできない。作家は、ひとつかみの南京豆を小説のページの上に盛るわけにゆかない。それでいながら、作家は、そのひとつかみの南京豆が、この世界に存在することを、かれの現実世界での経験の基軸のようにもしっかりと、表現することをめざすのである。それは、ページの上に、ひとつかみの南京豆を盛るよりもなお、具体的かつ即物的な効果をあげなければならぬばかりか、それがまたその作家の存在そのものを串刺しにしている経験でもあることが、見まがいがたくはっきりと表現されもしなければならない。ひとつかみの南京豆という言葉が、現実のひとつかみの南京豆よりもなお、即物的であり、しかもそれが作家の現実世界における経験そのものをも表現しうることが、その言葉を読みとる者に、解釈でも説明でもなく、ほかならぬ現実世界における、その読者の新しい経験として把握されること、そのような幾層ものアクロバットめいた関係の実現こそをねがって、作家はかれの小説制作の作業を開始するのである。

僕は森の奥の谷間に住んでいる情動不安定なガキであった時分に、次兄から尖端のひしゃげた機銃弾を見せられた経験を思い出す。それは学徒動員で軍需工場に働きに行っていた兄が、空襲のさいに広場に倒れふしていて、低空からの機銃掃射にあい、耳のすぐわきのコンクリート床にもぐりこんだそれを、記念に掘ってきたという弾丸であった。僕はその小さな金属塊から、じつに深い動揺を呼びおこされた。グラマン戦闘機の来襲、軍需工場の中庭、わずか数センチで頭蓋をくだいたかもしれぬ弾丸、それでは兄がここにこのようにして生きており、体熱がつたわってくるほどまぢかに坐って、僕を納得させるべくしゃべりたてているのは、まったくの偶然というべきではないか。すでに死んでしまった幻がしゃべっているのではないか？　それにくらべて海の向うの外国人の工場でつくられた、この真鍮色に鈍く光る小さな金属塊が、なんと奇怪なほどにも確実に、このようにあることだろう。言葉におきかえるならば、右のような内容のことを、僕は、経験として、自分の幼い肉体と意識とをとおして受けとめていたのだった。しかしその日の僕の経験のクライマックスは、その次に僕を待っていたのである。幼いガキは兄の饒舌に疲労して、水を飲みに、翳ってつめたい井戸端へ出て行った。そしてポンプを押している時、噴出してくる水のかたまり(それは確かに、石のようにも堅固に、その全体のかたちと、光を照りかえす輝やきのいちいちが、僕の肉体と意識とにとらえられるものであった)が、それをじかに口にうけて飲もうとしている自分よりも、はるかに奇怪なほどに確実である、という経験としてあらためて僕にやってきたのであった。言葉に翻訳すればそれはこのようだが、現実には、青ざめてすっかり艶のない黄色になってしまった小さな顔のガキが、ひとり古い鋳鉄のポンプの脇に、足をがくがくさせつつ、立ちすくんでいたあいだの、言葉以上のもの、すなわち肉体と意識とを一瞬に刺しつらぬく経験としてそれはあったのである。その、いったん経験したものが、解釈されず、説明されず、概念化もされず、しかもひとつの教育の結果のように、身についてしまうということ、およびその経験の実質は、ともにひとつにからみあって、啓示となったが、それはおよそ神秘的なるものとは無関係に、しかも独力で獲得された啓示であり、僕はその啓示の内容をはっきり把握していたので、啓示はすぐさま、実用的な知恵となった。森の奥のガキは、かれの肉体や意識を、いかにも偶然なものに感じとらしめるところの、様ざまな「もの」の電撃的な存在主張に、くりかえし出会うようになった。それはかれの日常生活を根本的なところで新しくした。かれは植物について、微細な生物について、そして石や土塊をはじめとする、あらゆる無機物について、注意深く、正面からたちむかおうとする習慣を自分のものとした。もっとも真夜中には、もう逃げ道のない、死の恐怖におしひしがれるようにもなったのであった。なぜ逃げ道がないかといえば、かれがかれのまわりの事物同様に赤裸に、偶発的な暴力のまえに立ちすくんでいるのを認めたことで、それはあったからである。かれはもういかなる意味あいでも、特恵的な状態にいるのではなかった。ただ、時どきかれは、そのように「もの」の奇怪な確かさを感じとる主体が、ほかならぬ自分であるということに、したがって自分が暗闇で死の恐怖におののいている真夜中には、あの石も、水流も、樹木も、森までもが、すっかり存在しないかのように闇に見まがわれる、ということに気づいては、やがて立ちむかわねばならない、次の段階の不安とその解決の、ヒントのごときものの手ざわりを感じとったのである。

作家が、この世界のなかに生きているという経験の全体を、小説の領域で、実現したいと考える、というのは、確かにもってまわった、わざわざ複雑めかして、批判者の追跡をたとうとするたぐいの、いいのがれにも受けとられかねないであろう。それではなぜ、そのようなもののいいかたを繰りかえすのか？　それはもっとも端的には、小説という特殊な言葉による構造体についての、短絡した、通俗的な予断というものを、僕が自分のためにも、いちどたちきってしまうことを望むからにほかならない。小説とは、作家が、どのようにに自由な交換も可能な言葉を、自由意志で選びつつ、つくりあげてゆくものであるから、それは作家の意識によってどのようにもつくりかえることができるはずだ、とそのような予断のひとつがいうとしよう。それは実際そのとおりだ。作家がひとつの軌道を走るように、束縛されているとしたら、その束縛は、無条件に、悪しき束縛、うちくずさるべき束縛である。ある時代の、束縛のもとに書かれ、しかもなお作品としての自立性をそなえた小説について、具体的に検討するとき、僕がつねにゆきあたるのは、その作家が確かにひとつの束縛のうちにあって書いてはいるものの、むしろかれは、その束縛をあえてみずからひきうけて、小説を書いているのではないか、という疑いなのである。その作家は、かれを束縛するものを相対的に把握して、しかもなおそれに束縛されることを、あえて選びとりつつ小説を書いている。もし、かれを束縛するものが絶対的であれば、そこには、かれを束縛するものにたいする、自由な選択の余地はありえないし、したがって僕がその作家から、この自由の感覚をうけとることもないであろう。絶対的な束縛に頭をうちつけた時、作家にはなお沈黙する自由もある。しかし一般には、その絶対的な束縛を相対化することによって、小説が、とくに危険な諷刺にみちた小説がつくりあげられてきたのであった。そして、もっともしばしば、作家はある束縛を、むしろかれの意識の力によって、絶対的な束縛に近いところまでひきずりあげ、それを一挙に相対化することによって、かれの小説に強靭なバネの力をあたえることとすらした。もともと、小説が根本的に相対的なものなのであるから、いったんその認識にたった作家は、ライオンのまわりを敏捷にはねまわる野ネズミのごとくにも、一般に絶対化されているものの前で、自由でありえたのだ。それはまた作家が、いかなる宗教体制、政治体制のもとにおいても、かれを絶対的に支えてくれる存在はないと自覚していることであり、かれはつねに相対的な、自由な選択によって、かれの時代を生きねばならぬという覚悟を示すことになりもするであろう。たとえ絶対的なるものの深い信頼をかちとったかのごとくにみえる作家も、結局のところは油断のならぬ相対性の信者なのであって、絶対者は、その野ネズミにいつ鼻づらを咬まれるかわからぬと警戒していなければならない。それはまた作家が、絶対者の治世下に生きるかぎり、最後の息をひきとるまで、まったき安堵をあじわいうる時はない、ということを示しもする。したがっていかなる意味のスターリン主義の時代にも、作家が安全であることはもともとありえないのではあるが、今日のソルジェニツィンの抵抗ぶりにも、どこか相対的なものがあることを人びとは認めるであろう。社会主義国の未来ということについてすらソルジェニツィンは相対的であるはずだと、しだいに考えられるようになってはじめて、僕は社会主義者ソルジェニツィンの文学の根本的な自由の感覚について、多くを触発されることを自覚しえたのであった。

さて小説についての予断に戻るとして、いかにも幾何学的な精神の持主が、次のようにつづけていうことも、おおいにありうるであろう。すなわち、作家よ、きみがいうとおりに、小説とは、いかなるつくりかえも可能なところの、作家の意識が任意につくりあげるところのものなら、そしてそこに表現されるものが、すべて原則として相対的なものなら、それはつづまるところ、まともにそれを問題にするにはあたらぬのではないか？　それが自然科学の方法からも法則からも、社会科学のそれらからも、まったく自由な、任意にとりかえ可能の部分によってなりたっている、自由に選ばれた全体なら、どうしてそれにまじめにとりくみ、それをあたかも、もうひとつ別の現実世界の経験と評価することが可能だろう？　実際には、小説のなかの世界にも、ひそかに認められている基本原則があるのであり、たとえば美とかモラリティーとかの、根本のパイプは現実世界につながっているのではないのか？

このような問いかけがあるとして、僕はその前半分に賛成し、後半分を否定することになる。確かに小説とはまったく自由な選択の世界であるからこそ、それが存在する意味あいがあるのだ。ピカレスク小説で、大団円とあらかじめ名づけられていた章に、憐れにもゆきづまった悪漢の、酷たらしい処刑を思わせる光景があり、つづいて、絶対に常識に、けたはずれの非常識にすらも、反しているといわねばならぬ、どんでんがえしがあって、その悪漢に、ありとある現世の喜びと名誉が訪れるという、本当の結末があらわれる時すらも、僕がそのふたつの章を、ひとつながりに信じこむ時にはじめて、僕はその小説のなかの世界を、この現実世界と等価に経験するのであるからである。そして、小説の技術についての評価、方法論における、いわゆる美学という言葉ほどにも、あいまいで内容空疎な表現はないのであるし、たとえモラリティーにかかわって、作家を攻撃することは可能であるにしても、小説の世界は、そのような批判からやすやすと自立しうるものなのであるから、およそ小説とは、方法においても、主題においても、相対的なものとして、通俗的な予断をはらいのけなければならないのである。

たとえば小説の実際的な展開の段階で、視点の問題は、いわゆる小説論の世界において、歴史的にもっとも整備されてきたものであった。Aの視点を設定したあと、不用意にBの視点を混入させてしまうことを、方法的な欠陥として批判するのは、いわば、いっとう初歩的な、あげあしとりである。犬をつれた婦人が街を歩く、という情景を書きはじめるとして、その婦人と犬とを頭上から眺めているような、大きく広い視点を設定すること、それは語り手の視点とでも呼ばれるものであって、確かにそのやりかたは、もっとも制約がすくない。作家は、自由にその婦人の内部に入ったり出たりできるだろう。やがてそのような視点に、リゴリズム風な反撥をして、婦人の視点のみに限ることを、作家の視点に採用する、という発明がおこなわれた。この場合、向うから歩いてくる男の視点が混入したりすれば、それは方法的な欠陥とみなされた。しかし、はたしてそのように絶対的な制約が、小説の制作の現場にむかえいれられるべきなのであろうか。そのような絶対的な法則が、きっちりとはまりこむほどにも、小説の世界は法則的であろうか？　僕はそれを疑うことからはじめて、あらためて小説の視点という課題を、すっかり自由なものにときはなとうと思う。婦人の視点を採用する、それはけっこうだ。だからといって、なぜ向うからやってきた男の視点を導入しては方法的混乱なのか。望むなら犬の視点すらもそこにいれてよいではないか。なぜなら、結局、小説のなかの視点とは、作家が、いかなる絶対的な根拠もなく、自由につくりあげるところの、幻の視点であるからである。それは、小説をまったくの絵空事とする、通俗的な予断にたいしてすら、僕が心から望んで一致しようとする問題点にほかならない。

サルトルのモウリヤック批判の論点は、すでに広く知られている。それについて僕はそのまま繰りかえしてみる必要はもとより、あらためてサルトルにむかって神の視点の超越性にたちつつ反論してみる必要も認めない。ただそこで、いちど確認されなければならないであろうこととして、僕が古証文をひきずり出すように念を押すのは、あの批判の進行中においても、作家サルトルは、小説のなかにおける視点の設定についても、そこに絶対的な法則性があると信じていたのではないであろうということなのである。いかなる法則性にも、束縛されるまいという決意に、むしろサルトルの批判の端緒があったはずであろう。小説には神の視点すらも、人間の責任においてなら、それをみちびきこむ自由が作家にある。しかしその神は、いかなる絶対性を帯びている神でもない。作家の自由な選択によって、相対的にみちびきこまれる神である。そのような視点において、人間が小説をつくりあげるということを、それが絶対的な尺度において、正しいか正しくないかという問題ではなしに、はたしてその時、人間の想像力がもっとも自由に解放されるかどうか、という核(コア)をめぐって、サルトルの批判はすすみはじめたはずである。

僕はいま、さいわいにも、あるいは不幸なことにも、神の命題によって縛られずに前へ進んでゆくことができる。自由に選びとった神すらも、僕はそのような存在あるいは存在の幻を、自分の小説の様ざまな要素のなかへまねきいれずにやってゆくことができるだろう。したがって僕が、いま直面しなければならぬのは、いかにも地上的な問題となる。それはいわば、小説の自立性について疑いをもっている者たちから、小説と作家にたいしていだかれる予断のうちの、最後の、もっとも有効らしくみえる一撃ともいいうるものだ。小説の世界が、ありとある理論、つみかさなって崩れおりそうにも豊かな伝統にもかかわらず、結局は相対的なものであって、絶対的な排除の力をそなえた、文学ではなにか? という議論はなりたたぬ模様であることは、まったく都合のいい話だ、とその執念深い追及者がいうとしよう。すべてが作家の意識に根ざしており、それはまた、作家の肉体をもつらぬくとして、小説はともかく作家の自由な選択のつくりあげるものだ。そこで、作家が、かれの小説の制作において、かれの意識をこえたものを期待しうる、というのはなぜなのか？　作家がこの現実世界における経験の全体を、解釈したり、説明したり、概念化したりできない、と正直にいう時、その点については作家のいいぶんを認めてやってもいい。他人から、おまえの現実世界のなかでの体験とは、このようなものなのだ、と解釈され、説明され、概念化されるとして、作家が、いやそれはそうではない、自分の経験はそのように意識化して他人に伝達可能とすることはできぬものだ、と拒否するとすれば、いかなる他人もその作家を説きふせることはできないにきまっている。おなじく、作家が、自分のこの現実世界での経験は、自分の言葉で解釈できず、説明できず、概念化もできぬものだ、と主張するとすれば、やはり他人にはなにひとつ、それにたいしてできることはない。お手上げだろうではないか。その点は大幅にゆずるとする。しかし、作家は小説を、かれの意識をつうじてつくりあげるのではないのか、麻薬に酔ったり狂気の発作によってなどというのではなく、もっとも醒めた正気の意識において。しかも神秘的な記号によってではなく、いかにもありふれた万人共通の言葉こそを用いることによって、作家はかれの散文を書くのではないか。すなわち、小説は、作家の意識の明るみのなかで、しかもその意識的な努力によってつくりあげられるところのものではないのか。それでいて、いったん小説ができあがると、そこには、この現実世界のなかにおける経験と同じく、解釈も説明も、概念化もゆるさぬひとつの経験が実現され、しかもそれが、すなわちそのようにも伝達不可能なものが、小説を読む他人にむけて伝達されうるというのは、どういう神秘な錬金術なのか？　もしそこに人間の意識をこえたところの、おそらくは小説という構造体自身で持っている独自のシステムがあり、それが自律的に作動することによって、作家の意識をこえる、というのならば、さきにのべられたところの、小説がすべて自由な選択によってなりたつものであり、作家の意識によって、いかなる部分でも取りかえ可能であるところの、そのような相対的な性格のものだ、という分析と、たがいに矛盾しあうことになるのではなかろうか？　と批判者は追及しうるはずである。

そこで僕はあらかじめ準備してきたことを、ここに書きつけるというようにしてではなく、あらためてこの問いかけを、その全体においていま検討しなおすようにして答えたいと思う。そしてその作業の中心に、言葉についての考察をすえようと思うのである。そのようにして、言葉の命題が僕の正面にあらわれてくることこそを、僕は望んできたのでもあるからである。それはすなわち、この文章を書きはじめた最初の地点に戻ることだ。小説を書こうとして、なんともつかみとりにくい、ぼんやりしたダイヤグラムを持ち、なお僕自身の内部に根をそなえて生きている、形のさだまらぬ、増殖中の観察を、言葉によるイメージにかえてとらえなおそうとしている、小説制作の現場に戻ることである。そのような制作にむかおうとしている作家である自分にのみ明瞭なことを、語るほかにないからだ。

さて作家たる僕は、あいまいな、とりとめのない小説の大筋のダイヤグラムにしたがって、その冒頭の部分を書きすすめようとする。その試みのそもそものはじめは、ひとりの人間を、そこに自由に選択してむかえいれることだ。僕は言葉をさがす。この言葉をさがすところの行為そのものが、すでに二重の構造をそなえていることに、たちまち僕は気づく。僕はいくつかの、ありふれた意味と音とを持った言葉を、自分の意識において自由に選びとり、それらを、ちょうど暗いkhaosにむけて、さぐり棒を突っこむようにあつかいながら、なにものかの手ごたえを気ながに待っている。そのようにしながら、いま小説の冒頭にみちびきいれたいとねがう作中人物の、現実世界とのふれあいかたを、はっきりとらえようとしているのである。その行為そのものが、逆に僕自身にむけてあきらかにするところのことがある。それはこの小説のために待機してきた、この数年のあいだに、いつのまにか、あいまいな輪郭においてではあるが、その存在感は黒いしいみのようにしっかりしている、ひとりの人間のイメージが、どのようにして僕の内部に根づいたかを、しだいに明瞭に自分自身の手でつきとめさせるということである。

いくつかの言葉が、そいつの実体にふれる手ごたえをよこしてくる。それは、ほかならぬその小説を書いている僕自身を、すこしずつ明瞭に自覚してゆくことかといえば、それはなかばそのとおりにちがいない。僕は言葉によって手さぐりしつつ、いくとおりかの文章をくみたてることによって、自分自身がこの数年どのような方向にむかって、肉体と意識のわかちがたくまじりあった、暗がりをとおしての経験をつみかさねてきたのであったかを、いくらかなりと客観化することができるからである。しかし僕が、その作中の人物に僕自身について僕がもっている概念的な輪郭をあたえようとすれば、たちまち僕の言葉は、その手さぐりによってやっと把握できかけていた、ある人間の存在感をとりおとしてしまうのである。したがって僕の、言葉による手さぐりは、僕自身に似せた人物像をなぞることからいそいで遠ざかる。むしろそのような僕自身を離れて、そのつくりあげられるべき人間の、この現実世界における経験の感覚が、より具体的に、より色濃くすくいあげられる方向へと、言葉の小きざみな触手運動は進んでゆくのである。

その際に重要なことは、僕がこのように繰りかえしつき出しては、すぐさまひっこめてしまうやりかたで、言葉の触手の運動エネルギーを濫費しながら、いま、その小説に選ばれるべき人物と小説のなかでのかれの最初の経験とを、ひとまとめに定着しようとしつつ、自分の内部ではっきりしているのが、まず僕の観察に発し、想像力の培養基の上で生きつづけてきたところの、ある固有の経験の感覚のみだということなのである。かつて僕はその経験の全体をそこなうことなしに言葉にかえることはできないと感じ、したがってそれを解釈したり、説明したり、概念化したりすることなしに、ただその経験を保持してきたのである。もっと具体的に実際にそくしていうならば、いつのまにかその経験が、僕の意識による解釈や、説明や、概念化をうけつけない、しかも全体のそなわっている状態において、僕の内部に住みついていることを、しだいに僕が発見したのだ。そして、いま言葉の触手を、せわしなく動かすことによって、あらためてその経験を総ぐるみ言葉に包みこんでしまおうとしているのである。しかもいったんそれを言葉で包みこんでしまうことは、僕自身の内部とそれとの、生きてつながっている根をたち切ることにもなってしまうのであるから、そのあともなおそれに、独立した、ひとつの経験としての存在感を持ちつづけしめるためには、他により多くの言葉の補強が必要である、そしてこの補強は、そこに言葉で表現されるところの人間、すなわち作中人物と、その経験とのしっかりした結合のために集中しておこなわれなければならない。この補強工作にあたって、ことの中心にすわるのは、作家である僕が自分の内部にいだいている、その経験の感覚がそこなわれないこと、という配慮にほかならない。しかもそれは、その経験の内容と質について、意識的に実体をつかまえたあとの作業というのではないから(したがって、その経験を要約する概念的な言葉をそこに置く、という機械的な操作によってなしとげられるものではないから)、やはり言葉による手さぐりをつみかさねるほかにはない。そこで言葉はしだいに積みかさなり、ついに文章によって表現された作中人物が、その主体によって受けとめてみせるかれの世界の経験が、僕自身の内部における、そもそものその端緒の感覚の重さと広がりに、照応すると感じられてきた時、はじめて一段階が終るのである。すでに自分の内部の暗がりにおける、肉体と意識との微妙なまじりあいの現場を見つめ、そこへ繰りかえし言葉の触手をつき出してみる作業は必要がない。そしておもに紙の上での、次の作業がはじまるのである。

第二段階の作業において、作家の意識は(それが言葉というものの、しかも単なる概念のみをあらわすのではない言葉というものの特殊性であって、意識は肉体につきそわれつつ機能することになるのであるが)いま自分によって書きとめられたばかりの言葉にむかう。その作業のひとつの側面は、いまこれらの言葉が表現しているところの人間は、それだけで充分に他人の想像力にむけて自立できるか、という問いにたっており、あらためて言葉が補給され、また削りとられる。もうひとつの側面は、そのつくりあげられた人間がいまこれらの言葉によって、経験してみせるところのことの実在感は、はたしてそれよりも濃く重くなりえないか、という作家の不安に発しており、そのためにもまた、別の言葉が補給され、消しさられるのである。

つづいて、このような経験をしている、このような人間に、ひとつながりのどのような展望と行動がひらけてゆくか、を追求してゆくために、新しい言葉が追加され、そのようにつながった文脈のなかでのリアリティーが確かめられてゆくとともに、その展開のいちいちが、作家の内部における、この現実世界での経験の感覚と背反することがないように進められることを望む、監視の眼もつねに働いて、言葉はますます多層化し、そして、作家の意識された領分をこえる、複雑な実質が、小説の言葉のなかにたくわえられてゆくことになる。そして、概念的な理解のかわりに、想像力を前面におしだして、その小説のなかの人間の経験に参加しようとするところの、この現実世界のなかに生きる、かれらより他の人間、すなわち読者の出現を充分に期待しうる時、小説は確かに自由に選びとられた言葉によって、自由に構築されるものでありながら、作家のかれ自身によって明瞭に意識された限界をこえる可能性をたくわえおえているのである。

《言語に含まれた情報でないもの、あるいは非情報の部分を開拓しながら、体験された世界内存在といい伝達し得ないものを伝達し、そして全体と部分、全体性と全体化、世界と世界内存在との間の緊張を、世界内存在の意味として保つこと、そして読者をして自由に彼の内部にこの緊張を、彼自身の人生の意味として形づくるようにうながすこと》、この定義づけは、かつて日本を訪れた際にサルトルの発したメッセージとして、僕の内部になお残りつづけているものだ。それはこれまで僕がのべてきたところのことの全体を、すでに脊髄液のように深く根本的にひたしていたにちがいない。もっともサルトルはこの言葉を、《作家の政治参加とは、……》という問いかけに応じて発したのであったことが、あらためて確認されるべきであろう。

僕は様ざまな政治集会で、作家の政治参加とは、という問いかけに接するたびに、このサルトルの語ったところの一節をひそかに思いはしたが、ひとりの作家としてそれを援用して語ることはなかった。それはきわめて限られたかたちで作家自身の内的な決意をうながすための言葉であったからだ。そして僕はいま、自分の新しい小説の最初の部分を書こうとして、ひとり書斎に閉じこもりつつ、すなわち当面の問題としてはいかなる他人からも、作家の政治参加とは、と問われていない状態で、かえってこの一節をもっとも明瞭に記憶の底からよみがえらせ、それを十全に経験するのである。このようにして、ひとりの作家が小説を書こうとする……

言葉と文体、眼と観照

ひとりの作家が小説を書きつづける……

それは不確かで、あいまいな、前途の見とおしもはっきりと立たぬ作業である。熟練した作家にとっては、事情がことなるのだろうか？　すくなくとも、十幾年、作家として仕事をしてきた人間である、僕においては、熟練工らしい、自分独自のモデュールにしたがって、不安なく、軌道の上を走る具合に、小説を書きつづける、というわけにゆかない。虫が密度の高い液体のなかへ、むりやり潜りこもうとしているとでもいうように、小説の進行につきしたがってゆこうとしては、押し戻される。気の滅入るような、重苦しい抵抗感があり、しかもその抵抗感の根をはっきりつかみだして乗りこえることができるというのではなくて、ただ、じっとためらっているうちに疲労感のみが肥大してくる。しかし、頭の回転のいさぎよく早い職人のように、それでは今日は仕事を止めて街へ出て行くか、という具合に、ある空白をおいて、情勢を転換させるわけにもゆかない。あらためて仕事をはじめると、さきほどの困難の感覚が、そのまま居すわっているからだ。うんざりした思いで、薄暗がりのむこうをのぞくと、むこうでは、こちらこそ不当にうんざりさせられているのだと、困難の獣が睨みかえしている。しかもそれらの困難の獣たちの性格は、いかにも多種多様である。それらのいちいちについて、熟練とは無関係の、一回かぎりの新しい攻略法によって、克服してゆかなければ、いつまでも机の上の紙は、むなしく白いままだ。

小説の進行のごくはじめのところに、すなわち迷宮の入り口で待ちうけている怪物さながらに、作家をむかえうつべくひかえている困難は、文体の問題であり、そして僕の経験では、すでにのべた視点の問題と微妙にことなり、かつ微妙にかさなる、実際的な意味あいとしての、「眼」の導入の問題だということになるであろう。

むきだしのまま、文体という文学用語を呈示すれば、しかしそれは作家に固有にそなわっているものであって、いわば作家が小説を書きはじめるまえに、すでにかれの職業的個性として存在するのではないか、という疑いの声が、ほかならぬ文学読者から発せられるかもしれない。すくなくとも、職業的な作家が、その日々の仕事として、小説を書きはじめるたびに、その文体の課題としての困難にめぐりあわざるをえない、というのはなんとも素人くさい話ではないのか？

事実、「文体」ほどにも、いまなお多種多様な、ほとんど勝手きままな、その使われかたをしている文学用語はすくないであろう。しかも、より一般的に通用しているたぐいの意味づけほど、より深く批判的な眼によって、それに接しなければならぬ、というのが、文体の問題のありようなのである。あの作家の典雅な文体は、日本文学の伝統につらなってとびきり上等だ、などと通説のできあがった作家ほど、注意が必要だといわなければならない。いったんできあがった優美な文体などというものは、すでに死んだ定形にほかならぬことが多いからだ。ここにひとりの優美、荘重な文体の持主という声価においては揺るぎない作家がいた。かれの華やかな自己宣伝については、多くのものが疑ったし、その文学的主題についても、それを本気に受けとる者は少かった。ただ、かれの精妙で豪奢な「文体」ということについては、誰もがそれを、手でさわることすらも可能なものとでもいうほどに、いわば一般的に認知していた。しかし、じつはこの作家の「文体」こそ死んだ形骸だったのである。かれはじつに勤勉に、毎日、幾十行かを書きすすめて、その「古典的な」(この言葉もわが国において、実体のあやふやな使われ方をしてきた。われわれは、たとえば『ドン・キホーテ』を読んで驚いた、あの古典はまったく「古典的な」穏やかさ、行儀の良さ、形式感と別のものだ、というような批評を聞く)小説の全体を完成する、という風評の花かざりにつつまれていた。おそらくかれの、その勤勉さを可能にした第一のものが、この形骸化した文体、ぬけ殻の文体だったのだ。そのような勤勉さの連続は、どれだけ多量の退屈を作家にもたらしたことだっただろう。かれを内部から腐蝕する退屈に、かれは文学的冒険よりほかの、ついには血なまぐさい冒険によって立ちむかう道をたどるほかはなかった。いま、この作家が厖大な量を遺したその小説を読む時、そこに、真の意味あいでの文体の問題があらわれて、僕に緊張感をあたえるとすれば、ひとつは、作家の形骸化した文体のモザイク模様をうち破るような波風がつい立ってしまった部分であり、もうひとつは、作家が、明敏な自意識によって、かれの永年の同一形式の文体そのものを、批評的に見とおし、わざわざ、あらためてその文体を採用してみせている、というパロディ化の意識の運動がはっきりしている場合とである。後者の場合、短歌のような定型詩に、批評的な知性のひろがりが、とくにその定型そのものをバネにして可能である場合と、ほぼ同じような、解放感にみちた自由なイメージのきらめきが一瞬達成されて、その瞬間、形骸化した文体は、そのままで生きた文体へとよみがえるかのようである。

「文体」の眼くらましの、もっと単純な手続きによるものに、やはりわが国の文学的俗説の世界で、特異な文体、と呼ばれるところのものをつくりあげている、いいにせの「文体」があることにもまた、注意すべきであろう。しばしば、その種の特異な「文体」は、ほんとうの文体をかちえるにいたらない人間が、かれ自身の文体の欠如をおしかくすために、その文章に採用した扮装である。文章は着色され大仰にふくらませられ、歪められる。たとえば、西鶴の現代語訳風といった「文体」が、そのような特異な「文体」として選ばれる。あの作家は、特異な「文体」にもかかわらず、量産(!)に耐える、などと出版ジャーナリズム的小世界でいわれることがあるが、じつは、その特異な「文体」こそが、量産のための鋳型なのである。真の文体をもとめての、重い抵抗にさからっておこなわれる作家の努力ぬきで、鋳型にはめこみつつ小説を書きすすめてゆくことは、それに適当な才能をもってすれば決して難しい作業ではないであろう。しかもその作家の、ほかならぬヤワな部分、いいかげんな部分にたいする隠れ蓑のようにも、鋳型としての特異な「文体」は機能するのである。絵画の領域でなら、はじめからオレンジを三角形に描く人間にたいして、その三角形こそ、きみのスタイルだ、という批評家はいないだろう。ところが文学の領域では、しばしばそれに類したことがおこなわれるのである。たとえそれが、文体の問題そのものの本質的なあいまいさ、複雑さにもまた責任の一半はある事情だとして、情状酌量されるとしても……

作家にとって文体とはつねに、充分には意識化できないところのものである。そしてそこに文体の問題の核心にふれる、様ざまな契機がひそんでいる。作家が、意識的にある文体を選びとろうとすることはある。しかし、実際にかちとられた文体は、どこかでその作家の意識による企画を越えているものなのである。もし越えるかわりに、その企画の範囲内に萎縮しているようであれば、それはそもそも小説のための生きた文体たりえていないということになる。最近でもしばしば、自分は同じ文体を、二度と別の作品においては使わない、つねに新しい文体でもって仕事をかさねてゆくのだ、と豪語する、野心的な、そして方法についても一応は意識的な作家があらわれることがあった。しかしたいていの場合、そのような作家の文章にはかえって、異なった作品のあいだの同工異曲、古なじみの旋律がめだつ、ということが結果したように観察されるのである。それは、このような作家が、ほんとうに意識化している部分としての文体感覚は、かれのうぬぼれにもかかわらず、かれの文体のごくわずかな場所しかしめていないことを示す。かれは新しい作品にとりかかるたびに、その意識化された部分を、交換可能の部品のようにとりかえうるだろう。しかし実際には、もしかれが作家という名にあたいするようであれば、かれの文体を構成している、主要な部分は、より大きく、より重いのだ。したがって、新しく獲得された文体は、その全体において見れば、古い文体にあまりにも似かよっている、という結果が生じる。しかもそうした、意識的には急進的なつもりの文章家が、その意識を越えた部分では、いかにも古めかしい情緒型であったりするために、総じてその文体は、かれの野心にみちた豪語をみじめに裏切ってしまうことになるのである。僕はまことにしばしばそのような例を見てきた。もしかしたら、そもそものはじめに、自分はつねに新しい文体でもって、新しい小説を書く、という宣言をおこなう作家には、文体について、あいまいな、時代遅れの感覚しかそなわっていないと、定式化しうるかもしれないのである。

　意識的に選びとられた文体を、もっと具体的にいうならば、ロシア語の文体を文節の区切りかたや、単語の数まで勘定にいれながら翻訳することで、なんとか新しい日本語の文体をつくりあげようとした、二葉亭の努力のような特別の例をのぞけば、それはある既成の文体の典拠にならうというかたちをとるのが一般であるように思える。それにも、およそ子供の時分から、その典拠の文体が、作家をのみこんでいて、リズムや語感が、その典拠の文体において、なかばかれの血肉化しているために、いったんかれが文章を書こうとすると、その典拠にならった文体によってしか表現活動の自由をかちとりえない、という場合がある。それともうひとつ、意識的な作家が、一時代を代表するような大きい規模の文体を学習し、それにしたがって、あたかも擬古文をつづるような具合に、その典拠にならった文章を書くという場合があるであろう。

　第一の場合についていえば、英語圏の作家における聖書の文体が、もっとも端的であるにちがいない。第二の場合についてなら、わが国の現代作家たちの、女流日記文学現代語訳の文体になぞらえての仕事が思いうかぶ。しかしそのようなさいにも、作家がかれの意識において典拠の文体を選ぶという行為の裏がわには、かれの無意識の領域にも、充分にひろがっているところの、その作家の肉体と精神との全的な表現があることもまたみなければならないのである。たとえばスタイロンの『ナット・ターナーの告白』は、ほとんど英語版の黙示録に近い文体で書かれているが、それは、黙示録にとりつかれた黒人奴隷、という人間のイメージにそえて作家の創造した文体であり、同時に、そのような黒人奴隷の文体を、黙示録のスタイルにそいつつ作りあげようとするところの、二十世紀後半の白人たるアメリカ作家の肉体と精神のありように、直接の照明を投げかける文体にもまたほかならないのである。そしてこの最後の意味あいこそがもっとも現実的だ。なぜなら、この文体においてものを書いているところの主体は、いうまでもなく作家スタイロンにほかならないからである。

もし僕が、いまいうところの文体の意味づけにおいて、たとえば日記文学の文体におけるもっとも妥当な、ある作家の小説、というものを具体的に考えるならば、それは、日記文学の文体のかげに、その作家の現実の風貌姿勢がかくれてしまう、というかたちであってはならない。現代のひとりの中年男の作家が、上代の女性に扮装し、鬚づらを粉黛でおおって奇怪なしなをつくりながら、いま自分は平安朝にいるのだ、すぐにも牛車にのった貴公子があらわれて歌をよみかけてくるのだ、と猫なで声で自分自身にかたりきかせている、という情景が、その文体そのものから投影されて浮びあがるようでなければならないのである。

さて僕は、作家が自分は新しい作品ごとにひとつずつ新しい文体を選ぶ、などというのは、内容空疎な豪語にすぎない、といった。そしていま、まことにそれに矛盾するようないいかたをして、一歩、進み出ようとするのであるが、作家にとって、ある文体とは、厳密にいえば、あるひとつの長篇小説において達成されれば、それのみで、次の長篇小説にむかって及んでゆくことのないものだともまた、僕は考えるのである。

作家が小説を書こうとする。そのそもそものはじめに、いわば先験的に、ひとつの文体があるのではない。それはしごく当然な話だ。アリスが不思議の国で経験した、猫の笑いにしても、そもそものはじめには、猫が実在し、その猫の笑う顔が空間を占拠し、それから猫の実体が消滅して、あとに猫の笑いのみがのこるのだ。その逆に、猫の実体もなにもないところへ、猫の笑いだけがあらわれるのではない！　文体の印象は、確かにしばしば、猫の顔が消滅したあとの猫の笑いのように、われわれの意識に残る。しかし、実際に、小説を書こうとする過程の上で、まずそのような文体のイメージがあり、そして文章の実体があらわれる、ということは、物理的にありえぬであろう。文章を書きはじめる前、作家の脳裡に、あるひとつの文体の感覚が先行するように感じられるとしても、それは作家の気分的な幻覚にほかならぬとするのが、僕の経験にたっての結論である。

そこで作家は、文体についての、先行きのわからぬ大きい不安におそわれながら、真白な紙の片隅に、まず一行の文章を書く。そのようにして、ひとりの作家が、実際に小説を書きはじめる。そしてその小説の進行のごくはじめのところで、かれは、すでにのべたように、迷宮の玄関口で待ちうけている怪物さながらの、待ち伏せしてる獣、ほかならぬ文体の魔に喰いつかれてしまうのである。そいつは、あいまいな、わけのわからぬ、どす黒いかたまりのごときものであって、正体がつかみがたい。ただ、作家の内部の耳は、そのおぞましいものが、いかにも声だけは明瞭に、いや、いまきみの書いている文章は、この小説のための文体をなしていない、と頑強に否定するのを聞きとって、いま書きつけたばかりの文章を破棄してしまわざるをえない自分を見出すのである。厄介なことに、この文体の魔の発する声は、つねにネガティヴなのだ。その声に接すると誰にも、いま書いたばかりの文章が否定されるべきであることは明瞭にわかる。しかしその同じ声が、これこそきみの書かねばならぬ文章のスタイルだと積極的に語ることは、けっしてないのである。そこで作家は文章を書き、それを破棄し、あらためて文章を書き、もういちどそれを破棄する、という試行錯誤を、まったくさいげんなく繰りかえすことから、かれの小説を書きすすめるよりほかに、その職業上の手つづきをもたないのである。

しかしそのような文体の魔も、つきとめようとすればいうまでもなく作家の意識および無意識のうちにのみひそんでいるところのものである。作家の外部から、異質のものが介入してきて、かれの文体について干渉する、というのではない。したがって作家は、小説の入り口のところでとくにかれを足踏みさせる、その文体の魔について、かれの内部にその正体をつきとめ、把握するよりほかにないであろう。しかも、すでにのべたように、そのようにして小説を書きはじめるにいたる前に、すなわち先験的に、文体の原理あるいは、文体のイメージとでもいうべきものが実在するのではないから、問題はいかにもときほぐしがたくなる。それにもともと文体そのものを、抽象的に概念化したり、説明したり、解釈したりすることは不可能なのだ。それもいったん文章が書かれ、その上で、あの文体はこうした性格のものだと、あえて概念的な言葉にはなしえないまでも、すくなくともひとつの文体の存在感を、自分で納得することはできる。実際われわれは、詩とことなって、ある小説の散文にかかわっていう時、その実際の文章を記憶しているのではなくて、ある文体の感覚を、まぎれもなくその小説とその作家の本質として、把握しているのである。しかし、まだなにひとつ書かれていない段階で、ひとつの文体の感覚を自分の小説のモデュールとでも呼ぶべく、具体的にくみたててみることは、およそできそうにない相談であろう。

しかもなお、作家が、かれの小説の最初の数行を書くやいなや、もしかれが文体について意識的な人間であるならば、だめだ、その文章は、きみがこれから永い時間と多くの労力をかけて書きつづけてゆくところの小説の文体をそなえていない、と明瞭に説得する声を聞くのである。そしてその声にしたがって、いま書いたばかりの文章を破棄し、新しい文章を試みてみるよりほかに、かれの小説への道を、一歩なりとも前へ進めることはできぬのである。かれは文章を書き、破棄し、新しく文章を書き、また破棄する。かれはなお文章を書き、なお破棄し、そして次の文章を書き、あらためて破棄する……

そして幸運であれば、その作家は、ある時間を経てはじめて、自分がもう破棄しようと望まぬ、いくらかの分量の文章を紙の上に書きとどめえていることに気がつくのである。そこで迷宮の入り口の怪物は、うち倒された、あるいはその怪物との協同によって、迷宮の奥へもう一歩、踏みこむことができたということも、はじめて作家は認める。しかしかれの内部のいわば幻の文体の感覚と、文章を書くという実践とにどのようにして折合いがついたのかは、作家自身にとっても不明なままだ。現にそのように折合いがついて、実際に文章が書きすすめられ、破棄をまぬがれた以上、やはり幻の文体の感覚に、実体はあったのか? あったとすれば、それは具体的に、どのようなたぐいのものなのか?

さてここで僕は、この文学、とくに小説をめぐって書こうとするノートのうち、はじめのものを発表した後で、この問題に関心をもってくれた、市民運動の現場にいる友人とおこなった討論を紹介しつつ、あわせて右の命題について、いくらかなりと意味のひろがりを、自分なりに限定することを試みたいと思うのである。

僕は小説を書くにあたっての、そもそものはじめの、ある不確かなイメージを、言葉によって手さぐりする作業について語りながら、結局、次のような重要な瞬間のおとずれについて書いたのであった、《そこで言葉はしだいに積みかさなり、ついに文章によって表現された作中人物が、その主体によって受けとめてみせるかれのいい世界の経験が、僕自身の内部における、そもそもその端緒の感覚の重さと広がりに、照応すると感じられてきた時、はじめて一段階が終る。》

自分は文学と関係のないところにいる人間だから、こういう訊ね方そのものが、まとはずれであるのではないかと、疑いつつ、訊ねるんだがね、と僕の友人はいったのであった。ここできみが、《僕自身の内部における、そもそもその端緒の感覚》という時、この文脈に関するかぎりでは、それこそ先験的に、きみが小説を書くまえに、その感覚こそがあるのであり、それは小説を書くという行為とは無関係に、きみによって内部に把握されているもの、というふうに受けとれるのだ。そこで、この感覚という言葉を、もっと広義におしひろげて考えてみると、きみのいいかたでは、小説を書く前に、すでにいっさいがあり、そして小説を書くことは、それらあらかじめあるのと等価のものを、紙の上に実現することだけだ、というように理解されるんだがね。しかしそれはそうではないのじゃないか?

僕はまず友人の指摘の正しさを認めた。確かに小説を書くことは、それを書く前に、僕の内部にすでにあったものを、そのまま紙の上に書きあらわす、という作業ではない。サルトルが想像力の機能を、ほかの意識の領域の機能から区別して、はっきり考えてみようとした研究に使用している言葉をかりてくるならば、小説を書くことは、すでに作家の意識のなかにあるところのものの、等価物 équivalent を文章によってつくりあげる、という作業ではない。

そうだろう? と友人はいった。そうでなければ、小説を書くということは、本質的に創造の行動ではないからね。またそうでなければ、きみというひとりの作家が、小説を書く行動をつうじて、ほかならぬきみ自身を変革してゆく、ということもありえないことになってしまうからね。実際、そうでなくてはならないよ。きみの論証はその点、不充分だね。

僕はそこで友人にむかって、あらためて説明しはじめたのである。僕はまずこういうふうにいった。そうなのだ、その点、僕はいま自分の論証を検討しなおさねばならない。そのために僕は、これまであえて考えにいれなかったところのもの、すなわち時間の課題を、ここに導入しなければならないことになる……

ここでいう時間は、一般の小説論でなじみのある時間の論議とはことなった、即物的な意味あいにおける、時間である。すなわち作家が、小説を書きながら、現実にそれを経験しているところの、物理的な時間こそが、問題なのである。右にひいた僕自身の考え方は、そこに、そのようにして言葉の手さぐりをおこなっているあいだの現実的な時間という、もうひとつの契機が導入されていないために、単純化され短絡されてすらもいたのだ。その結果、作家と言葉、イメージとの関係が、作家からの能動的な働きかけのみにしぼられていて、一面的である。そこへ時間の契機をみちびきこんで、僕の論証を立体化し、構造的にすることこそが必要なのである。

はじめに作家が言葉による手さぐりをしている。その時にもまた、作家にとって現実の時間は流れているのであり、そのように言葉の手さぐりをしながら、作家は現実世界を経験しているのでもある。とくにその現実世界の経験の軸には、かれが現にその時間に意識を集中させているところの、ほかならぬ、手さぐりのための言葉があるのだということにもまた、注目しなければならないであろう。

作家は手さぐりする。言葉によって手さぐりする。手さぐりする暗く深い奥底にある対象が、しだいに交替して、ついに核心へと、作家の手さぐりの唯一のたすけとなるところの、言葉の触手がゆきあたる。それと同時に、この作家が手さぐりしている時間のうちに、ほかならぬその手さぐりそれ自体によって、手さぐりする作家自身が、つくりかえられ深められてもまたいるのである。

あらためて念をおせば言葉による手さぐりということは《僕自身の内部における、そもそものその端緒の感覚》に、言葉として équivalent な外在物(言葉、句、節、文)を文学的カタログから探し出す、といった静的なものではない。自然科学や社会科学の論文には、数式のような性格の文章がみられる。その文章とは科学者が、頭のなかでつきとめ、完成したところのものを、第三者にも伝達可能であるように、文字で書きあらわしたものにすぎない。文字によって書きあらわす段階において、文字（言葉、文章）の抵抗によって、科学者の頭のなかに思い描かれていたものが、もし変形させられたりするとすれば、それはもってのほかであろう。かれの設計図どおりに建築することが困難であるからといって、勝手に設計変更をおこなった大工を、建築家が認容しがたいであろうように、科学者は、その考えだしたところのことを必要かつ充分に記述しえなかった文章を、かれ自身の考察の全体の表現と呼ぶことをためらうにちがいない。あまつさえ、この文章こそが自分自身であり、自分自身を超えたところのものですらある、などと認めることはありえないにちがいないのである。

　単に科学者の文章にとどまらず、文学者の批評的散文にも、しばしば同様な性格が見られた。サルトルの論文はまさにそのような文章で書かれることが多かった。現代フランス語の世界でも、言葉が独立した生きものででもあるかのように、ひとつの言葉が、次の言葉を生むところの、アランの散文とは、およそ異質なところの、いわば意志によって厳重に統制され、管理された散文が、サルトルの批評的散文であった。もっとも、サルトルが小説を書かなくなってから、むしろ逆にかれの批評的散文の言葉の機能が、小説におけるそれに近づいてきた、ということをもまたここにつけくわえておくべきであろう。

　言葉によって作家が手さぐりする。手さぐりする作家の内部で、まさにその言葉による手さぐりという行為 action そのものによって、作家自身が変ってゆく言葉とは、そのように実践的な力をそなえているところの、不思議な、方法＝対象である。言葉によって手さぐりしつづける僕の内部で《僕自身の内部における、そもそものその端緒の感覚》自体が、変化してゆくのである。
　したがって、最後についに紙の上に定着したところの文章が、最初にいだかれたところの《僕自身の内部における、そもそものその端緒の感覚》の équivalent であることは、いわば物理的に不可能だといわねば正確ではない。その端緒の感覚とは、より深く作家の本質的な内部にそくしていえば、意識しうるものと、それを超えたところのものをこめて作家の自覚する(これまでにも、しばしば、この種の多義的なものいいをしてきたのであるが、小説の実質としての言葉というものこそが、そうした多義的なるものの、多義的なままの綜合を、可能とする)かれ自身の、存在感にほかならない。そのような存在感は、人間のそもそもの存在と同じく、時間の軸にかかわっている。時間の進行と、無関係に実在しうるところの、人間としての存在感などはありえない。時々刻々、人間はその存在感を更新するのである。つねに新しく、かつその認識の瞬間をこえて次の瞬間へと、永もちするのではない、存在感を、つねに新しく選びとりつつ、かれは生きるのである。

　したがって、持続的に言葉によって手さぐりをおこなうことは、当の言葉によって、作家がその存在感をつねに手さぐりしつづけている、ということにほかならない。しかも、言葉による手さぐりの、その行為そのものによって、作家の存在感の質、その自覚される強さの度合というものが、つくりかえられつづけてもまたいる、ということも注目されるべきであろう。そうした力関係が可能であるからこそ、ある場合に、作家が小説を書くことは、激しく現実を生きることでもまたありうるのである。

　そして作家の言葉による手さぐりは、ついにかれのその瞬間にもとめている(もとめていたではない)存在感につきあたる。その時、存在感という、肉体と意識の双方にまたがった、概念的な言葉では説明しがたい、いかにも不思議なものが、言葉によって、まさにそれにぴったりの実質をあたえられ、はじめて客観化されて、めずらしい異国の、しかしはっきりつかまえられた野生動物のように、作家のまえにたちあらわれるのである。このようにして、はじめて、作家が小説を書く行為は、現実に存在しはじめる。また、小説を書く人間として、作家が、本質的な存在感をそこなうことなく、実在しはじめるのである。

　そこで、あらためてここに出発点をさだめれば、静的でないそれとしての文体の問題は、より明瞭に、その全体のうごきを把握しうるであろう。右にのべたところのことに立ちつついえば、文体とは、そのような存在感の生きて動く様式にほかならないからである。言葉による手さぐりによって、たしかめられ、はっきりつかまえられた作家自身の存在感を、もういちど文章のうちを流れる時間の軸の上においてみる。ひとつながりの時間の文脈のなかにおいてみる。その時、作家が時間の軸の上に生きているということは、かれの存在感もまた、つねにあらためて確かめられつつ、時間の流れのうちに、生きもののように実在するのでなければならないということである。その存在感の時間の軸にそっての運動をなぞってゆけば、点は、線となり、すなわち、その人間の行動の、存在感の深みにおける軌跡が、文章をつうじてきざみだされる。それこそが、文体である。

　ひとつの言葉によって、作家がその内部のあいまいな暗闇を手さぐりしている。その段階の分析において、僕は、この手さぐりがなにものにも到達しない時、それはかれの言葉が、その存在感の根にふれえない、空振りであることを示すとのべた。しかもなお作家が、あえてその空振りの言葉を、小説をつくりあげる要素の言葉として、そこに書きとどめようとすれば、作家はかれの内部から、拒否の声を、そうでないまでも嫌悪の叫び声を聞きつけねばならなかった。すくなくとも、その上に立って文章を書きつづけつつ違和感の隙間風になやまねばならなかった。そして作家は、自分が本当に重要なことは、なにひとつ書いていないのだ、という究極のむなしさにとらえられるほかなかったのである。それこそはかれの人間としての存在感が、不当にもないがしろにされて、あわれに抗議していたのだ。また、小説を書く作業が、言葉によって自分の存在感の根にいたろうとする試みであるにもかかわらず、そもそものはじめに、その存在感への試みを放棄してしまって、しかもなお「小説」を書いている行為全体の欺瞞そのものが、おおいがたく自覚されていたのだ。

文体についてもその事情はまったくおなじであり、より明瞭ですらある。これは自分のための、自分の小説のための文体でない、という内部からの声によって、作家の仕事が、ほんのはじめたばかりのところで壁に突きあたってしまう時、かれはその存在感の根による拒絶に接しているのである。逆にいえば、そのような文章によっては、おまえ自身の存在感を構築することはできぬ、おまえはいまその作業によって本当に生きようとしているのではない、すべては徒労な、虚無のまた虚無の暗闇での空振りだ、という赤信号に接しているのである。このような拒絶、空振りだと示す信号を、強く内部に喚起することのない人間は、さしたる困難なしにかれの小説を書きすすめることができるだろう。しかしそのような人間は、かれがもし作家でありえたとしても、およそ文体については鈍い感覚しかもたぬ、にせの作家にほかならないのである。かれの作品にも、ひいてはかれの存在にも、本質的な発展はありえぬであろう。

それは政治的な場所でつかわれることが多く、したがって多数者によってあたえられた様ざまな、意味の夾雑物をかかえこんでもいる言葉なのではあるが、あらためて、僕の友人のいったところから、変革という言葉をみちびいてくるなら、そのようなにせの作家は、小説を書く作業によって、かれ自身を変革するということはないであろう。しかし、作家がかれ自身の存在感の根にふれつつ、その存在感の action を追うようにして、すなわちかれの人間としての存在独自のスタイルにおいて、言葉を構築してゆくならば、その小説の創作の時間は、きわめて集中的に、激しい緊張感において、かれがかれ自身の存在を、ほかならぬ現実最硬のヤスリにこすりつける時間である。このようにいうことが、いかにも大仰に響くとするなら、小説を書くべく書斎に閉じこもっているあいだ、作家は決して現実の葛藤から降りているのではない、とのみいうことで充分であろう。かれはリアリティーの根幹とかかわりつつ、緊張し、集中して、その時間をつらぬくかれ自身の存在感の根にたちむかっているのである。

そして作家が、その小説の迷宮の入り口に待ち伏せしている怪物の一頭を、なんとかその小説におけるかれ自身の存在感の行動法、すなわち文体を把握することによって克服し、しかもつねにその文体の実質を選びとりなおす仕方で小説を展開させてゆく時、すべての条件がととのうならば、作家にとってかれ自身を端的に乗りこえうる飛躍の瞬間がおとずれる。作家がいったん獲得した文体の滑車に乗ってその小説を、自動機械さながらに進展させうるというのではない。むしろまったく逆に、かれの肉体と意識が、その存在感の根にもっとも近いところへと沈みこみ、覚醒し解放されきって、自由に運動する時、作家はその小説の細部のいちいちが、かれの存在感の検証にしっかりこたえうるのを感じる。かれはその充実した手ごたえとともに文体の運動をおしすすめる。当の文体の運動が、また、かれの肉体と意識の自由を支えているともいうべきであろう。そして作家は、まだ小説を企画しているにすぎぬときの、静止した状態でのかれの想像力の限界を、はっきり超えたヴィジョンを見る。そのヴィジョンはかれの眼のまえに、伝説の恐しい石像のように屹立して、いまこのおれのヴィジョンを見たところのきみは、これまでのきみではない、と大声でいう。そのようなヴィジョンが、作家を変革する。

作家は小説を書きおわり、かれの小説は、その内部に、作家がまさにそのように時間とかかわって、かれ自身の存在感の根に肉薄したところの劇を、いまとしてそこにとどめている。現実における、いかなる真の経験ともおなじく、作家は再びそれと同一の経験をすることはない。その小説における文体は作家自身によっても次の小説において模倣できない。それが小説を書く作家の、そのいまの存在感の根としっかりからみあっている営為の、運動の軌跡であるならば。たしかに文体は、そのような肉体と精神の運動の様式だ。しかしその様式をなりたたしめているもののうち、もっとも中心に位置しているところの性格は、作家にとってかれの生命の持続の一瞬が、かれの本質そのものであり、かつ生涯で一回かぎりであると同じように、まことに本質的であり、かつつねに一回かぎりだ、ということなのである。そこで、かれ自身の文体を真に把握しうるところの作家は、あらためて新しく小説のkhaos にたちむかうたびに、そのそもその入り口の所でかれを待ちうけ、かれを撃退しようとする、文体の怪物と新規の格闘をおこなわなければならない。

文体の問題、それはつねに新しいいまの問題である。

作家の、かれ自身の存在感とおなじく、まさにそれはいまの問題であるほかにはない。そして読者がその想像力を自由に解放して、ひとつの小説に立ちむかう時、それが真に文体をそなえた小説であるならば、ほかならぬその文体こそが、読者にとってのいまの、読者自身の存在感に肉薄してくるインパクトとなる。すでに永遠にうしなわれてしまっていたはずの、作家がその存在感の根にかかわりつつ経験した、かれ独自の、本質的かつ一回きりのいまが、読者の想像力の世界をみたす、本質的かつ一回きりのいまとして再現される。そこで読者もまた、そのいまという時間をつうじてかれ自身を変革しうるかもしれない。じつにいまとは、およそありとあらゆることが起りうる、という条件づけのことではないであろうか？　すくなくとも想像力を自由に解放している人間が、真のいまを認識しえた時の、そのようないまであるならば……

さて小説の迷宮の入り口で待ちうけている、もう一頭の怪物にむかってゆくことにしよう。ここで僕が考えようとするのは、すでにのべたところの、小説においてどのような立場の視点を選ぶか、ということと微妙にことなり、また微妙にあいかさなりもする、「眼」の導入の問題である。まず視点ということについて繰りかえせば、それを選ぶ時、どうすれば《人間の想像力がもっとも自由に解放されるか》という条件にしたがって、作家は、かれの小説の視点を選ぶことができる、と僕は考えている。そのようにして僕がひとつの視点を選び、小説を書きはじめる。そして僕はただちに、その視点ではだめだ、その視点でゆくかぎり、きみの小説はいかなる達成もなしとげることがない、という声に、すなわち小説の迷宮の入り口の怪物の声に一撃されて、そして苦しい足踏みを、いかにも滑稽な恰好で、永ながとはじめるのである。

ここで僕は、この文学についてのノートを、ひとりの作家としての個人的な体験にかかわりつつ、小説のための仕事机の上からの報告のようにして書いていることを、あらためていわねばならない。その僕の小説にとって、ひとつの視点を選ぶ、ということは、ある特定な「眼」を小説の世界に導入する、ということなのである。ある肥った中年男がいた、かれはその隠れ家の銃眼のような窓から外を眺めているうちに、傷ついた青年が湿地帯を逃れてくるのを見た、というふうに僕が、小説を書きはじめるとしよう。僕はこの小説の、すくなくともこの肥った中年男が登場するシーンにおいて、かれの視点によってすべてを見ることを選んだのである。しかも僕の小説は、おおむね、単数の視点によって進行してきた。今度の場合も、僕がこの視点を選んだことは、小説全体においてその視点を、ひいてはその「眼」をもった人間を、小説のために選びとり導入したことを意味するのである。(複数の視点の構造については、とくに野間宏による全体小説の特別な意味あいと大きい達成について、僕はあらためてそれを考えるであろう。)

そこでさきにのべた、小説の迷宮の入り口の怪物による声は、その「眼」ではだめだ、その「眼」でゆくかぎり、きみの小説はいかなる達成もなしとげることがない、と恫喝しているようにも、作家としての僕の耳に、恐しく気の滅入る響きをつたえるのである。そのように敷衍するほうが、僕の感じているところのことを、より明瞭につたえうるであろう。

その上で僕は、ひとつの反駁の声の可能性を避けてとおるわけにはゆかない。視点の設定＝「眼」の導入として、それはけっこうだ、しかし視点を選ぶことは自由ではなかったのかね、しかもその視点は、たとえ犬の視点、犬の「眼」の導入ですらもいいほどに自由なもの、いわば、この現実に根っこを持つ必要のない、ありていにいえば、まるっきり架空の視点なのだろう？　それはすなわち、作家自身の視点にほかならないだろうじゃないか？　なぜ、自分の視点をそこに設定するのに、自分の「眼」を導入するのに、困難を感じるのだい？

神の視点ということについての、サルトルのモウリヤック批判にたちもどれば、僕はかつてフランス哲学の研究家である友人から、ほぼ同じ性格の問いかけを受けたことがあった。友人は、サルトルもやぼったいなあ、神の視点をみちびくのが悪いといっても、それはじつのところモウリヤックの視点にほかならないだろうじゃないか、現にサルトルは神の存在を信じていないのだろう？　すなわちサルトルにとっては、はじめからモウリヤックの視点よりほかのものは見えていないわけじゃないか、これで議論がなりたつかね？

僕は友人に、確かにそうだ、神を信じていない人間は、神を否定することすらしなくていいのだし、また効果的にそれをおこなうこともできないだろうね、とこたえたことを思いだす。しかしその時、僕は、視点について、あるいは小説への「眼」の導入の意味について、まともに考えてはいなかったのだ。すくなくとも、小説を書く人間として、ひとりの仕事中の作家として、ある視点を自分の文章のために選びとる苦労をしながら、そのひとつの「眼」を導入する行為そのものの意味あいについて、考えてみるのではなかったのである。

まず僕はこのような訂正の上に立ちながら、あらためて視点の設定、「眼」の導入について検討しはじめなければならない。確かにモウリヤックの小説の視点は、モウリヤック自身の視点だ。しかし、それは、モウリヤックが神を信じているとすれば、それはまた、神の視点でもあるのだ。そしてそのような二重性が生じるのは、モウリヤックがほかならぬ小説を書いているからにほかならない。すなわちモウリヤックは、かれの「眼」を直接小説のなかに移しいれるのではなくて、小説の世界に、あるひとつの「眼」を創造するのだ。その「眼」はモウリヤックの「眼」であるとともに、かれの想像力における神の「眼」である。まことに小説の「眼」の導入とは、そのような奥深いところでの複雑な手つづきを喚起する、創作活動の根幹なのである。小説よりほかの散文については事情がことなって当然だろう。現にモウリヤックは、その晩年の日記で、まことに赤裸にかれの魂の、まぢかにせまった死の不安について、くりかえし語っているが、神にむかってあげたかれ自身の視点においてよりほかには、すなわち当の神の視点、神の「眼」を援用することによっては一行の散文も書いてはいない。じつに小説とはそのように不思議なかたちにおいて、作家の肉体と意識にかかわるものなのだ。視点、「眼」の課題が、たちまちそれを鋭利な刃で切った傷口のように明確にあらわす……

作家がひとつの小説を書きはじめるにあたって、ある視点を選び、そこでひとつの「眼」を導入する。自由に選んだのは確かに作家なのだが、いったん設定された視点、導入された「眼」は、小説という、そのような意味あいでは、反・現実的な、特別の世界において、作家から独立した権威を持ちはじめる。作家はその視点、その「眼」をもった人物を、かれの一方的な意志のままに、全面的に統御することはできない。そのような圧制の力を作家がふるおうとする時、小説のなかの、いま生れたばかりの視点はついえさり、新しい「眼」は閉じられ、小説は死ぬ。

ここで小説の視点として、犬の視点が選ばれたとしよう。すなわち、ものを見る「眼」をそなえた犬が小説に導入されて、あらゆる風景、事物、人間は、地上三十センチメートルのところを、色彩の感覚はなしに動いてゆく犬の「眼」によって見られるのである。その視点によって文章を書きつづけながら、作家はどのようにものを見、どのように思考するか？　作品のなかの犬につきまとって、腹話術師のようににせ犬の声でなにごとかを語っているというわけにはゆかない。そのようなことをすれば、めずらしくも「眼」として小説に登場したこの犬は、単なる愚かしいヌイグルミのごときものになりさがってしまう。犬の視点をつくりあげ、犬の「眼」を導入したことで、まったく新しい独特な観照の世界をひらきうるかもしれなかったその作家は、みじめに卑小なナルシストとして、小説の創造のかわりに、くだくだしく説明的な饒舌の数十ページを生み出すことにのみ終ってしまうであろう。

さて、その観照、それこそが、独自な視点の設定、本当に選ばれた「眼」の導入によって、もっとも端的に、作家にあたえられる、かれ自身を超えた世界を創作する手がかりにほかならない。僕はその考え方を、自分の小説観の根本的な核（コア）とするものなのである。

ル・クレジオの『調書』による出現は、まさに、ひとりの作家が独自の視点をつくりだし、独自の「眼」を導入する時、かれはかれ自身のみならず、いかなる他人がかつて経験したところをも超えた、新しい真実の観照の世界を小説において達成しうる、ということを示したものであった。しかもその観照の世界は充分に想像力をそなえている人間になら、いかなる他者に対しても、伝達可能なところの、開かれた観照の世界である。『調書』においてル・クレジオの視点をたくされ、その「眼」となった人物は、アダムと名づけられているのであったが、かれの「眼」とともに、われわれわれは、自分がまさにいまこの世界につくり出された、最初の人間ででもあるかのように、なにもかもをまったく新しく見ることができた。そこには、まことに本質的な意味での、新しい観照と、真の経験がかもしだされて、小説のそれとわれわれの住むそれの、内外ふたつの世界をつらぬいているのであった。

観照という言葉を、いま僕は、ひとりの人間がその存在感に深く根ざしつつ、ものを見るところの action と意味づけたい。そこでは、ひとりの人間がかれ自身の存在感の根にむかって沈みこんでゆく方向性の、すなわち、内にむかうベクトルと、かれの眼が具体的な事物を見ているという、外にむかうベクトルの、ふたつの意識の action がひとつになる。小説のなかで「眼」の役割と実質をたくさされた男が、太陽、海、浜、小屋、骨になった魚を見ている。文章によって、かれの外にむかった視線をたんねんに追うことが、そのまま、男の内部を、その肉体の熱や内臓を循環する血の動きのいちいちをもまた、すくいとるように表現することになる。そのように「もの」を見る行為、「もの」を見ることによってはじめて存在感がたしかめられてゆくかたちで「もの」を見る行為。それこそを僕は観照とよぶのであるが、現実世界においては、そのように「もの」を見、そのように自分の内部に、時々刻々のかれ自身の存在感の根をたしかめる(つねに新しくそれをつくりあげる、ということですらそれはあるであろう)観照の行為が、その観照者自身の意識に明瞭に自覚されうることはあっても、他人にそれが伝達されることは不可能である。言葉を発して、その観照の結果を報告することはできる。しかしその観照のさなかにあって、観照の本質をかたちづくっているのは、その観照の action そのものなのだ。存在感の根という言葉で僕が呼んできたところのものも、実際には観照の action の実質として、人間に自覚され、経験されるといっていいであろう。

現実世界においては伝達不可能であるところの、その観照の action を、小説の世界に実現する。しかも充分に想像力をそなえているかぎりの、いかなる他人にたいしても伝達可能な、開かれたかたちにおいて達成する。じつにそのように困難な、しかし熱情をそそる試みこそが、真の作家の、小説においてめざす冒険ではないであろうか？　僕はあらためてサルトルの言葉が、思いがけずみぢかなところで響くのを聞く思いがする。《言語に含まれた情報でないもの、あるいは非情報の部分を開拓しながら、体験された世界内存在という伝達し得ないものを伝達し、……》、体験された世界内存在とは、観照の action＝実質にほかならないであろう。そして僕がさきにのべた、ある独自の文体の把握によって、そこにいたりうる可能性のある、高いヴィジョンという課題もそこにあいかさなるであろう。

作家はそのような観照の action を実現するために、「眼」を、独自の観照のための「眼」をそなえた人間をつくりだそうとする。それは、そのような眼をそなえている存在でありさえすれば、犬でも、魚であってすらもさしつかえない。すなわちそれが、小説における視点の設定ということにほかならないのである。小説におけるそのような視点は、無機的なレンズの設置ではつくりあげられない。「眼」をそなえた肉体と意識を、小説の世界に現実化することによってのみ、それがなしとげられる。そしてそれは、作家がかれの肉体と意識の全体をかけてつくり出すものでありながら、そこからはっきり自立しているものでもなければならない、「眼」をそなえた肉体と意識なのである。そうであるからこそ、作家は、かれが意識的につくりあげた対象でありながら、かれを超えて独立した存在である、小説の達成を期待しうるのであるし、その創作行為の時間のなかで、かれ自身がいまつくりつつある小説に、かれ自身を変革されるという、力関係の逆転をも、自然な経験としてあじわいうるのである。そのように現実世界の外で、もっとも深く具体的に現実にかかわりつつ、真に生きることが作家にとって可能となるのである。

しかもそのような、小説の本質的な秘密にかかわるところの、もっとも根本的な土台づくりが、具体的には、視点の設定、「眼」の導入の課題として、仕事をはじめた作家のまえにまずあらわれてくる。そしてその視点の設定、「眼」の選択において、作家は他人の書いた小説のみならず、かれがこれまでに書いたところの小説を模倣することすらもできないのであり、いかなる視点を設定するか、いかなる「眼」を導入するか、という選択は、不安なことにも、作家にとってまったく自由なのだ……

そこで言葉、真の言葉をつきとめること、その action の様式としての、真の文体の把握、およびそれにつらなるヴィジョンの展開ということと、独自の、それよりほかにはありえぬ「眼」をみちびくこと、その「眼」の光にてらしだされる、かつてない観照の action を表現することとは、小説の本質をつらぬきとおす梁のようにして交叉しながら、仕事をはじめた作家を待ちぶせ、拒否し、うちたおす、小説の迷宮の入り口の二頭の怪物となる。しかしそれらの怪物との、意識と肉体をかけての格闘こそが、まったく卑小な平均的人間にすぎぬ作家に、かれ自身を超えて、かつ充分に想像力をそなえた者ならいかなる他人にも伝達可能の啓示を、現実化させる唯一の契機であるとすれば、作家の仕事においていかなる抜け穴があろう。そこで気の滅入るような、重苦しい抵抗感に苦しみつつ、確たる手がかり、明瞭な見とおしによって自分を励ますこともなく、作家が小説を書きつづける……

表現の物質化と表現された人間の自立

ひとりの作家が、小説を書きつづけながら、いま書いたばかりの数ページを破棄してしまう。かれがそのようにするとき、つねに確信をもっている、ということは、どのような作家の場合にもありえぬであろう。小説そのものが、その根本のところで、まことに不確かなものなのだから。しかし、僕自身の作家としての、経験に立っていうならば、そのように自分の書いた数ページにたいして、はっきり客観的な批評性を、作家がもちうることも時にはある。すなわち、確実にこれは破棄されるべきだと決意することのできる、いくつかの場合があるのであって、それについて考えを展開してみることは、実際に、小説を書きつづけている人間の、内部のオーバーホールの役割をもはたすだろう。この場合、ほかならぬ長篇小説を書きすすめている僕自身の。

もっともそのまえに、作家にとって自分がいま書いたばかりの数ページを、読みかえそうとして（それは文章を訂正しようとして、という段階に発展し、つづいて校正刷を修正しようとして、というところにまでつづくのであるが）全身におこる、肝臓障害からの脱力感のような抵抗感覚とたたかわねばならぬことの理由を、はっきりつかんでみることからはじめるべきであろう。なぜなら、その抵抗感覚は、生涯にひとつかふたつの、小説の試作をしてみるのみの人びとにもまた、体験されたものであるように思えるからだ。この課題は、きわめて広いところまで一般化できるだろう。

それはまた、エッセイを書き、詩を書く際の、机の上での労働にふくまれる様ざまな感覚とも、ことなっているように思われて、もしそれが具体的に把握できれば、僕はそれによって、いま小説と、エッセイあるいは詩とのあいだに、くっきりした境界線をもひくことができるように思えるからである。もっともそれは、詩とはなにか、エッセイとはなにか、というふうに理論をたててゆくことによって、そのような境界線をくっきりさせようというのではない。僕自身が、ともかく詩と自分でみなすことを望むものを書き、エッセイを書くにあたっての、体験に立って、自分のそれらにおける労働の感覚のことなりかたを示したいのである。

まず詩についていえば、僕にはむしろ、ひとつの詩を書こうとして、一枚の広い紙に、最初の草稿を書きつけ、それを眺めわたし、音をいちいち充分に喚起しながら読みかえし、訂正し、あらためて清書しという、繰りかえし作業こそが、もっとも文学的昂揚に揺さぶられつづける快楽であるといわねばならない。それは僕が、仕事の中心に小説を置いている人間であり、それよりほかの部分で、発表する意志もない、詩(あるいは、詩のごときもの)を書いてみるのが、ちょっとした、気晴らしであるからだろうか。しかし、僕もまたかつて、詩のみを書いていた、青年時の期間をもっている。そのあいだも、習作する詩を紙に書きつけ、書いたはしから読みなおし、訂正し、つくりかえることに、憂鬱な、気の重い、抵抗感をもつことはなかったのである。そのような時期の終りに、はじめて僕は小説の習作をした。そしてその瞬間に、いま自分の書いたものを読みかえすということに、おそろしく重苦しい嫌悪感をもつようになった。ある夏、僕は、怪談映画で、殺人者が、かれのいま殺したばかりの被害者から、懸命に逃げさろうとして泳ぐけれども、死人はいつまでもかれの蹴りつける足にからみつくように追いすがってくる、というシーンを見たことがあった。僕にとって、習作する小説は、その殺したばかりの被害者のようであって、僕はふりかえってそいつに面とむかうことを、ほとんど恐怖にちかいまでに激しく嫌悪した。そこで僕は習作を、清書したり、脱字、誤字をうずめ、書きなおしたりすることができず、したがってそうしたインクのしみのついた汚ない、不完全な紙束のごときものを、他人に読んでもらうわけにはゆかなかったから、結局、書き終るとそれを燃やした。しかも僕は、もしその自己嫌悪の種子である紙束を誰かが読んでくれたとして、もし批判的な言葉が、発しられたとしたら、小説を、というより、僕自身を全面的に否定されたと感じるであろうと考え、架空の批評を頭に思いえがくだけで、その批判者に憎悪をたけらせたのであったから、誰の眼にもふれぬうちに燃やされる、インクで汚れた紙束の炎は、もっとも安全なあたたかみを、僕の肉体と精神に、あたえるものでもあったのである。そのような間にも、教師にむけて提出するものや、実際的な必要にせまられての、それこそ当時の僕自身の現実生活にとって、もっともアクチュアルなものとしての、いくつかのエッセイを僕は書いていたが、それらは、読みかえして訂正し補強することに、やはり詩を書く作業においてとおなじく苦痛をともなわぬのであった。詩の場合、それはかなり長いものでも、大きい紙に書けば、それをいちどに眼でとらえることができる。また、僕はつねに自分の詩を暗記しつくすようにして、書きすすむのでもあった。そうした場合、全体の展望にたって、細部を訂正し、つくりなおすことは容易であるから、僕が、詩の書きなおしに嫌悪、苦痛を感じなかったのだ、ということが、あるいは可能であるかもしれない。

しかし、エッセイの字数はしばしば小説の習作よりも多かったのである。しかもエッセイを書きすすめつつ、しばしば前にたち戻って、そこを練りなおし堅固にするのは、むしろ愉快な、充実感のある作業なのだった。また僕は、エッセイの全体の構造が、いびつにならないように、ひとつのエッセイの、首部と、尾部と、それらの中間とを、前後にこだわらず、独立させて書き、そのいちいちを構成して、ひとつの有機体をかたちづくることもあった。その構成をおこなっている際の、僕自身の頭には、はっきり詩を書きかえ、つくりなおすさいの昂揚、ゲームの楽しみと同一のものが体験されているのでもあった。そこで僕は、結局のところ、詩とエッセイとは、言葉を紙に書きしるすやいなや、客観的な他者となるところの、文学形式なのではないだろうかという、かりの中仕切のような考え方をもつにいたった。詩は言葉そのものに、客観的な独立性をあたえるために、その言葉にくっついている臍の緒をはっきり自分から切りとって、自立させるために、詩を書く者の努力を要求する。そしていったん客観的な他者となった言葉を、より十全に自立させるために、それをつくりかえ、構成しなおすのが、詩を書く者の労働であるとすれば、いったん自分と臍の緒でつながらなくなった言葉を動かし、くみあわせるのは、チェス遊びのようなものではないか。エッセイにおいては、言葉を意味の構造にしたがって積みあげてゆくとき、そこにひとつの文章として、意味が完結すれば、すでにそれは、客観的な他者なのだった。それはたしかに僕の生み出したものであるが、あたかも第三者の眼が、その文章の誕生のいちぶしじゅうを見つめていたかのように、いったん書いた文章は、いわばこの第三者と、自分の共有のものとして、そこにあると感じられたのである。そして僕は、むしろ僕自身であるより、その第三者として自由に、いま書いたばかりの文章をチェックすることができたのであった。ところが小説はどうであったか、いま、それはどうであるか？　作家という職業についている人間として、僕が自分に強制した訓練のひとつ、それも中心的なものが、いったん小説のある章を、また時には短篇小説の全体を、書きあげた自分に、いまおまえがインクで汚した紙きれは、そのままではまったくなにものでもない、抵抗感を乗りこえて、そいつを書きかえよ、いくらかなりと堅固なものにするために、修正し、つくりかえ、そしてあらたな平衡感覚をあたえよ、と命じることであった。したがって僕がいま、自分の書きおえたばかりの小説に、すぐさま加筆訂正のための細字の万年筆でたちむかうとして、僕があじわっている、苦く重く、内部にいやしがたい疲労のたまってくる抵抗感は、あの、いったん書きおえるとすぐその紙束を燃やしにかかった時分のそれと、本質的にことなるものではないのである。

そこでなぜ小説がそうなのか、小説のみがそうであるのか？　それを考えるためには、これまで検討してきたところの、詩とエッセイとを手がかりにしてすすむのが、いっとう便利であろう。詩においては、まだ訂正し、つくりなおすあいだにおいてすら、言葉とその積みかさなりとしての数行、そして全体が、堅固な（あるいはミルクの表層に浮ぶ膜の程度の堅固さ、なんとか凝固しようとしているというのみのそれであっても）様相を呈している。それはいったん言葉を書きつけると、ひとかたまりの粘土を台に置いたような具合になる。粘土のかたまりは、ひねられ押しつぶされ、かたちづくられ、また毀されるが、そのあいだもつねに粘土は眼のまえにあって、その全体が見える。そのような粘土のかたまりが、それ自体としてわれわれをひきつけぬということがあろうか？

ところが小説においては、書きつけた言葉が、ただそれだけではっきりした実在に見えてくるということはない。また、そもそもそのようであってはならないであろう。作家は、言葉の鉱物標本を提出するのではなく、地底深く、まっ暗なところに埋っている鉱脈の全体について、想像力を喚起するために働いているのである。小説の部分として書きつけられた数ページは、まったく堅固でもなんでもない。不定形で、やわな、とりかえ可能の、なにやらあいまいなものにすぎない。しかもそうした数ページのなかに、まぎれもない作家自身の痕跡が、なまなましく残っているのである。僕は子供の時分に、避難してきた戦争罹災者の一家族の世話をしたことがあった。悲鳴をあげるかわりに眉根をひそめるだけの、おそろしく蒼ざめた少年の火傷を母親が治療しようとしていた。片腕の繃帯を剝がすと、石膏をかためたようになった、膿と血潮まみれの木綿に、ほとんどバリ、バリと音をたてるようにして肱から腕頸までの皮膚と脂肪とが残った……　僕が、自分のいま書いたばかりの数ページに感じるのは、そこに自分の肉体と意識とが、膿と血潮まみれで貼りついている、という感覚である。それをむりやり引き剝がし、小説の数ページを客観的に、外在化させようとすると、頭の奥のほうで、バリ、バリとひきさかれる音が聞えるような苦痛がある。エッセイについてなら、議論しているさなかに、さきほどきみがいったことを確認しようじゃないか、といわれて、録音テープをまきもどすのが、苦痛でないように、書いたばかりの数ページを読みかえすのに、どんな抵抗もない。そしてそこに固定した意味に、もし疑いを見出せば、それを破棄することが、心理的な負担になることもありえない。しかし、小説では、自分に漠然とながら違和感のある数ページを軽はずみに破棄すると、そのひょうしに、それこそ腐敗していない肉のいくらかまでバリ、バリと剝ぎとってしまうような結果にもなりかねないのである。そこで、書きおえたばかりの数ページを読みなおし、訂正し、つくりなおすことは、まことに幾重にもかさなった心理的重荷をかつぎながらの労役となる。すくなくとも僕は、そのような経験をかさねてきたのであったし、いま現に長篇小説を書きすすめながら、おなじ経験からのがれられないでいるのである。むしろ僕が、新しい小説を書きつつ、いま書いたばかりの数ページを読みかえすことに、重苦しい抵抗感をいだかなくなれば、その時、僕はすでに形骸化してしまった文体の脱けがらに、僕自身についての概念をつめこんでゆくだけの自動人形になりさがってしまっているのだ。その時、僕はなんとかして自分の頭のゼンマイを叩きこわすべく、ハンマーを肩のうしろにふり上げねばならないだろう。

さてそのような抵抗感覚にさからって、自分の書いたばかりの小説の数ページを読みかえし、それを破棄することを決意する。その決意が、一般には確たる目やすによるのでない以上、もし例外的にいくつかの手がかりがあれば、それはあきらかにされるべきであろう。それが、僕の現在の出発点である。まず手がかりのひとつに、文体の感覚の問題があることは、すでに言葉と文体について語りながらあきらかにした。そしてもうひとつの手がかりと僕の見なすのが、イメージの物質化ということなのである。

イメージの物質化、小説の文章の数行、数ページが、物質化されている、「もの」の手ごたえをそなえているとは、具体的にどういう状態をさすのか？　様ざまな文学理論家たちが、イメージの物質化、あるいは小説における物質化ということを分析してきた。しかし、ここで僕がおこなおうとするのは、独学者のやりかたによって、すなわち自分の経験に狭くこびりつくようにしてではあるが、なんとか自分の頭のなかではっきり納得できたものを、提出してみるということである。

さきに僕は次のように書いた。《作家は、それがほんのちっぽけな「もの」であれ、それをそのまま小説のなかに導入することはできない。作家は、ひとつかみの南京豆を小説のページの上に盛るわけにゆかない。それでいながら、作家は、そのひとつかみの南京豆が、この世界に存在することを、かれの現実世界での経験の基軸のようにもしっかりと、表現することをめざすのである。それは、ページの上に、ひとつかみの南京豆を盛るよりもなお、具体的かつ即物的な効果をあげなければならぬばかりか、それがまたその作家の存在そのものを串刺しにしている経験でもあることが、見まがいがたくはっきりと表現されもしなければならない。ひとつかみの南京豆という言葉が、現実のひとつかみの南京豆よりもなお、即物的であり、しかもそれが作家の現実世界における経験そのものをも表現しうることが、その言葉を読みとる者に、解釈でも説明でもなく、ほかならぬ現実世界における、その読者の新しい経験として把握されること、そのような幾層ものアクロバットめいた関係の実現こそをねがって、作家はかれの小説制作の作業を開始するのである。》

まず、もっとも低いハードルを跳びこえておくことにしよう。小説は、言葉で書かれる。言葉は「もの」ではない。したがって、小説に描きだされるものと、現実世界の「もの」とが、同一平面におかれることはありえない、という考えかたは、基本的にまちがっている、という指摘である。そしてその、まちがいだ、という認識が、ちっぽけなものであれ現実の「もの」を小説のなかにそのまま導入することはできぬ、という事情と、いささかも矛盾しない、という事実である。なぜなら、ひとりの人間の眼＝意識にとって、現実世界の「もの」が、実在するのは、かれがその「もの」を、かれの眼＝意識のうちにとりこむからである。この場合、あらかじめ知覚の方法を、眼によるものに代表させ単純化していることをいっておかねばならないであろう。また、これらの知覚の作用に、想像力の作用をもまたくわえて、僕が、眼＝意識という、組合せ言葉をつくったのであることも、あきらかにしておくべきであろう。

そこで小説を読む人間が、紙の上の印刷された言葉をつうじて、かれの眼＝意識にとりこむことによって実在しはじめたものは、逆にすじみちをたどれば、現実世界にその「もの」が実在するとしての認識と、あいかさなるはずであろう。紙にしるされた言葉によってのみ実在するものは、現実世界にある「もの」よりも、人間の眼＝意識にとって、より堅固でない、ということは原則としてありえないのである。もとより、そのちがいを厳密に洗い出す必要がある局面では、言葉のあらわすものと、現実世界の「もの」との区別は、はっきりつけられねばならない。同時に、それらふたつを、同一の平面におくことが、基本的にできるということを、まずはっきりさせておきたいのである。

さて、現実世界でわれわれの眼にふれるところの「もの」は、つねにわれわれの眼＝意識に即物的な、ものとしての実在感をそなえているだろうか？　たとえば、いま、あなたの眼のまえにある、この文章が印刷されている雑誌、そのいくぶん黄ばんだ柔らかそうな紙、それを囲っている罫の、けっして機械的にまっすぐ揃っているのではない線、そして明朝体の、肉の薄い活字は、いまの瞬間まで、あなたの眼＝意識にとって、「もの」として実在していただろうか？　いま、あなたは、一種の微妙な違和感とともに、雑誌の紙、意味をつたえるためのものではない罫、そしてエスキモーが、この漢字と平仮名を眺めるのであったなら、たしかにそうであるような、奇妙な直線と曲線のつながりである、黒い印刷を、はじめて「もの」として、自分の眼＝意識にとりこむことをはじめたのではなかろうか？　そのあいだ、このエッセイの意味の連鎖がたち切られて、あなたの意識のなかから、この、しゃべりたてている僕が、みるみる姿を消してゆくであろうことが、はっきり示すように、いまあなたの眼＝意識が発見した、「もの」としての雑誌は、かならずしも、その機能と無関係ではないが、それをこえて「もの」そのものであるところの雑誌である。物質化されている雑誌、「もの」の手ごたえをそなえている雑誌である。すなわち、そのような「もの」としての雑誌を、あなたの眼＝意識が発見するまで、雑誌はあなたにとって古なじみの概念として把握されているにすぎず、その機能のみが、あなたにたいしてつつがなく機能していたのだと、いうべきではないであろうか。

われわれは日常生活において、「もの」にかこまれて生きている。しかし、あるいはそれゆえにこそ、自分の周囲のありとある事物を、ことごとく知っている、という人間は、きわめて特殊であって、たとえば宇宙船のなかの飛行士くらいのものであって、単なる概念、とくに機能についての概念にすぎないにしても、われわれは、自分をとりまく事物について、ごくかぎられた範囲のそれしかもたないのである。もし日常生活の場で、自分のまわりの事物のすべてを「もの」として認識しはじめたとすると、当の人間にとってそれはおそるべきことになる。長時間それがつづくとなると、人間は気狂いになってしまわざるをえないだろう。われわれは、いわば「もの」との休戦協定をむすんで、「もの」を「もの」そのものとして、自分の眼＝意識にひきうけることはなしに、単なる限られた（一面的な）概念としてそれを意識にいれ、それの機能を活用しつつ生きているのである。その際に、われわれを囲むすべての事物は、じつはわれわれの眼＝意識に、「もの」の手ごたえをそなえていず、物質化されてもいないのである。むしろそれは「もの」でない、とすらいうべきであろう。

ところが、われわれの現実世界での生活に、ある異変がおこるとしよう。愛している人間に死なれてしまう、というような辛いことが、自分にふりかかる。その時、突然にわれわれは、自分の眼＝意識に、自分のまわりの事物が「もの」として新しく実在しはじめるのに気がつくのではあるまいか。空はこのようにも青いものであったか、木の葉はこのようにも光をはねかえす、硬い、研磨された石のごときものであったのか、というような感慨を、われわれは、しばしばそのような時にいだくのであるが、じつはその感慨よりもさきに、われわれは「もの」としての事物を発見しているのである。われわれの眼＝意識に、自分のまわりの現実世界の事物が、はじめて物質化され、「もの」の手ごたえをそなえているのである。それはこのような明瞭な異変によって、「もの」を見る眼＝意識が、自由な、不安な、なにものにも束縛されぬが、なにものにも支えられていない状態に、ときはなたれたことに由来している。この場合おなじような衝撃によって、想像力が自由になる現象をもまた、あわせ考えておくこともできるであろう。われわれは、概念的な意味づけ、解釈から、はっきり切りはなされた「もの」を、自分の眼＝意識によってとらえはじめているのである。このような、不意の眼＝意識の覚醒は、特別な理由なしにもまた、われわれをおとずれる。しばしば、われわれは地面にしゃがみこんで、礫や乾いた土、微細な草、その根かたを走る蟻、という種類の、知りつくしていたはずの眺めに、あたかも新しい宇宙でも見るような、茫然たる奇異感とともに、眼＝意識を、ひきつけられている自分を、見出さないであろうか。その時、礫、土、草、蟻たちは、物質化され、「もの」の手ごたえをそなえて、われわれの眼＝意識にはいりこんでいるのである。

そして、小説におけるイメージの物質化、小説の文章の数行、数ページが、物質化されている、「もの」の手ごたえをそなえている、ということの具体的な意味を、僕は右にあげた意識現象に、そのままつながるものとして、考えることができるとみなすものなのである。

もし僕が他人の小説において、自分の眼＝意識が、そこに描かれている事物を、かつて見たことのないような、いかなる概念、意味づけ、解釈からも自由な、「もの」そのものとして見出している、という状態を経験すれば、その小説のイメージは物質化されているのだ。週刊誌を手にとるとして、その小説を、特集記事とおなじく、わずかの、手垢にまみれた「情報」をつまみとるようにして読みとばしてゆく、という時、それらのイメージ群が、単なる概念のみをあらわしていて、そこで奇怪な実在感のある「もの」に出くわして一瞬たちどまる、という瞬間がないのは、それらがいっこうに、物質化されていないからだ。自分の小説の読者にとっては「もの」よりも「情報」だと、こころえている週刊誌作家たちが、たとえエロティシズムが焦点の小説であれ、ひたすら新規の性にかかわる「情報」を提供することに専心するのは、かれらの職業的な知恵をしめしている。

言葉とは本来、意味、概念をつたえるものである。したがって、自然ななりゆきでの意味、概念の表現に、あえて作家が抵抗しつつ、かれの文章を、そうしたものとはっきり切れた、めざましい「もの」そのものを表現しうるものとすべく努力するのでなければ、すべての文章から「もの」は姿を消してしまうだろう。作家は、かれ自身、言葉を書きつけてゆきながら、自分が、日常生活のありふれた光景に、かつて見知らぬ「もの」のひそみかくれているのを、自分の眼＝意識に把握する際の、不安な、剝きだしになった者の自由(それを人間的実存というように呼ぶ人びともいるわけであるが、哲学の概念からはつねに解放されたところで、僕はこの実作者のノートを書きつづけてゆきたいと思う)をたしかめていなければならない。とくにかれは言葉の概念的な意味をはらいのけて、その単一の意味をこえる、多様な意味あいをみちびき出さねばならない。概念から、解放された「もの」の本質は、まず多様性として、眼＝意識にはいりこむものであるからだ。

そしてほかならぬこの作家の努力こそは、かれ自身にとっても、充分に自覚できるものなのだと、経験にたって僕はいうことができる。作家は、かれのいま書いたばかりの数ページが、概念に縛られた言葉のみによってなりたっていて、それを読む他人に、その愛する人間の死にあたってのような、奇怪だがみずみずしい「もの」の洪水に出あう体験をあたえることがないであろうことを、自覚することができる。その時、かれは、やわな、決してかれの存在感にふれてこない文体の数ページを破棄するとおなじく、自分の新しい数ページを、確信をこめて破き棄てることができるのである。そしてそのような努力の果てに、もしかれが自分の小説を、いかなる概念からも自由な、「もの」そのものによってうずめることができたとする時、かれはまた、自分の存在感をもまた、そこに表現しえたことに気づくだろう。われわれが、ある衝撃によって、現実世界の事物にたいして、その「もの」そのものの前にたたずんでいるのを自覚する時とは、自分自身の根本のところでの存在感にふれている瞬間でもあるから。作家が「もの」の実現に成功している、イメージの物質化に成功している小説を読む際に、しばしばわれわれの経験するのは、本のページからあげた眼＝意識に、周囲の事物がすっかり新しく見える、という現象である。われわれは小説のなかの事物の物質化において、「もの」の手ごたえにおいてきたえられた、眼＝意識によって、現実世界の事物を物質化し、あらためて「もの」として発見しているのである。その時あきらかに、現実世界に実在する「もの」と、言葉によって実現された「もの」との、同一平面での交流がなしとげられているのである。

小説を書きすすめながら、この自分は、はたして自分の意識をこえるところのものを、小説の世界に表現しうるのか、という疑いに作家がとりつかれること、そしてじつは小説そのもののうちに、作家の意識をこえるダイナミズムの構造が、原理としてありうることを、僕はすでにのべた。それにあい関わりながら、もう一歩、はなれたところに立って、僕がいま考えようとするのは、小説を書きつづけつつ、作家は、かれ自身を否定するところの契機を、かれの言葉と想像力がつくりだす「小説のなかの人間」をつうじて、はっきり現実化することができるのか、という課題である。

もしそうした離れ業がありえぬとしたら、日本の私小説の伝統から、自由に自分を解放したいとねがっている、僕自身が、すでにそれによって頭からなかば喰われているのだといわれても、実のところ、僕ははっきりした反証の手がかりを持たぬはずではないか。それを考えるかぎり、いま現に小説を書きすすめている作家としての僕は、万年筆のペン先を乾くにまかせて、原稿用紙の上、三十センチのところを茫然と見つめつつ永い時をすごさぬわけにはゆかないのである。

人間の意識には、本質的に欠けている部分があって、その円弧の欠けている部分をうずめるべく、自分自身を前に投げだす、という原理を考えて、人間のありようの根源に、原則的なダイナミズムをみちびきいれたのは、二十世紀の哲学者の発明であった。哲学者のあきらかにしたものの、発する光に照されつつ、いまわれわれは、小説の課題について考えることができる。しかし、いま僕は、哲学者による微光をかたわらに見ながらも、自分で小説を書いてきた経験にたって、なんとか具体的にこの課題を展開したいのである。僕の経験にたつ、課題の展開が正しければ、その具体的な道すじは、あの哲学者の微光の一条の道から、原理において外れることはないだろう。だからといって、小説の課題を、はじめから哲学者の微光をトーチ・ライトにして点検するようなことをするのでは、作家には現実的な存在理由がない。

もっとも、実際的に早手まわしに、作家がかれ自身を否定する契機だって？　あいつはもともと自己処罰によって自己回復しようとしているのさ、田舎から出てきたお詫びに！　などと、英語の種本を一冊つかんで社会心理学者になりおおせたほどにも明敏な批評家に、つじつまをあわせてもらっても、それはまったく仕方がない。僕は、思いつきでない展開、したがってそれを自分自身の、持続性を発展させながら、持ちつづけてゆくことができるところの課題の展開こそをねがっているのであるからだ。そこで僕は、あらためて原稿用紙に小説の、次の幾ページかを書きすすめつつ、そのようにしてこの課題を、自分にたしかめようとする……

僕がいま書きすすめている長篇小説のタテの構造を支えている人間は、郊外の住宅地のはずれの崖下にコンクリートの核戦争用シェルターをつくって、そのなかから、外部世界を観察して日々をくらしている、いったいどういう過去をになっているのかわからぬばかりか、正気なのか気狂いなのかも判然としないところの、三十男である。かれは、崖下から数キロの幅にひろがっている湿地帯にある、廃棄された撮影所の倉庫に隠れ家をおいているらしい、少年犯罪団が、かれの、コンクリート壁にうがたれた、新しい銃眼からの観察の網目にかかるのを、春の終りから梅雨をこえて夏にいたるまで、魚のごとき忍耐心によって待機しつづけている。

いま僕は、自分の想像力のフィールドに、あらためてこの三十男を喚起しようとするたびに、とり急いで単純化することのできぬ、多様性をはらんだ、自分の内部の動揺を体験する。その動揺は、僕が、小説を書こうとして積極的につくりだすものであって(というのは、僕がこの小説を書きつづけることをやめれば、その瞬間に、動揺は消滅してしまうのであるから、僕がなにひとつせずに手をこまねいているにもかかわらず、受身でその動揺を体験しないわけにはゆかぬ、といった意味ではない、ということである)、むしろ小説を書こうという意志によって加速された想像力のスピン運動が、僕の意識と肉体の深みに沈んでいる泥をかきまわし、土煙りをあげさせる、とでもいうべきものであろう。そしてその動揺を言葉で追跡してゆくとすると、それはこういうことであるにちがいない。もっとも、小説を書きつづけている僕が、現実にさがしもとめ、紙の上に書きつける言葉は、すなわち小説を展開する言葉であって、そのあいだ内部の動揺それ自体は、いかなる言葉をも持たないのであるが。

この三十男は(と僕の意識と肉体との動揺をいま言葉にかえよう)、作家であるところの、現実世界のなかの僕自身ではないが、しかしいうまでもなく僕は、かれとの本質的なつながりを否定するわけにはゆかない。もし言葉をかさねつつ僕と本質的なつながりのない自動人形のようなものを、かりにつくりだしたにすぎないのなら、僕はかれをタテの構造の担い手とする小説を書きつづけるところの意味をどのようにして発見しえよう? ところが僕は、この三十男をすっかり自分自身にひきつけてしまう時、やはり小説が根柢のところで崩壊してしまうことを予知してもまたいるのである。

しかも、この三十男と僕の、本質的なつながりというのも、それが僕の意識において、はっきり客観化されている(あるいは、されうる)ものではない。むしろその本質的なつながりをついに確立するために、数百ページの長篇小説を、僕は書こうとしているのである。それもいったい自分がなにを意図して、そうしたことの表現に熱中するのか、さだかでないような細部にさいげんなく入りこんでゆきながら。僕はこの三十男が、実際にそれを体験したのだかどうだかわからぬ、おかしな受難の一日を、かれとともに核戦争用シェルターに待避して暮している幼児にむけて語って聞かせる様子を書く。つづいて幼児が眠りこんだあとは、かれらをとりまいている樹木の精にとめどなく話す言葉を、微細に書きこんでゆく。かれはそのあいだも、鑿(のみ)を古シャツでくるんで音を鈍くしながら、コンクリート壁に穴をうがち、そこを銃眼にして、湿地帯への新しい視角をきりひらこうとする作業は止めないのである。そのうちかれは歯茎の痛みに唸りはじめるが、それはかれのひとりしゃべりたてる言葉を信じるとして、昼間かれのたずねて行った場所で、殴りつけられたために折れた歯が、そのまま歯茎につき刺さっているのだ。かれは唸りたてながら自分の指で折れた歯をひっこ抜き、口腔を血だらけにして、その血をどこに嘔きだしてやろうかと思案する楽しみを見出す……

僕はこのシーンを書く前と、書きおえた後で、自分のいだいている当の三十男のイメージに変化がおこっていることに気がつく。すくなくとも小説を書いているさなかの僕にとって、この三十男の外側と内側とが、より堅固になり、それは僕自身とかれとのあいだの、つねに生きた血のかよっているつながりが、よりはっきりしたことでもあると同時に、この三十男が、よりくっきりと僕の意識の外に、自立しはじめたことでもあるのに気がつくのである。しかもそれは、僕が粘土で自分そっくりの塑像をつくろうとしていて、しだいに自分の外側にひとつのかたちをとったものができあがり、それが僕の雛形であるために、そいつと僕とのあいだにはっきりしたつながりが確立され、またそいつがしだいに完成されてゆく過程において、その塑像が、少しずつ自立してゆくというたぐいの、僕と、僕のつくるものとの、平面的な相関関係ではないのである。

じつのところ、この小説を書きつづけている、深夜の机のまえの僕自身と、小説の全体の構造の五分の一くらいのところの数ページに、いま描き出されてゆく、歯が折れて歯茎につき刺さっている三十男とのあいだには、直接の相関関係などはないというべきであろう。僕は自分の雛形をいためつけて被虐的な喜びを感じるたぐいの嗜好を持ってはいないし、わたくしはこのようにも憐れな、みっともないものです、とのべたてて無限定な同情をもとめるつもりもさらにない。実際的にいって、そのような直接のつながりの臍の緒を切るところから、小説の根本的な機能の発動、すなわち「小説化」がはじまるとするのが、もっとも基本的な僕の出発点であった。

僕は、すでにのべたところに引きよせていえば、小説の数ページのなかの事物を、物質化するために、「もの」の手ごたえをあたえるために努力するように、また、やわな、ぐにゃぐにゃの文章を、自分の根柢の存在感に響きあうところのかたちと実質に、すなわち「文体」にまでつくりあげるために努力するように、小説のなかの人間を、それ自体で自立させようとつとめる。まだ、あいまいな、霧のなかの遠方の人影（霧が晴れてしまってよく見ると、そいつはおおいに、頭の半分と脇腹くらいしか肉体としてそなえていない、はんぱな人間であるかもしれないのであるが）のごときものを、小説の最初の数ページにみちびきいれながら、実際問題として、僕はいったいなにを手がかりにしているのか？　小説を書きはじめるまえに、小説のなかの人間が、あらかじめ作家の意識のうちに実在をまっとうしているのであるとすれば、それは、死んだ友人の追悼文を書くように、言葉の筋みちは、もし僕が充分に率直であるならば、あきらかであろう。しかし小説を、そのような、すでに実在する人間のかたちをなぞるようにして書くとして、どうして表現の、あの根本的な魅力が湧きおこるであろうか。

それは小説を読む者のがわに立っていってもまた、そうであるにちがいない。読者としての僕の経験によれば、たとえばフォークナーのように、かれの創作の場所と、幾代にもわたる人物たちが、作家の意識のなかにあらかじめ実在するような外観を呈する場合にも、僕はその小説のはじめの数ページを読みすすめながら、いま作家の肉体、意識のなかで、これらの「小説のなかの人間」たちが（僕がいかにも煩瑣である、こうしたいいかたを繰りかえして、作中人物という熟語をもちいないのは、この熟語自体の成立のなかに、小説のなかの人間を、図式的な紙人形にしてしまう考え方がふくまれているように思うからだ）かたちづくられてゆく、発見され、あらためてなお発見されてゆく、ということの認識によって、もっとも深い昂揚をあじわうのである。

もしフォークナーが、かれの小説のこの数ページを書いているさなかに急死してしまったとしたら（現実にフォークナーはその小説を書きあげ、僕は硬い表紙や、紙表紙の、数種の刊本をそろえているほどなのであるから、いまさらこの数ページを書いていて、急死したら、と心配するのは愚かしいことにちがいないが）と僕は考え、そしてその瞬間に永遠に、フォークナーの意識の胎盤に育ちはじめていた、様ざまな、小説のなかの人間たちが、暗闇のうちへと流産するのだ、という不安と惧れにとらえられるのである。また街を歩きながら車にぶつかりそうになって、そのような際に僕がしばしばとらえられる、慄然とする覚醒の感覚は、いま自分があの数ページを読みはじめたばかりのフォークナーの小説のなかの人間は、まだほとんど不定形(アモルフ)なままであるから、もし自分が交通事故で死ぬとすれば、永遠に流産する、という恐怖なのである。あたかも、僕自身の死よりも、いま自分の読みはじめている小説のなかの人間の死が、自分にとって、より本質的な重要さをはらんでいるとでもいうように。

この経験は、小説を読むという行為が、小説の展開を直接の軸として、作家と読者に、同一のいまをわけもたせる、ということをなによりも端的に示すであろう。その、小説の受容という段階から逆にさかのぼっても、小説の最初の数ページを書きつつある作家の意識に、小説のなかの人間が、はっきり実在してしまっていることは、正当でないといわなければならないのではなかろうか？

いうまでもなく、作家が小説を書きはじめるまえに、かれの小説のなかの人間についての創作ノートをつくる、という実例はしばしばみられる。しかし、そこに線描された人間の輪郭は、その本質において、一面的である。一つの方向づけにのみしたがっている。それを小説の実際の進行において、作家の想像力がはじめて、多様化してゆくのだ。そして実のところ、多様性をもたない、小説のなかの人間は、それはまともな意味あいで小説とよびうる小説の、まともな意味あいにおける「小説のなかの人間」ではありえない。

そこで僕が、ひとりの作家として小説の最初の数ページを書くことによって、「小説のなかの人間」をそこにみちびきいれながら、唯一の確かな手がかりとして持っているのは、この人間は、いま自分が書こうとしている小説にそって、自分の想像力をもっともよくかきたてる、という実感につきるのである。想像力をかきたてる、というだけではあいまいすぎる、という問いかえしがありうるとして、僕はそれを次のようにいいかえることもできるだろう。この「小説のなかの人間」の胎児のごときものには、自分の想像力にたいして喚起的なトゲトゲがいちめんにはえており、しかもそのトゲトゲにひっかけられた想像力は、この「小説のなかの人間」を多様化する方向にむけていつまでも自由に拡大されつづける、という予感。しかもこの予感が、数ページを書き進めるたびにあきらかに充実してくるとき、僕は、自分がはっきり「小説のなかの人間」にめぐりあい、かれをつくりあげ、同時に自分をも、ある未知の段階にむけて押しあげつつあることに気づくのである。そして小説のなかの人間に、多様性をあたえてゆくことが、すなわちかれを自立させてゆくことであり、かれの自立が、想像力を発揮している人間である僕自身を、一歩ずつ、いま自分がそうであるような作家でない、より新しい作家、より新しい人間へと押しあげる動きでもあるという、もっとも望ましい連動装置が、しかも生きた血の流れている有機体として、僕の肉体、意識のうちにくみあげられたことに気づくのである。

さてそこで、そのそもそものはじめの、小説のなかの人間についての想像力の喚起の段階で、僕は次のような現象を、経験によって認めてきたのであった。すなわち僕はしばしば、いまこのようにある人間としての僕自身でないような人間、いま現にこのようにある作家としての僕自身への、否定の契機をはらんだ人間こそが、もっとも自分の想像力にたいして喚起的である、という事実を体験してきたのである。そのような現象を、想像力の根本の原理にそくして意味づけてみることは、さきにのべた実存主義の哲学者にならうかぎり、いまや誰にでもできることであろう。僕はあくまでも小説を書く人間としての自分の経験にたって、ここでも次の段階にすすんでゆくことにしよう。ひとつの理念、あるいは概念として、僕が自分を否定する契機を発見する時、それがお芝居でない、動かしがたく真実の、本当に自分を否定しつくす契機であるならば、僕はひとりそれに立ちむかっているかぎり、蛇に睨まれた敏感な蛙のような状態におちいらざるをえない。ついには僕は、化石してしまった、その否定的な契機と僕とのあいだの紐帯に、われとわが身を突き刺すようにして、自殺してしまうほかはないであろう。

自己否定をかさねる(そして生きつづけてゆく)という言葉が、学生運動家によって、また、かれらによりそって立つ教師によって発せられるのを、しばしば聞いていたあいだ、僕がつねにいだいていた暗い疑いは、右のような認識に発していた。かれらには「討論」があり「行動」があるのであるから、ひとり書斎に坐っている自分には、すくなくともこのふたつの留保条件をおいての判断しかできぬ、と考えながらも、僕は自分が現実に知っている、学生の、また教師の誰かれの顔を思いつつ、それらの自己否定者たちの、これはよそめにもあきらかな、次第に深まる閉塞状況のなかでの、自殺こそを、僕はもっとも恐れていたのである。

そして僕は、小説のなかの人間の発見と、作家にたいする否定の契機をはらんだ「小説のなかの人間」を、想像力によって多様にしてゆき、自立させてゆく過程、すなわち小説の制作の過程そのもののなかに、まっすぐ自殺にいたることのない、という意味において開かれている、自己否定の道というものを見出している自分を、繰りかえし認識していたのであった。僕は、それまで一度なりと、ある特定の他人にたいして、小説を書くことを切実な希求に揺りうごかされつつすすめる、ということはなかった。自分にたいしてすら、もし突然に、あのテレビで流行の鈍感な質問調で、あなたは、あなた自身に小説を書くことをすすめますか、と問いかけられたとしたら、イイエ、と答えてしまいかねぬところがあるのでもあった。しかしついに僕は、あまりにも明瞭な閉塞状況にある、新進学究の自己否定者にむかって、あえて小説を書くことをすすめる長い手紙を書いた。自分は、想像力の絵空事のなかへ自分自身を埋没させるわけにはゆかないんだ、さようなら、というのが、その手紙への返事をむすぶ言葉だったのではあるが。

想像力を、現実から切りはなされた絵空事とみなす考え方は、それ自体、永い歴史をもっているし、根強いものである。とくに小説のなかの人間を、想像力によって作家から自立させる、ということが課題である、いまの場合、想像力が現実そのものとかたくむすびついている、とあらためて主張するのは混乱をひきおこしうる、具合の悪いことであるかもしれない。実のところあきらかに、想像力は現実を否定する、というふうに考える、僕とは同世代の作家もいた。その論拠は、人間がナイフを見つめながら、ナイフを想像する、ということはなく、ナイフを見ながら想像するものは、ナイフでないもの、すなわち、ナイフという現実の否定であるからだ、というのであった。しかし小説を書きすすめている自分自身をあらためて観察する時、作家はかれがかならずしも、現実をすべて否定しているのみではないことに気がつかないわけにはゆかない。かれは現実のかれ自身を囲繞する事物、人間関係、それにそのようなかれ自身をもふくめて、それらすべての現実を、プールでターンする時のような具合に、想像力の脚力でもって蹴離す。しかしかれは同時にそうすることによってはじめて、現実のかれ自身を囲繞する事物、人間関係、それにそのようなかれ自身の、それらすべての現実を、その多様性をたもったまま、もっとも確実に、把握してもいるのである。

多様性ということが、結局は問題の焦点なのだ。想像力とは本来、多様化の方向性をそなえて機能する。すくなくともそれは単一の方向づけから人間を解放する機能をもつ。しかも紙に一語ずつ言葉を書きつけてゆきながらの小説の展開は、多様性をいちいち綿密にたしかめながら想像力をくりひろげるのに適している。詩における、雷電のような想像力の一閃による、全体の把握とちがって、小説の想像力は、砂の上を歩く貝の足のように、すぐそばをゆっくりなでさするようにして、すこしづつ全体をつかみとってゆくのである。そしていったんかたちづくられはじめた、小説のなかの人間は、小説の進行のある明確な分岐点にたっすると、逆に作家にむかって呼びかけて、その欠落部分を様ざまな側面から埋める言葉を要求しはじめる。その段階にいたればついに作家の作業は、確実な手がかりを得たといっていいであろう。そして、たとえそれが作家自身を否定するような方向にむかって進むのであることが明瞭になってきても、すでに作家はかれの小説のなかの人間に、それ自身が要請してやまぬ多様性の実現のための言葉を加えつづけぬわけにはゆかないのである。

そのようにして、小説のなかの人間が、自立する。そして自分の言葉によって、小説のなかの人間を自立させえた作家は、自分もまたその小説を書きはじめるまえの自分から、はっきり自立的に一歩踏みだしていることに気づく。すくなくともその可能性の実現をめざして、作家は、かれの小説のなかの人間と同一の時間を、一語ずつ言葉を紙に書きつけつつ、しだいに深く確実に、しかしつねに自由な想像力によって、生きなければならないのである。

作家が異議申し立てを受ける

現実に作家が仕事をしながら、直線的にかれ自身に没頭して疑うことがないかといえば、それはそうではありえない。もともと、作家がその小説を書きすすめること自体に、自己否定の契機がふくまれていることについてはすでにのべた。かれが、白い紙に印刷された、淡い朱の罫のなかに、一行の文章を書くとしよう。まだインクのかわかないうちに、いや、これは自分の書こうとしている「小説」ではない、とかれは感じるのだということを、僕は経験にたってのべてきた。

その感じとりかたには、様ざまな差異があるだろう。方法についての自覚にたった、きわめて意識的なものから、ほとんど生理的、肉体的な違和感にいたるまで、幾重にもかさなった層がみられるだろう。しかし、それらは一致して、作家に、いや、自分がもとめているのはこれではないのだと、これになお書きくわえていったとしても、自分のめざす「小説」がなしとげられることはないのだと、自覚させる。そこで作家は、いま書いたばかりの紙を破く。生理的なことをいうかぎり、僕にとっては、小説を書く作業というと、むしろその紙を破く、いくらか爽快感をともなわぬではない腕の運動を、まっさきに思い出すほどだ。

しかし、その破りすてられる紙に書かれた一行も、僕自身にほかならぬのである。それが、僕の内部よりほかのどこから出現したというのでもない。それは、僕が実在しなければ、存在しなかったところのものだ。テレヴィ活劇を見ていると、誘拐された男が、ギャングに強制されて、かれらのいうとおりのことを書かせられる。それを見つづけるうちにテレヴィの前の僕の右腕と、頭の奥のあたりを、鈍い痛みがはしる。小説を書いているあいだ、僕はそうした強制を受けているのではない。僕は自由だ。自由な自分に発して、一行の文章が生れる。そして、ほかならぬその自由な僕が、この文章は、自分の書こうとしている「小説」の一部分ではない、とたちまち判定をくだすのである。

それは、母親の肉体が出産する子供が、もうひとつの肉体のかたちを十全にそなえていない、というような特別な事態に、類推されるべきだろうか？　それは自分の肉体の生みだしたものにちがいないが、生みだされる過程において、手つづきの不調があった。そこで、自分の肉体の生んだものとして、正式に認知するわけにはゆかぬ。そうしたことなのだろうか？

この類推には、僕のこれまで経験したところに立っていうかぎり、棄てがたいところがある。とくにそれを自分の肉体をかけて生みだしながら、その過程に、自分の意志のはいりこみえない、重要な暗闇の通過があるということにおいて、魅力的ですらある。とくに、われわれが、豚のように、自分の生みおとした異常児を、むしゃ、むしゃ喰ってしまえるとしたら、この出産と、その誤謬の訂正、新しい出産への意志、というひとつながりの行動は、確かに作家の行動を、それにかさねたい思いをいだかせる。

しかし、出産において異常児の出現は、なおこれ以上に、放射能による汚染や、公害の浸透が地球を黒ぐろとよごさぬかぎり(といってもその可能性は、五分、五分だが)、やはり例外的なものだ。ところが、作家の仕事においては、この一行は棄てさらねばならぬ、という自覚こそが、むしろ常態なのである。したがって、作家が、ほかならぬ、かれの生みだした文章であるにもかかわらず、それを廃棄せねば、かれの「小説」にいたることはできぬ、と感じるメカニズムには、むしろ作家の仕事の本質そのものに根ざす要因がある、とみなすのが自然であろう。

そこで僕が考えるのは、作家が小説を書く、その作業そのものに、自己否定の契機がふくまれていることが認められねばならない、という原則である。自己否定というような言葉は、あいまいな拡大解釈をゆるすことになるかもしれない。それは、文章を書いている作家が、現にその文章を書く行動そのものに、現にあるような自分を乗りこえて、新しい自分にいたりたい、というねがいがこめられており、そのねがいそのものが、文章を書く、という行動において現実化しているのだ、という意味にほかならない。実存主義者のように、あらゆる行動が、前にむかって自分を投げだす、投企(プロジェ)なのだといえば、この小説を書く行動も、そのなかに一般化できることになるかもしれない。

しかし、いま僕は、あくまでも小説を書いてきた自分の経験に立って考えつづけようとしているのである以上、ここでは、そのような一般化から切りはなして考えたいと思う。すなわち、小説を一行、一行書いてゆく行動が、現にあるような自分を乗りこえて、新しい自分にいたりたい、というねがいの、現実化だ、ということを、具体的に実感をこめて認める出発点から、はじめたいのである。

乗りこえてゆく、ということは、そのように乗りこえられる自分の否定、すなわち自己否定であることが確実だが、そのように乗りこえて、ストンと跳びおりる前方の地形が、あらかじめ明瞭に見えているのではない。乗りこえる向うは、暗闇だ。それゆえにこそ、現実に、一行書いたあとではじめて、いやこれはちがう、これは自分の「小説」でない、とわかるのだ。僕が小説を書いている傍に坐って、ぬり絵をしていた幼児が、そんなにすぐ破るのなら、書くまえに気がつけばいいでしょう？　と訊ねたことがあった。しかし、確かにいったん一行書きさえすれば、たちまちそれが自分の「小説」の文章でないと自覚されるのではあるが、書く前にそれに気づくことはできにくいのである。書く前には、たとえあやまった一行であれ、それは実在しないのだから、存在しないもののあやまちを訂すわけにはゆかない。そこで僕は、作家はぬり絵をぬっているのじゃないからね、と答えたものであった。

もっとも、ここでモデルAを導入しておこう。モデルAは、ぬり絵をぬるように小説を書く作家である。僕のそれによっている通念では、このような作家は、作家の名に真にあたいする、とはいえない。そこでモデルAという呼び方をして、意味論的な混乱をあらかじめ避けておくことにしたのだ。さてモデルAは、どのようにして、その小説もどきを書くか？　それはどのようにぬり絵をぬる作業に似ているのか？

モデルAが仕事をする。その時、かれの意識には、ぬり絵の、あの線描のように、あらかじめ概念の線がひかれて、ひとつの小説もどきの下絵ができあがっているのである。こういうモデルAのひとりが、自分の短篇はクロッキーのようだと評価された、と満足を示すのを見たことがある。しかし、かれの満足とはうらはらに、むしろ、その短篇には、ぬり絵の概念化された線描しか僕には見えなかった。誰でもが知っているとおり、クロッキーの美しさは、やはりそこに「もの」そのものがとらえられている美しさであって、概念のわざとらしさ、「もの」についての説明しかあらわさない線は、それをクロッキーと呼ぶよりも、ぬり絵の線描とみなすほうが、絵画的常識にかなっているであろう。

その線描の下絵を大がかりにし、複雑にするためにモデルAは、かれがマス・コミュニケイションの実力者である場合には、編集者たちを駆使して「資料集め」をおこなう。社会派などと呼ばれるモデルAには、そのやりかたをとくに常用して疑わない態度がしみついている。しかしわが国のマス・コミュニケイションを離れて、ごく一般的なところまで視野を拡大する時、それがどうして奇怪なものにうつらないであろうか？モデルAが、なお作家を僭称し、小説もどきを小説とよび、「よくわかる」小説などとすらよんで、いかなるかれ自身の仕事への疑いもなしに踏んぞりかえる様子こそ常識にしたたしいような、このわが国のみじめな文学的シーンが……

ともかくモデルAは、堂どうとその大がかりなぬり絵の下絵を完成する。この下絵づくりが、じつはモデルAの仕事の本質そのものであるとすらいっていいが、当然ながら、そのような下絵をつくりつつ、モデルAがかれ自身を変革する、ということはありえない。そのような変革の危機にちょっとだけでも自分をさらすということもない。真の作家は、かれの文学的な作業をまともに追求してゆくことによって、ほかならぬ、そのようなかれ自身を否定してしまう契機にたどりつくものだ。真の作家は、その文学の創造の行為そのもののなかに、自己否定の構造をおいている。そうでなくて、どうして白い紙を前に万年筆をにぎって坐っているだけの作家が、真に新しい人間、新しい現実に向けて、かれの想像力を乗りこえせしめうるであろうか？　しかしモデルＡにとっては、ついに自己否定の瞬間などはありえぬのである。かれはいつまでも若いころのかれの思いこみのままだ。かつてその思いこみのかげには、もしかしたら自分の思いこみは、とるにたらぬもの、とはいわないまでも、他の人間の思いこみにたいして、相対的なものなのではなかろうか、と疑うためらいがほのみえていた。しかしマス・コミュニケイションの実力者としての生活は、モデルＡの感受性を鰐の皮膚にもたとえられるべきものとする。かれは概念化された線描のなかに、せっせと通俗的な色をぬりこみながら、時どきまわりを見まわして、あの作家は、はっきりとめだつ色をぬってさえいないようじゃないか、それで小説といえるのだろうかと、鰐が無邪気だとしたら、そのたぐいのナイーヴないぶかりの声を発して、広い読者層におもねってみせる。しかし、まともな読書家の誰が、ちょっとした常識的概念の絵ときにしかすぎぬモデルＡの仕事に、文学的な感銘をうけるだろうか。文学的な感銘とは、それを読む者もまた、ついには自己否定にいたりうるほどの、かれ自身の変革の危機にむけて、かれ自身を前方の暗闇に投げだすことによってのみ、かちとられるものである。そしてそれがほかならぬ、モデルＡのたぐいではない、真の作家の前方の暗闇への乗りこえの努力とあいかさなるところに、文学という、言葉を媒体にした想像力の仕事の、独自の構造が実在するのである。

さて僕がいま、小説を書きながら、いったん幾つかの文字、幾行かの文章を書いては、すぐに破りすててしまう、作家にとってはいかにもなじみ深い、そしてぬり絵のように小説もどきを量産する人間には不可解なはずの行為にそくしながら、具体的にのべてきたのは、作家がその小説を書きすすめること自体に、自己否定の契機がふくまれる、という原理についてであった。

ひとつ、ひとつ文字を書きつけることによって、ついには自己否定の瞬間にまでいたるはずの、自己を変革しうる経験をする、という事実は重要だ。すくなくとも、作家自身にとって、まことに重要である。ごく最近、訳出された、しかも原文自体がきわめて新しいものである文章において、すでに八十歳をこえたヘンリー・ミラーがこういっている。《書いている――それが大事なことだ。何を書いたかではなく、書くこと自体が大事なのだ。なぜなら、書くことはわたしの人生だからだ。書くという純粋な行為そのものが、もっとも大事なのだ。わたしが何を言うかは、さして重要ではない。書いたものはしばしば馬鹿げており、無意味で、矛盾に満ちている。――しかしそんなことは少しも気にならない。楽しかったか？　自分の中にあるものを表現したか？　それが大事なのだ。それにむろん、わたしは自分の中に何があるかなど知らない。そこが実に大事な点だ。》

ヘンリー・ミラーには、かれより他の作家たちに向けて容易に一般化することのできぬ、独自な性格、かれのお気にいりの言葉をもちいれば、太陽神経叢にかかわった性格がある。しかし、小説を書くという作業そのものの、作家が人間として持っている生涯の時間における、特別の意味あいについて考えようとすれば、ミラーの、書くという行為への信仰は、われわれをそもそもの出発点において勇気づけずにはおかない。

せんだって僕は、言葉についてとくに注意深い思考をつづけている経済史家と話していて、自分の思いついた比喩に自分で足をとられて混乱する体験をした。われわれは、音楽や演劇や、また、文学を共通してつらぬく、時間軸としての想像力の効用について語っていた。音楽において、楽譜の最初の音符が、現実の音をあたえられる。そして最終の音が響くまでに、ある時間の durée がある。その durée を支えるのは、演奏家と聴衆の想像力である。ひとつの演劇が上演される幾時間かの時についてもおなじであるし、それはそこでもっとも明瞭だ。われわれが、インクに汚れた紙束にすぎぬ書物を手にとり、それに時間軸をさしつらぬくようにして、そこに描かれたものを生きいきと想像力の世界に現前させる、読書もまたおなじである。このような、生命のみなもととしての(すなわち生命が、ある時間の durée である以上、音楽、演劇、そして文学に生命をあたえ、それを生きた意識の durée とする力としての想像力こそは、生命のみなもとにほかならない)想像力は、社会科学の世界においても、そのまま生きており、また現実世界の人間生活においてもふだんに生きている。

僕はこの想像力による durée としての、人間のありようを、コンピューターと比較しようとした。もし、ある課題の設定があり、次にその結論があるのみとすれば、人間の営為は、コンピューターの一活動とかわらぬではないか? コンピューターとしての人間という比喩が、僕の意識の表面をさっとかすめた時、不意に僕は、それが文学的なイメージとして生きはじめ、すなわち意識の表面をすべるのみでなく、深みにまで根をおろしはじめるのを感じたのであった。

そして僕はいつか聞いたことのあるコンピューターの操作される音を思いだして、あの水の流れるような音のしている間こそが、コンピューターの豊かさじゃないでしょうか、と混乱したことをいってしまったのである。僕は、コンピューターにはいかなる豊かさもなく、したがって人間がかれの豊かさを確保しようとすれば、問題の設定から、問題の解答の呈示までのあいだの、生きた人間の意識と肉体総ぐるみの durée こそが重要なのだ、と論理を展開しようとしていたのであるのに……

僕が、このように混乱した事情の背後には、実際に小説を書いているあいだの、僕自身の内部の durée には、コンピューターの内部でのそれのような、およそ他人にとってはまったく意味をなさぬ、時の経過があるという事実に、つねづね気づいてきたということがある。コンピューターよりも、比較をぜっして不確かな原理に自分をつきつけつつ、作家は仕事をする。かれの試行錯誤は、白い紙の上に書きつけた文字、文章の、たちまちかれ自身にかえしてくる拒否の反応によってのみ、いちいちあとづけられる。かれの頼りうる尺度は、いわば自分の書いた文字による異議申し立てのみであって、それよりほかには、作家はただ前方の暗闇に、かれを投げ出す勇気を必要とされるのみなのである。そこで重要なのは、ひとりの作家が小説を書きつづけている、作業時間内の、かれ自身をつねに暗い前方に向けて投げ出す体験、ついには自己否定の契機にいたる体験が、そのままひとりの作家の内部の体験として終ってしまいはしない、という特別な事情である。そこに、「言葉」という、まことに独自な素材をあつかって仕事をしている作家の、特別な恩寵とでもいうべきものがあるといいうるであろう。作家の自己否定の契機にいたる体験が、「言葉」をつうじて、読者の、やはり自己否定の契機をもひそめた体験にあいかさなる時、それは単に紙に印刷された小説が、想像力の参加によって生きる時間をあたえられた、という現象にとどまるのではない。読者は、作家が暗闇のなかへ自分を投げるようにして、一語、一語かれ自身を確かめ、しかもそれをつくり変えようとした、あの個人的に閉じられた時間までもを、具体的によみがえらせているのである。

僕は、作家がその小説を書きすすめながら、ほかならぬかれ自身のうちに聞く、異議申し立てについて具体的にのべてきた。しかしいうまでもなく作家は、ほかならぬ仕事中すらも、外部からの異議申し立ての声にたえずさらされているのである。もっとも単純な例からはじめるならば、さきにモデルAをひきながら考えをすすめてゆこうとして、たまたまふれることのあった、「わからない」小説という異議申し立てがある。小説を概念の絵ときのようにこころえている、そしていったん線描をおわれば、そのなかに十年一日のごとき色あいの絵具をぬりたくるのが、作家の仕事だとこころえているモデルAには、まず自分自身を疑え、とでもいうほかにないだろう。モデルAのたぐいの読書態度の持主には、次のようなルナンの言葉をひいた哲学者にならって一線を劃すとしよう、《読書は、それがためになるには、何らかの労作(トラヴァイユ)を包含するひとつの修練でなくてはならぬ。》

そこでこれから僕が、仕事中の作家として、外部からの異議申し立てに答えようとする命題は、もっと根本的な、したがってもっと生産的なものとなるだろう。僕は若い作家たち、あるいは作家としての準備をおこなっている人びとにも、おなじような命題の選択をすすめたい。あと五年たてば、どのような人間が、どのようなおもわくで主張したのであったかを、誰も記憶していないような異議申し立てに、自分の文学を縛られるように感じることほど、わけの「わからない」ことがあるであろうか？

僕がいまから検討しようとする、本質的な異議申し立てとは、次のようなものに代表される。すなわち、なぜ作家は、しだいに性的なるものと暴力的なるものに関心をひかれていくのか？　なぜ作家は、救済の課題をまともにあつかおうとしないのか、この宗教の一般的衰弱の時代に、それこそ文学の主題ではないのか？

なぜ作家は、しだいに性的なるものと暴力的なるものに関心をひかれてゆくのか？　性的なるものと暴力的なるものにひきつけられるかわりに、そのようなものと無関係な高みで、人間の肉体のもっと高尚なところ、人間の行為のもっと立派なものをのみ主題にえらんで、文学をつくりあげることはできないのか？　このような異議申し立てにたいしては、まずそもそもの最初に警戒しておかねばならぬ、ひとつのチェック・ポイントがあるであろう。それは、実のところは文学にたいして、なんらのまともな関心もいだいていない、文学のがわからみれば恐るべく粗野な魂が(といってもそれがいわゆる学歴や教養の規準と直接に関係があるのでないことは、いうまでもない)、かれの仕事の分野での実力者風をふかしなれたままに、ひとつ文学についてなにごとかをいってみてやるか、と発心することがしばしばあるからである。

文学という、本質的に権威とも正統的伝統とも関係のない専門分野においては、およそありふれた言葉をもちいることのできる者なら、すぐにもそれについて一言申しのべることができる。しかも心の奥深く、あるいはごく浅い所に、文学蔑視の念をいだいている者ほどあきらかに、文学についてなにごとかを一言いうことをためらわない。政・財界の実力者などという、権威の気風にみちみちた連中に、これも事大主義の気風のある旧友の結婚式、あるいは二度目の結婚式などで、同席しなければならなくなったりすれば、僕はその夜のうちに幾度、きみは作家ですか、じつは自分も文学青年だったのだが、という語り口に接することになるだろう！　かれらの耳には、さきにのべたモデルA式の文学もどきの議論こそは、もっとも入りやすいものだ、ということも、この際、つけくわえておかねばならない。さて、こういう連中のあつかいかたをあやまれば、というのは、いくらかでも文学独自の自立性について注意を喚起しようとしたりすれば、たちまちかれは、それまでのもと文学青年の仮面をかなぐりすてて、おとくいの権威風を吹かせはじめることになる。しかし、きみ、昨今の文学は、性と暴力よりほかに書くことはないと信じている者どもの、乱痴気さわぎだけのものじゃないかね、あれはどういうわけなんだ、硬文学の気風は消滅してひさしいのかね、というふうに。しかも、あらゆる国家で、検閲とはこのたぐいの精神の指導によっておこなわれるのである。作家は検閲と闘わなければならないが、かれからすすんでおよそ非文学的な、性と暴力論議にまで頭を突っこむ必要はないだろう。その時、作家は、きみにとって本当に文学における性的なるものと、暴力的なるものとは、重要な関心のまとなのか、と開きなおるべきであろう。われわれ作家にとっては、それは文学の生死をかけた課題なのだが、と。

しかし、いったんそのようにいった以上、作家には、どのようにして、性的なるものと暴力的なるものが、文学の生死をかけた問題であるのかを、あきらかにしなければならないのは当然である。僕は、やはりひとりの作家として仕事をしつづける者として、この命題に、僕の作家としての経験に立った答えかたを試みようと思う。

まず性的なるもの、ということについていえば、検閲にたいする闘いにおいて、わが国におけるそれは、たとえば英語圏、フランス語圏におけるそれとのあいだに、明瞭なことなりがあった。その事情はまことに簡単である。例を英語圏それもアメリカにとれば、たとえば fuck というたぐいの、いわゆる four-letter word が、文学において、紙に印刷されるための市民権をとるまでの、作家あるいは出版社と、検閲との闘いは永かった。わが国の言葉の世界においてもオマンコという名詞は、その使われかたが、たしかに限定されてきた。この一語のみで発禁処分にふせられる印刷物もまたあったにちがいない。しかしこの気の毒な言葉は、fuck という言葉の受難と解放の歴史とおなじ道を歩まねばならなかっただろうか? まず、この日本語が、fuck という言葉のアメリカ文学の世界における、使用の可能性の多様さにくらべて、はるかに局限された有効さしかもたない、ということが認められねばならないであろう。アメリカの新しい口語(コロキアル)的な文体をそなえた若い作家たちの文章において、いかに絢爛たる役割を、しかもいかにひんぱんに、fuck という言葉がになうかを読んだ者は、それに反対しないにちがいない。

そして、たとえばオマンコという言葉は、しだいにわが国の印刷された紙面のおもてに公然とあらわれてきたが、ひとつの決定的な検閲との闘いのはての勝利獲得の碑が、そのさかいめにうちたてられたというのではなかった。それはひそかに、ためらいながら、暗黙のうなずきあいの交換をつうじて紙面に浸透した。

そしてそれはそれだけのことだったのである。なぜならこの言葉には、連鎖的な破壊力はひめられていなかったからだ。

ところがfuckを代表とするfour-letter wordは、次つぎにダイナマイトがゆわえつけられている導火線のようなものだったのである。まずこの言葉の関門をさかいめとして、検閲と作家、出版社とのあいだに激しい攻防があった。そして検閲側が敗れた時、最初の大きなダイナマイトの爆裂音は、国じゅうに、すくなくとも、その州じゅうに鳴りひびいた。そしてアメリカ合衆国における、文学、映画、演劇の検閲の全面的廃棄にむけて、決して道のりは平坦ではなかったが、この有効きわまる導火線は爆発をひきおこしつづけたのである。

考えてみれば映画フィルムに映された陰毛の存在など、fuckという言葉にくらべれば、つまらぬちっぽけな影のようなものだった。fuckという言葉は、それがまともに文学の世界にみちびきいれられるかぎり、いつまでも破壊力をうしなわず、その破壊力の行くさきは、人間の魂にかかわる全分野をおおっているが、映画フィルムにうつしとられた陰毛の、衝撃力の先ゆきはおよそ限定されているであろうからである。

それにしても英語圏においてfuckをはじめとするfour-letter wordが、なぜかくも強力な爆発力をそなえているのか？　それは英語圏―キリスト教圏において、言葉とは、ついには「神」が言葉そのものの究極のincarnationであるような、ひとつの、はっきりした肉をそなえたものとしてとらえられるからであろう。fuckという「言葉」が、次のような、おそらく英語圏における、もっとも名高い詩人であるキリスト教徒のwordと、おなじ「言葉」としてあい競う時、fuckのたぐいの言葉は、自分たちがもっとも激しく拒絶しなければならぬ敵だと、自覚する者らは多いはずではなかろうか。わが国においてオマンコの類の言葉を、天皇制文化にちかづけてみようとする試みが、いつの時代にも陰湿な執拗さでおこなわれ、それがいかに激烈な抵抗にさらされたかを考えてみれば、ひとつの類推は可能であろう。

The word within a word, unable to speak a word,
Swaddled with darkness. In the juvenescence of
the year
Came Christ the tiger

暗黒の襁褓(むつき)につつまれて沈黙している、言葉のなかの「言葉」、やがて猛虎キリストと肉化してあらわれるであろうような、言葉のなかの「言葉」。そのような「言葉」の世界において、当然に憎悪されずにはいない fuck というたぐいの言葉こそを、それこそ言葉のなかの言葉として、戦いの旗にひるがえす者らの、激しい緊張こそが、検閲との闘いと、その後の反抗的な文学の質とを支えているのである。

さて、わが国では性的なるものにかかわる言葉は、とくにめだった闘いなしに、印刷された紙の世界にはいってきた。現にひとりの青年が綜合的な芸術的野心を発揮して、アート紙に写真と文章とをあわせ印刷する雑誌を単独刊行するとして、かれはオマンコという言葉を印刷することはできるが、ひとつまみの陰毛の写真をそこに刷りこむことはできない。考えてみれば、それこそは言葉の破壊力への根本的な見くびり、蔑視ではないであろうか？

ともかくそのような事情で、わが国の文学の世界では、性的なるものの表現の破壊力は、言葉そのものによるよりも、言葉の一群が表現するイメージにのみ集中することになった。ここでいったん僕が破壊力と呼んだものは、われわれの意識において概念化され、死んでいる「もの」の、こわばった表層を破壊し、「もの」そのものの生きた実在にいたらせるところの力である。それは喚起力といいかえてもいいであろう。すなわち、それはわれわれの表現の核心をなす力である。そこで、性的なるものの表現の破壊力、ということは、表現の核心をなす力としての、性的なるものの効用を考えることにほかならない。

　表現の核心をなす力のひとつとして、方法的に、性的なるものを考えようとする場合、あらかじめ、性的なるものにすべての肉体と魂をかけて没入した、ふたりの作家たちを別あつかいしておくのが、フェアというものであろう。そのひとりは愛がおよそ人間と世界のすべてをおおいつくすものとしてあらわれる瞬間を、性的なるものの全面的な解放によって現実化しようとしたロレンスであるし、またすべての人間と世界にたいする底知れぬ優しさを、性的なるもののなかでの活動にあらわすことによってのみ、その生涯をつらぬいてきたミラーである。かれらにむかって、あなたはなぜ性的なるものを文学にみちびきこむのですか、それなしにやってみてはなぜいけないのです？と訊ねることは、やはり誰の眼にも常識はずれであろうから、僕は、自分の作家としての経験に立ってのみすすめてゆくこの文章に、かれら輝やける性の守護神の加護はあおがないことにしようと思うのである。

　さて僕は、作家としての自分の仕事の、比較的に早い時期から、性的なるものを、方法の根柢に、しかも全体を支える幾つかの礎石のひとつとして置いてきたものである。またそのことをなんとか論理化して文章にしようともまたつとめてきた。作家がおこなうこの種の両面作戦、すなわち一方で陣地をせっせと構築しているかと思えば、馬にまたがって攻撃にもおもむくというやり方が、好意をもってむかえられるためしは、およそありそうにもない。しかし僕は、悧口な子豚ならば軽蔑しそうな建物を片方でつくろうとするかと思えば、びっこをひく瘦馬をかけって突撃するというようなことを片方でやりつづけた。そして、そのような僕の、性的なるものを、具体的に小説に導入し、また方法論としても呈示する、という努力をむかえる反応のうちに、いつか二種類の特別なものがきわだってくるのに気がついた。

もっとも次のような、わが国の道徳的伝統の根強さ(それは word の国のキリスト教道徳の反撥力をも思い出させたが)をあじわわされた特殊な例もある。それは僕が小説としては高い評価をおしまぬ、ある長篇小説の映画化作品を原作者夫妻ともども試写室で見た、嵐のようにも吹き降りの激しい午後のことであった。スターが裸体をあらわしたりもしたこの映画は、結末部分の、あいまいな、しかも殺人という観客の判断の自由をうばう処理のために、ひとりよがりな難解さをあらわすしろものとなっていたが、そのむねを遠慮しながらも口に出してみると(なぜ僕がそのようなおせっかいをあえてしたかといえば、製作者たちから執拗に批評をもとめられたからであり、しかもその最後の数十フィートを切れば、映画は救われたからでもある。しかし映画の製作者たちは、宣伝用の賛辞しかもとめてはいないのだと知って、僕はそれから試写室に行ったことはない)、作家への卓越した協力者として知られる、その夫人は、突然声高にこう反撥して僕を侮辱したのであった。あなたのようにセックスで読者をあつめているのではないんだから！　この反撃の論理的なつながりかたは『女の論理』として尊重するとして、僕が印象深く思うのは、いったん解放された人間のように見える知的な女性の、文学における、性的なるものへの、感じ方の実体ということであった。こういう道徳的感受性の持主もまた、あなたはなぜ性的なるものを主題にとりいれるのか、ほかに小説に書くことはないのか、と問いかけてくる部類に属するだろう。

しかし僕が、さきにのべた、僕の小説とエッセイにおける性的なるものの呈示にたいして、特徴的にあらわれた反応というのは、いわばもっと専門的なそれである。そのひとつは、性的なるものを神秘主義の高踏的な霧のなかに、たえまなく後退させてゆこうとする祭司のような精神と嗜好をそなえた人びとからの、おまえはなんという単純なことをいっているのか、という批判に代表された。そしてもうひとつはベッドの古強者とでもいうか、具体的なかれ自身のペニスの戦歴に自信を持っている人びとからの、鼻の根に皺をよせるような薄笑いをともなう、いや、おれにはおまえになど想像もつかぬ、性的なるものについての（というより単刀直入に性交の）体験がつみかさなっているのだ、という批判なのであった。

性的なるものを神秘主義の洞穴にひきずりこむやりかたは、性的なるものが、肉体と意識のはざまの、当人自身にも明瞭にしがたい、どろどろした部分につながって自覚されるという事情にささえられて、ほとんどつねに注目をあつめることができる。しかし問題なのは、およそ誰にでも、このやりかたは採用できるので、いったん神秘主義的な性的なるものの祭司となりえた人間も、ゆったりおちついて安心してはいられない、ということだった。次つぎに新しい祭司が登場した。古くなった祭司は、一挙にもっとも新しい祭司となるために、誰よりも暗く深い神秘主義の洞穴に突き進んだ。しかもわが国の、性的なるものを神秘主義の霧のもとに把握しようとする人びとは、おもにフランス語やドイツ語の世界に手がかりをもとめては、祭司たるための護符をかちえるのであったから、まことに種々雑多の神秘主義的性文献が、黒魔術からマニエリスムまで、いわば時間と空間を乗りこえて、日本語に移しかえられることになったのである。

それらの凶々しい匂いをたてる諸文献が、暇つぶしの読書に好適であったことまで否定しようとは思わない。しかし、神秘主義の霧のなかの性的なるものを、文学の領域の、即物感をそなえた実在とするためには、おそるべき力業が必要である。それを現実になしとげえた作家は、まことにすくない。わが国にも「A感覚とV感覚」というような、肉の匂いのする科学性に支えられて、その独自の性的なるもののバベルの塔をきずきあげた、卓抜な散文詩作家がいた。しかしかれがまともな緊張感のある仕事をしたのは、ある青春の一時期と、その後、間歇的におとずれた、いくたびかの開花期のみであって、老年のもたらした衰弱は、かれをぐしゃぐしゃにしてしまった。かれが、いまはすでにいかなる実体もない、鈍く弛緩した性的神秘主義の枯れ花をかざして、軽薄なおだてにのったひと踊りをやるさまは見るにたえないが、しかしかれはやはり、かつてまことにまれな、短期間の激しい緊張ぶりによって、性的神秘主義に即物感をあたえて文学とした、数少い作家のひとりとして記憶されるのである。

そこでわれわれは、性的なるものを、神秘主義の、それも異国の香りでたきこめる人びとにたいしては、つねに「もの」の即物的な感覚にたちもどりつつ、それらの実体をつきとめるべくつとめるべきであろう。それらが、われわれに、「もの」そのものの即物感をたたえたまま、掌に持ち重りのするような実体として伝達される時にはじめて、それは文学の創作の現場の、具体的な契機となりうるであろう。

逆に、かれ自身のペニスの戦歴をほこる、ベッドの古強者の、あまりにも具体的な体験に立った自信のほどについては、かれがいったん自慢のペニスをズボンにしまいこみ、女たちに一時的なりと別れの挨拶をして、白い紙にむかい小説を書きはじめるまで、こちらがわの返答は留保しなければならなかった。しかし、他の主題については、単純に体験主義に立つ滑稽はしでかさぬ、知的にタフな作家たちが、性的なるものについては、想像力の発揮と方法化の上に、具体的な性的体験をおくように見えたのには、それはそれで、やはり人間の意識において、また肉体において、とくにそのはざまにおいて、性的なるものが占めている特別な位置、機能の意味あいを、示すものがあったと思われるのである。

さて、かれらベッドの古強者たちが、実際に書きあげた作品群のなかには、やはりかれらが自分の強健なペニスによって闘った戦場において、実際にひろいあつめてきた鋭い観察が、うごかしがたい即物感を実現している場合があった。性的なるもの、という肉体と意識の微妙な混淆から、明瞭に肉体の音と、意識の音とをそれぞれに再生してくれる、精妙なカートリッジをそなえている文章があった。しかし、たしかにこの作家はこれらの数かずの性交を経験したにちがいないが、それはそれだけのことではないのかと嘆息してしまうような、ピストン運動の繰りかえしの気配のみが、むなしく響く場合もしばしばあったのである。たいていのことにはナルシシズムをまぬがれている意識家が、性的なるものの表現にいたると、つい自意識の足をすくわれてしまい、かつそれに気がつかなかったりするのも、逆に照明をあててみれば、文学的な主題としての性的なるものの、日々に新しい秘密である。ただ、その場合、きみはなぜ性的なるものを描くのか、という問いかけを、作家が、ほかならぬかれ自身に発して見る必要はあろう。それは自分がベッドの古強者だからだ、というのでは冗談にしかなるまい。しかもそれはきわめて古い冗談である。

さて僕は性的なるものについて、作家にむけられる様ざまな異議申し立てをめぐって書きすすんできた。しかし、あらゆる文学的主題は個人的なものだ。僕は、ほかならぬ自分が、なぜ性的なるものについて、それを自分の小説の世界に導入するかを語らねばならない。実のところすでに僕は、それについていくたびものべてきたが、あらゆる文学的な方法意識と実体との出会い、結合は一回限りのものである。ひとつの小説が書き終えられれば、そこにおいて発見された方法も、終ったのだ。あらたに書きはじめる作家は、かれの背後にどれだけの量の作品があれ、原則として徒手空拳である。

そこでまず自分の作品群を遠望するようにしながらいえば、僕はそれらの作品において、性的なるものを、対象そのものとしてあつかうよりも、方法として採用するという意識が強かった。したがって性的なるものが、表現の目的となることはまれであった。僕は、性的なるものよりほかのものを表現することをめざして、性的なるものの方法を採用しようとしたのであった。僕は、ロレンス的な世界から、もっとも遠かった。いうまでもなく、それは小説を書こうとする作家の、醒めた意識の領域における総括である。ところが、すでに繰りかえしのべてきたように、性的なるものをあつかえば、それをあつかおうとする意識そのものが、まず流砂の上に知らずしらず足を踏みこむようなことになる。僕は、作品そのものにおいて、僕自身が、ほかならぬ僕の方法意識を裏切っているところを、数かず見出さねばならない。

そしていま、新しい小説を書きすすめながら、僕は、性的なるものを、方法としてのみならず、究極の、それこそが表現さるべきものとしてもまた、把握しなおしてゆこうとしている自分を見出すのである。したがって、僕は、いまあらたに自分にむかって、きみはなぜ、性的なるものを、文学に導入するのかね、という問いを発し、その異議申し立ての声に答えなければならなくなっている。そこで、いま僕が切実な必要をこめてみずから答えようとするテーゼは、もっとも端的にそれを要約すれば、次のようになるであろう。

僕は、人間の性的なるものにかかわっての情熱には、本質的に、自己否定の契機がある、と考えているものである。二十世紀後半の人間は、かれの日常生活、社会生活から、さけがたい事故をのぞいて、できうるかぎり悲劇的な契機をつみとろうとしてきた。いまや、それがやがてかれの首をしめることになるかもしれぬ、五分、五分の確率だと知りながら、ただ情熱にかりたてられて、まっ暗闇の前方に跳びこむ、というようなことを、一般に人間はあえておこないはしないだろう。ところが、性的なるものの落し穴のみは、なお残っているのである。たとえば、それがなければ生涯、平均的な生活をおくったであろうような、ひとりの常識人が、突然に幼女を強姦して殺害する、というような事件をひきおこし、かれの生涯を全面的に否定する。秀れた才能の持主が、よそめにはつまらぬ性倒錯の衝動から、自分をまもりきれない。その衝動のおもむくところに身をまかせていれば、恥辱にみちた破滅にいたることを、意識においては知りつくしつつ、ありとある、あいまい主義の美意識でかざりたてた舞台装置のなかに、その美化された終局を準備しようとして、酷たらしいほどの努力をかさねる、というようなことがある。そして悲劇は達成されるが、一枚の解剖所見が、そのすべての悲劇の舞台装置の、ついに人間的ですらある、みじめな裏側をあきらかにする。

それらはみな、性的なるものにかかわっている。そしてそれ以上のものではない。しかも、性的なるものにかかわるかぎり、われわれには、あの殺人者も、この自殺者も、ほかならぬ性的なるものをつうじて、日常的なこちら側に残りつづけるわれわれには絶対に見ることのできぬ、超絶したヴィジョンを見たのではないかという、大きい羨望の念がおこるのを禁じえないのではあるまいか？　そして、われわれにも、かれらにも、その絶対的な経験、超越したヴィジョンへの手がかりとしては、ただ性的なるものがあるのみであり、ひそかな恐怖心をそそられることには、ほかならぬわれわれ自身の手にも、ほかならぬその性的なるものの契機は、いつのまにかはっきりと握りしめられていることがあるのである。われわれは、一般に、ついには自己否定にいたるような情熱とは、縁を切ったつもりで生きている。しかし、現に自分の肉体と意識をおおって、性的なるものが実在しており、われわれが日々の性交のうちに、肉体と意識の柵を乗りこえる瞬間を体験しつつ生きているとすれば、われわれをいつ、いかなるふうに、暴風のような性の情熱がみまうやもはかりがたい。それを認めるとき、われわれは自分の日常生活に暗い裂け目がひらくのを見ないであろうか？その時、ひとりの性的なるものについての異様なほどの熱情にみちた冒険家を、文学の世界にみちびきこむことの意味あいは、普遍的となるであろう。

僕はいま、性的なるものにかかわる異様なほどの（しかもわれわれがいつ、それにむけて入りこむやもしれぬ）情熱にとらえられた人間、というイメージを呈示することを、自分の小説の世界で考えながら、ここにいわば古典的なその等価物（エキヴァラン）を呈示したいという希望をいだく。そして僕が、性的なるものからは一応遠い所で、しかもこれまで僕がのべてきたところのことにもっとも近い、ひとりの情熱の冒険家として見出すのは、賭博に憑かれた人間というかたちにおいて、ドストエフスキーが創造した一青年のイメージにほかならない。かれは自分が愛している、しかしその愛にそのままこたえてくれるというのではない女性の危機にあたって、賭博によって巨額の金をつくろうという想念にとりつかれる。

《いやまったく、どうかした拍子に奇怪きわまる考えが、よそ目にはまったく実現不可能と思われる考えが、しっかりと頭の中に根をおろしてしまって、その結果ついにそれが、なにか実現可能なもののように思われてくることがよくあるものである……。それればかりでなく、もしもその思いつきが強烈な、情熱的な欲求と結びつくと、場合によっては、ついにそれを、なにか宿命的な、絶対に必要な、前からそう決まっていたもののように、もはやそれ以外は考えられない、必ずそうならざるを得ないもののように思い込んでしまうこともあるのだ!》

青年は、この絶対に自分は勝つという奇怪な考えのとりこととなって(とりことなることをみずから選んで、というべきであろう。それはあくまでも自律的な決断である)賭博場におもむき、事実勝ちすすみはじめるのである。

《私は熱にでも浮かされたようになって、そのひと山の金をそっくりそのまま赤に賭けた、——だがそのとたんに不意にはっとわれに返った。するとその晩ひと晩、ずっと勝負をつづけているあいだに、あとにも先にもたった一度だけ、恐怖がさっと走って私は思わずひやりとなり、それに答えるように手足ががたがた震え出した。これを取られてしまうということがいまの私にとってなにを意味するか！　それを身にしみて感じ、即座にその意味を悟って私は思わずぞっとなった。この賭けに私の全生命がかかっているのだ！》
　われわれにとって、青年が賭けに勝つか、負けるか、それはじつはもっとも重要なことではない。性的なるものについていえば、それはつねに性交にのぞんで、これから賭けるのだ、という情熱のみがあり、そして勝ち、負けはない。しかも、そこに多様な意味で人間の全生命がかかっていることはしばしばである。たとえ他人の眼には、また、なかばさめている自分の意識には、狂気のさたとうつろうとも。そしてそれを乗りこえた人間のみが次のようにいうことができるのである。
《なにしろ私は生命を賭する以上の危険をおかして、やっとこれだけのものを手に入れたのだ、敢えてそれだけの危険をおかしたのだ、それだからこそ――私はふたたび人間の仲間にはいることができたのである！》
　僕は自分もまた、ひとりの作家として小説を書きつづけながら、とくに性的なるものを契機として、このように、人間の仲間にはいることができた、と叫びうる人間こそをつくりだしたいとねがっている。そのような叫び声を、僕が白い紙に書きつけつつ、内部の、異議申し立ての声にペンをつきのけられないとしたら、その時僕の小説は、いまや体勢をととのえて、外部からの異議申し立ての声にもまた正面からたちむかいはじめているのである。
　さて僕は、おもに性的なるものについて、典型的な異議申し立ての声に答えることをおこなってきたが、暴力的なるものを、なぜ、自分の小説に導入するか、という問いかけにはもっと答えが明瞭である。いまやわれわれは、地球を一瞬にしてふきとばすやもしれぬ核の暴力、また生きるための水と食物のすべてをじりじりと汚染しつつある公害の暴力のなかに、きわめて微小な弱者、いまにも毀れてしまうかもしれぬものとして生きている。しかも日常生活の表層に関するかぎり、われわれは人間の歴史のいかなる時代においてよりも、暴力からやさしく庇護されているかのようである。癌のみが、いつのまにかわれわれにしのびより、気づいた時にはもう抵抗しがたい唯一の暴力だと、いまやわれわれは思いこみかねない。その本質的な深みと、日常的な表層のあいだのずれこそが、作家の認識の中心にせまってくる時、どうして、暴力的なるものが、かれの人間の表現のための主要な方法、重要な手がかりとならないであろうか？

　このようにしてひとりの作家である僕が、性的なるものと、暴力的なるものをとくに導入しながら、自分の小説を書きつづける。その行為よりほかに、僕にとって《ふたたび人間の仲間にはいる》ための行為はないとすれば、もうひとつの典型的な、作家への異議申し立て、すなわち、現代の作家は、なぜ、救済の課題をおいもとめないか、という問いかけへの、僕一個の、ひそかな答えはおのずからうかびあがってくるように思われるのである。しかし作家の、救済への試みはつねに小説の進行と並行してのみ進むのであるし、いったん小説が完成する時、あらためて作家は、自分が日常生活とそれを超えたものに、ともにかかわっている深い裂け目をへだてて、遠い救済を見つめているのに気がつくであろう。そこで作家は、またあらためて前方の暗闇に、自分を投げかけようとするほかにはない。内部と外部からの異議申し立てに串刺しになりながら、しかもその串を、棒高跳びのグラス・ファイバーでつくられた、よくしなう棒のように握りしめて……

書かれる言葉の創世記

作家が小説を書きつづけながら、かれ自身のうちに見出す根本的な苛立ちのひとつが、いま自分は、この小説として紙の上に書きつけられてゆくものを、本当に表現したいのか、という疑いに発するだろう。それでは、その小説よりほかの小説が、表現したい真の対象か、というとそれはそうでないと、かれは不平がましくいうにちがいない。どのように小説の主題を転じてもおなじ苛立ちはのこるにちがいないのである。

そして作家は、ついに次のようなことに思いいたるだろう。自分は、現に書いているこの小説よりも、その小説を書いている最中の、現実世界のなかの存在である自分の肉体＝意識こそを、その具体的なありようのまま、表現したいのだと。ありていにいえば二十世紀の作家たちは、とくにその苛立ちにとらえられることが、しだいに激しくなったというべきであろう。もっとも性急に苛立つものは、書いている自分と、書かれている小説とをかさねあわせるための、おおかれすくなかれ幻覚的効果をめざして、あまり器用でない発明を次つぎにおこなった。私は書く、と書く、と書く……というふうに。しかもそのなかでもとくに過激な連中は、いったん書いた文字が抹消された痕跡まで、活字や、象嵌された凸版で印刷したものである。おそらくは、もっと手のこんだ発明を(しかしそれはいかに手がこんでも、末梢的な発明の地平からジャンプすることができぬものに予想されるが)うまい具合に達成する作家があらわれるだろう。

そしてその試みは、単純なものから複雑なものまですべて、書いているさなかの自分を、まるごと読者の眼のまえにつき出したい、それこそが自分の本当に表現したいところのことなのだという、かれの創作行為の全主題についての自覚が、方法の探究に転じたものなのである。われわれはいったん抹消された文字の、そのままの印刷などという煩瑣な技法に、忍耐づよくつきあわねばならぬ、一応の根拠を見出すわけだ。

しかも小説の創作と、この、書いているさなかの自分、創作活動中の自分をそのままに呈示したいという欲求とは、単に二十世紀の、それもふたつの世界大戦のあと、しだいに積極的にないあわされて具体化したとはいえ、おそらくは、小説の誕生以来の、永く歴史に根ざす傾向のように思われるのである。イギリス小説の草創期に、早くもロレンス・スターンは小説の前面に作家の顔をあらわして、小説の客観的な独立世界を侵犯し、極彩色の墨流しのページを挿入して小説の主題を表現しようとしたり、折れ曲った線を幾本もひいて、これがこれこれの章の筋だと、視覚化(!)してみせたりしているではないか? 小説の筋立ての展開、その構造の立体化、描写の集積というような、小説の表むきの作業のかげにかくれたままじっとしていることができない、という意識は、はじめて小説が出現した時以来、そこにあったのだというべきではないであろうか?

あの小説世界の大規模な全体的構築について、もっとも精力をかたむけたバルザックにしても、そのいちいちの小説を読めば、たとえば『従妹ベット』を読めば、作家が、いかに十九世紀はじめのパリにがっしり根をおろしている人間としての自分を、つねに読者にむけて突きつけつづけているか、それはほとんど臆面もないものに感じられるほどである。バルザックをひきあいにだすのがおおげさなら、僕はひとりの隠れたる「作家」の思い出をつうじてもまた、おなじ事情を語ることができる。ある夏、僕は、もしきみが自分の小説を読んで雑誌に紹介しなければ頸をくくるぞ、という内容の手紙を、春からずっとおくりつけてきていた「作家」とむかいあっていた。われわれの前には堅固にたばねられた原稿用紙の束があった。その一枚目に一行、おれは小説を書く、と書きこんである。そしてそれだけだ。それからあとはずっと白紙で(かれは僕が一枚一枚、その真白な原稿用紙を、それもゆっくり繰ってゆかないと、じつに恐しい眼で睨むのだ)、そしてこれは僕も一種の感銘を受けたのだが、最後のページの末尾に一行、おれは小説を書いた、と記してあるのであった。僕が読みおわると、「作家」はすぐさま雑誌社に紹介の電話をかけるようにとうながした。そして、きみは小説を実際になにひとつ書いていないではないか、と訊ねると、おれがいまここにいるじゃないか、雑誌に発表されることとさえ約束がとれれば、この、おれは小説を書く、と、おれは小説を書いた、とのあいだを文字で埋める。その小説は、ほら、おれのうちにいま実在している、おれを見ろ、疑うのか？と「作家」は怒るのであった。しばらくたって、ある雑誌の小説公募に、この約束手形のかたちの小説が、投稿されてきた、という噂を聞いたものである。

　僕はあの隠れたる「作家」が、実際に白い原稿用紙をその小説でうずめる日があるかどうかを知らない。しかし白い原稿用紙をゆっくり繰りながら、僕はその「作家」の表現への渇望についてだけは、まことに濃密に実感したのであって、やはりあの時、白い原稿用紙をつうじて、あの「作家」が僕にたいして自己表現をおこないつくしたのであったことを、いまは疑わないのである。最後には僕に殴りかかる「作家」をなんとか押し出そうとする僕と、みじめで悲しい訣別がおこなわれたのではあったが。この隠れたる「作家」は、ペンを握る右手の三本の指を、聖化するためであろう、緑色のポスター・カラーで塗りつぶしているのであった。かれはすくなくともあの夏の日、白い原稿用紙を前にして僕を見張っていた一時間の、かれ自身の、この現実世界での実在感ほどのものを、僕にたいして、そのついに完成された小説によって再現することはできぬだろう。

　他人の作品、あるいは他人のついに書きあげることのないであろう作品についていう必要すらもない。ひとりの作家としての僕自身が、小説を書きつづけながら、その小説を書いて生きている自分の生存の端的なあかしを、自分自身にあたえることを渇望している瞬間があり、その時僕はこれから書きあげる小説、ということを考えるより、いまその瞬間の僕自身を、現に紙に書きつけている文字の前面におしだし、あらためて紙の上とペンを持つ手のこちらがわの、自分の実在感につなぎたい、とねがうのであるからだ。もっとも、そのようなねがいにつらぬかれて、そのねがいのエネルギーこそを、原稿用紙の前で生きつづける肉体＝意識の推進力として書きあげた小説が、第三者の眼に直接僕自身をあらわしているかといえば、それはかならずしもそうでない。そしてそれはおそらく作家の意識と想像力、それに小説の構造自体が内包しているメカニズムのつくりだす結果によるだろう。

　僕の仕事でいえば『みずから我が涙をぬぐいたまう日』は、一九四五年夏の一日にその魂をすべて燃焼させた（と信じることによってその生を完成したい）中年男の物語である。物語、……小説のいまなお根本にある課題のひとつを言葉自体によってあらわしている、この特別な言葉にふさわしく、小説を展開するならば、僕は大逆事件の時間的位置からはじめるべきだった。僕は物語らしい小説の展開が嫌いなわけではない。バルザックの例を繰りかえしてひけば、『従妹ベット』の、あの執拗におしよせては退く、無限の波の運動のような物語のつみかさなりは、それをほかの小説の構成でおきかえるわけにはゆかない。僕はこの物語の、復讐譚の契機にまず自分をつきあたらせ、それから嵐のなかの帆走のような具合に、揺すぶられつづけながら、末尾にいたるまでみちびかれるほかに、この小説世界の経験の仕方をもたぬのである。フォークナー流に、結核で死の床にある老嬢の意識の光と影によって、この小説を再構成できるかもしれない。しかしその時、われわれは十九世紀はじめのパリという都市を、ひいてはその複雑怪奇な土壌に根を張って立っているバルザックという一個の巨大な人間そのものを、おそらく眼の前から見うしなうだろう。物語、伝奇というにふさわしい古めかしい構造も、アンチ・ロマンの構造も、小説の本質的な機能という点では、先験的にその新旧がきめられるのではない。

しかも、右にのべたようなことをあらためて考えてのうえなのだが、この小説の、結局は破り棄てられた数十ページを書いている最初の作業の段階で、僕は自分の肉体＝意識が、どうしても自分はこの小説を書きつつ、明治の時点までさかのぼることはできない、と抵抗する声を聞きつづけたのだった。しかも僕は、この小説に、いま、現在、この小説を書いているさなかの自分の時こそを、あたえたいとねがっていることを自覚したのである。主人公が、かれの生涯の唯一の時とするのは、一九四五年夏の一日である。しかもなお小説には、それを書いているいま、現在の時をあたえたい。ひいてはこの小説を、いま、現在、書きつづけている自分を呈示したい、そのように僕はねがったということになるだろう。そこで僕がつくりだした方法は、一面に、自分の生涯についての、そこでは一九四五年夏の一日が唯一の時であるような、主観的に歪みにゆがんだ回想を、ちょうど舞台で再現するようなかたちで、そこに現在の自分を投入しながら口述筆記している男をおくことに始った。そしてもう一面では、その口述筆記の現場で、客観的にその男と周囲とをとらえるカメラ・アイをおく。小説は、男の口述とカメラ・アイがとらえるものを交互に呈示して進行する。すなわち読者には、口述される内容が過去に跳びかえっても、口述している男の、その口述という肉体＝意識の運動の時は、カメラ・アイがとらえている現在の時にほかならぬと、ダブル・イメージされる。そのような構造づけを僕はねがったのである。

この現在の時とは、作家である僕が、現にその小説の言葉をつくり出している時であり、読者の想像力にその言葉が実体を喚起して、言葉の開かれた鎖の関係を完結する時である。その時、僕は小説を書きながら、現にその時間において、読者の眼の前にはっきり実在し、生きて動いているのではないか？　すくなくともそのような幻想が、小説を書きつづけている僕の労働の、推進力だったのである。

作家の臆面のなさといわれればそれはそのとおりにちがいないが、すべての作家は小説の言葉をつむぎ出しながら、あの漱石の悲惨な主人公の、《記憶して下さい。私は斯んな風にして生きて来たのです。》という言葉になぞらえていえば、記憶してください、私は斯んな風にして生きているのです、といいつつ仕事をつづけているように思われる。そしてそれは、じつは言葉をもちいる芸術の、根本の原理にかかわっていることではないであろうか？

言語表現による芸術において、言葉が発せられる時（また受けとめられる時）の、その現場におこる全体について観察し、考察することは、いまや、いわば世界的な流行である。そこで僕は、新しい理論の構築あるいは破壊については専門家にまかせるとして、自分としては、小説を書く人間の具体的なものの考えかたにそくして展開してゆきたいと思う。あるいは小説およびそのほかの言語表現による芸術を受けとる人間として……

数年前の秋のことだった。僕はニューヨークの小さな劇場で、イギリスの新しい劇作家の芝居を、その戯曲のアメリカ版の出版者とともに見た。たまたま新聞のストライキがあって、劇評も広告も一般読者の眼にとどかず、したがって観客動員の手だてはなくて、このオフ・ブロードウェイの芝居は一週間たらずでうち切らねばならぬ、その五日目だかに、僕はそれを見たのである。

イギリスの福祉社会の下層にはあるが、まともな市民たちの居住区に、ジプシーの一家族が闖入してくる。かれらは老人から幼女にいたるまでが、およそ粗暴さのかぎりをつくす者らである。しかし根無し草の暴力は、やがてそのカウンター・ヴァイオレンスを、地道に自分たちの生活圏をまもりぬいてきた、地域的エゴイズムの主たちによって、みまわれぬわけにはゆかぬだろう。暴力的なるものの、そのように微妙なバランスにたって芝居は進行するのであった。

まことに小さな倉庫めいた劇場なので、休憩の時間に足を伸ばしに劇場脇の路地に出ると、そこには芝居の出演者たちが、ジプシーの粗暴な老人も、なかば娼婦みたいな、その同居人も、まともな勤め人家庭の夫婦も、ひとかたまりになってお茶を飲んでいるのが見えた。かれらは劇中での対立をよそに、いかにもあからさまな、興行の暗い先行きへの不安と失望を、愁い顔に語りあっている様子なのであった。僕はかつてあのように赤裸の芸人たちの実在感にふれたことはなかったように思う。

休憩が終り、観客席からあらわれるジプシーの老人が恐しい罵声を発する。その直前、薄暗がりの観客席にひとり老人役の俳優が立ちあがって、きっかけを待っているのを、すでに三十人ほどの全観客が注目していた。俳優が怒鳴ろうとして息を吸いこむ。その瞬間、情念のレントゲン光線がこの俳優をさしつらぬいたとでもいう具合に、観客は、かれの内部の、罵声にむけてたかまる感情の昂揚と、それの対極をなす、深い怯えとを見てとったのである。罵声は発せられ、芝居は急速に展開しはじめた。その時観客はみな、自分がその罵声によって強く揺さぶられたのを感じたのであるが、その動揺の根は、さきの俳優自身の、みずから罵声を発するまえの、あの怯えとまっすぐつらなっているのであった。

やがてジプシーの老人は、穏健な、それゆえにもっとも残酷な市民たちの反撃の投石を受けて傷つくのであるが、その時、突然グニャグニャになった兇暴な老人が、観客の心をしっかりとらえたのも、その情動のひとつながりのルートの根元には、さきの罵声を発する前の俳優の内部の深い怯えがあることは、明瞭であった。

俳優が台詞をしゃべる。その特殊性についてもまた、演劇の専門家にゆずるほかはない。僕が問題にするのは、その一般性につうじる側面である。たとえ他人の書いた台詞、覚えこんだ台詞であっても(むしろそれゆえに)、もうひとつ別の他人たちに初めて出会うようにして、その前に進み出た俳優がそれをしゃべる。かれの人間としての表現性のすべてをかけて、その台詞を発声する。その時かれは、自分の肉体＝意識に、ほかならぬその台詞が、確固としたひとつの言葉として発生し、外にむけて伝達される・解放される経験をもまた、あじわっているのではあるまいか？　すくなくとも、あのジプシーの老人を演じた俳優において、その経験のかたちは、よそめにもまことにあきらかであった。観客は、その罵声がかれの肉体＝意識に懐胎され、出産され、そして陣痛の余震のようなものがあとをひくのまで、その全体を見てとったのである。

罵声というものがひそめている特別な条件もおおいに作用したであろう。興行の先行きの暗さに意気阻喪している俳優が、あえて全世界を相手にするような罵声を発するには、やけくそにでもなっているのでなければ、相当の長さの情動の助走とでもいうべきものが必要だったであろうから。実際、罵声は、いわゆる新しい演劇に多用される模様である。それは端的に観客をおどろかすことができる。しかし、罵声を発する俳優の肉体＝意識に、自分のこれから発する大きく荒あらしい声への惧れとでもいうものがまったく欠落して、機械的に大声をあげるのみでは、やがてその俳優の激甚な行為は、なれあいの観客しか楽しませぬものとなりさがるであろう。罵声もまた、言葉の行為であって、その実体は肺の容量でもザラザラした声帯でもなく、言葉そのものなのだから。死んだ（ということは、その言葉の発し手の肉体＝意識との関係で）言葉は、どのように大きく、どのように猥雑、野卑に叫ばれても、むしろそれゆえにこそやはり死んだままだ。

さて僕は、あの老ジプシーの役を演じた俳優の肉体＝意識をつうじて、あるひとつの言葉が、人間においてどのように発生し、外へむけて解放されるかという、一部始終を経験し、それに感動したのである。発せられた言葉は、その戯曲の作者の自己表現であるのみならず、あの俳優の、あの時点での肉体＝意識のすべてを表現していた。むしろその表現をつうじて、はじめて言葉は、そのそもそもの書き手である作者の、肉体＝意識をも、よみがえらせていたのであった。あの劇場にいたすべての観客にとって、その瞬間に、眼のまえの俳優のみならず作者の、かれらはこの世界に、現にいま、どのように実在しているのか、ということの全体があきらかになっていたのである。それこそは小説を書きつづけている作家が、自分を、ほかならぬその時点での自分を、まるごと読者の前に呈示したいとねがう、あの不可能犯罪的なねがいの、具体的な現実化とみあうものではないであろうか？

どうしてそのようなことが可能となったのか。言葉にすべての鍵がある。しかもその言葉が、ある人間の肉体＝意識のうちにつくりだされ、外にむけて発せられる・解放される、その人間的なひとつながりの行為のなかに、すべての鍵があると僕には思われるのである。そこにまことに根源的な大きさのダイナミズムがあるから、それゆえにこそ言語表現による芸術の先行きは、なお暗いものではないと、作家のひとりとして僕は考えるのでもある。

ある人間がひとつの言葉を発する。その時かれは、その言葉を発する行為によって、ほかならぬかれの肉体＝意識の、世界にたいする位置づけをおこなうのだ。言葉が世界にたいするかれの肉体＝意識のありようを決定する。言葉を発する前、かれはいわば世界の昏い羊水のうちに半醒半睡の状態で躰をまるめている。そしていったん言葉が発せられると、その言葉の光に照しだされて、たとえば世界の片隅に宙づりとなっているかれの肉体＝意識が、一挙に照しだされるのである。

もっと現実に近づけていえば、言葉はそれを発した人間を社会化する。社会にたいする、その人間の肉体＝意識のありようを、言葉がただちに決定して、その言葉を発した人間は、もう社会と無関係ではありえなくなるのである。世界内存在としての人間、社会的存在としての人間、ということを考えつつ、いままでのべたところのことを逆にたどれば、すなわち言葉が、かれの肉体＝意識を人間とするということが、おのずから明瞭となるであろう。言葉が人間をつくる。言葉が世界をつくる。言葉が社会をつくる。

言葉によって小説を書きながら、したがって作家は、その言葉が世界をつくる現場に、立ちあっているのである。言葉が人間をつくり、社会化する現場に立ちあっているのである。それを考えれば、作家がかれの小説の、結果として固定したかたちよりも、現にその小説が書かれているさなかの状態にもっとも強くひきつけられるとして、それはけだし当然であろう。

しかも小説の言葉を書きつけつづけている作家の経験は、二重性をそなえている。もういちど、あの暴力的でかつ異様に脆い老ジプシーを演じた俳優に戻って考えよう。かれがこれから発しようとする罵声は、演技される老ジプシーの人間をつくり、かれと世界・社会との関係を決定する言葉である。同時に、その罵声を発するまえに、ある深い怯え、嫌悪感のごときものをためらいがちに滲ませている、俳優としてのかれの肉体＝意識の、その怯え、嫌悪感は、俳優としてのかれも、その罵声を発する前と後では、人間として、また世界・社会に対する関係において、自分がつくりかえられ、このような自分とはことなった自分が現実化するであろうという、予感に根ざしていたのではなかったであろうか？ すくなくとも観客たちはそのようにこの俳優の全体像をとらえて、しかもなおそこを超えてかれの発した、絶望的に粗暴なかれの罵声に震撼されたのであった。

小説を書きつづけている作家の場合、右のような二重性はもっと端的にあきらかだ。作家はひとつの言葉を書きつけることによって、小説のなかの人間を現実化し、人物の世界・社会への位置づけをおこなう。それは、しかももっとあきらかに、その言葉をかれが書く行為そのものによって、作家としてのかれが、ひとりの人間のかたちをとって新しく現実化し、その世界・社会への位置づけがおこなわれているのだということに、ほとんどの作家が気づいているにちがいないのである。

　小説を書く行為は、言葉をつうじて、そのような人間・世界・社会の創造の現場に(二重の構造をもった創造の現場に)立ちあうことにほかならぬのである。そしていったんそれを確認すれば、作家にとってかれをもっとも昂揚させるのは、この創造の現場に立ちあっているという、実感であることがおよそ自明に見えてくるであろう。そこではじめて作家に、この創造の現場にいまこの時点で立ちあっている自分を、そのまま表現したい、という野心が生じるのである。しかも、二重の構造をもった創造の現場を、そこにはっきり根をおろして、むしろその現場を支えている昂揚したヘラクレスのような自分を、そのまま読者にむかって押し出したい、という野心が。なぜ？　と反問すれば、夢中になっている作家はうわずったような声でいうだろう。私にいまもっとも大切なのはこの自分であって、それにくらべれば、いま書いている小説の、客観的な実在は、それこそ絵空事です、と。

　しかしいうまでもなく、この昂揚しすぎた作家も、やがて冷静に戻れば、かれの言葉をつうじての人間と世界・社会の創造の現場に立ちあっている、という臨場感も、それをなんらかのかたちで言葉にかえるのでなくては、読者にむかって伝達されはしない、ということに気づくだろう。そこで、私は書く、と書く、と書く、……というような滑稽な労苦をもあえて自分の肩にになってみようという、気狂い科学者のような作家があらわれることになるのである。かれの試みは、滑稽なうえに、まったく不毛であるが、しかし僕はこのような試みの迷路にまよいこんでしまう作家の言語感覚が、小説の言葉について生涯疑うことを知らぬ作家のそれにくらべて、劣っているとは思わないのである。それに実際、このような作家は、これもほかならぬ言葉の力によって、前方のはっきり開いている試みの領域へと、ついには踏みだしてゆくのでもある。

肉体＝意識に、あるひとつの言葉が生れ、人間が現実化し、かれと世界・社会への関係のしかたがはっきりしたものとなる。そのひとつながりの出来事の全体は、一般にはきわめて個人的なものだ。ただそこには、言葉という、まことに個人的なものでありながら、本質的に社会へ開いた契機であり、社会へはいってゆき、受けとめられなければ、その本質の完結しない、独自の存在がつくりだすダイナミズムがある。言葉あるいは言語表現における、芸術の受容ということにかかわりつつ、それについて僕はあらためて、自分の考え方を展開するだろう。

そのまえに僕は、言葉の肉体＝意識におけるあらわれかたによって、その言葉を発する人間がどのように独自に決定され、その世界・社会にたいするありようが、集団規模においていかに特別なものになるか、ということを、具体的に見るための一例をあげておきたい。われわれ日本人は自国語の古典について、それを一挙に客体化するような視点をもつことが、柳田国男の開拓したようなそれをのぞけばほとんどなかった。僕は国文学について専門的な知識をもつものではないが、それは一般的にもそのように認められるであろう。むしろわれわれは、たとえば記紀歌謡について、日本人には日本語によってこれよりほかの韻文がありえなかったか、と疑うものがあれば、そいつを風変りな人間と見なしただろう。まずこの日本語の韻文の源泉がある、ということをわれわれは疑いはしない。それらを相対化して、われわれの古典的源泉が、どのような点において欠落しており、どのような部分において歪んでいるかを考えてみることもしない。実際われわれはそれをしないでやってきた。記紀歌謡とはそのようなものであり、われわれ日本人とはそのような人間、民族であったのである。

ところがここに沖縄の『おもろさうし』がある。とくに海上を漕行し、帆走する者の歌を主軸としたエトオモロがある。それを記紀歌謡につきあわせてみる時、われわれは、琉球の、オモロの言葉によって人間を発見し、世界・社会との関係づけをなしとげた者たちと、記紀歌謡の言葉によって日本人を発見し、それの世界・社会との関係づけを把握した者らとの、およそ根柢におけるちがいに、面とむかって驚かぬわけにはゆかないであろう。

古代琉球人のはなつ光の照射によって、色をうしなう古代大和人という、ひとくみの相互関係を根本におきながら、われわれが自分の文化について相対的にてれを見すえながら、検討しなおすべきことは多い。てしてそのそもそもの端緒には、われわれが言語にかかわる想像力をフルに発揮して、ひとりの古代琉球人の肉体＝意識のなかに、どのような言葉が選びとられて歌われ、それによって人間が、世界・社会が現実化したか、またひとりの古代大和人の肉体＝意識のなかに、どのような言葉が把握されて、……というふうに考えはじめる態度がおかれねばならないはずである。しかもそれが、二十世紀なかばに生きているわれわれにとって、記紀歌謡をつうじ、また『おもろさうし』をつうじて、実現不可能でない、というところが、言葉の、また言語表現にかかわる芸術の、時空に深くかかわりつつ、時空を超えた独自な特質であるにちがいない。もしわれわれに充分な言語的想像力があるならば……

確かに、もしわれわれに充分な言語的想像力があるならば、まことに多くのことが可能なのだ。そもそもの、われわれの出発点である、現にこの小説を書いている自分自身を、その時点における生きた肉体＝意識のままに読者にむけて呈示したいというねがいについて、あらためて受容者のがわから考えてみよう。

私は書く、と書く、と書く……という不可能犯罪的な努力が、作家によってなされても、また斜線で抹消した部分が読みとり可能なように印刷されたりしていても、それはかならずしも、われわれ読者に、かれがそれを読む時点で（その時こそが、この書かれた小説の真の現在時であることに、あらかじめ注意を喚起しておきたい）、いま自分の眼のまえに、それを書いている作家の肉体＝意識が現前するというわけにはゆかない。むしろほとんどつねに、この種の作家の企ては失敗するといってもいいほどだ。奇妙な話に聞えるかもしれないが、この企ての失敗の予感というものも、私は書く、と書く、と書く……のタイプの試みをおこなう作家には執筆時のかれの想像力をささえる重要なモメントなのである。なぜなら、作家が、私は書く、と書く、と書く……と書きながら、同時に、そのように書いてみても、読者は、はるか以前の過去に書かれた、死んだ文字としてしか、いま自分の書きつけつづけている言葉を受けとることがないという予感の、はっきり内蔵している否定の契機こそが、その現にいま書いている作家の肉体＝意識を構造化するのであり、それによってかれの小説は十九世紀の作品にくらべて、より単純でない達成を約束されるのであるからである。

ところが、やはりわれわれ読者の素直な感想に発すれば、小説を読んで、確かにいま自分と共有する現在の時点において、この言葉を紙に書きつけている作家の肉体＝意識が、眼のまえにあらわれて息づいている、と感じとる経験は、まことにしばしばあるのである。小説を読むことを愛する人間ならば、このやすやすと達成された不可能犯罪の事実に、かつて一度も出会ったことがないなどと、どうしていうだろうか？

　その事実に立って考えなおしてみれば、私は書く、と書く、と書く……のタイプの試みは、決してひとり今日的な突然変異の努力でないことが、納得されるだろう。現にいま書いている自分の肉体＝意識を、読者にむけて、おなじひとつの時を共有するようにして呈示する、というのは、さきにも別の側面からのべたとおり、小説の歴史ほどにも永く、作家がそれを意識するしないにかかわらず、じつに多様な方法で試みられてきた企てなのである。それは普遍的な小説一般の技法のひとつ、しかも根本的なひとつとすらいっていいほどであろう。

　日本語世界には、私小説という独自の文学形式がある。その達成のすぐれたものは、わが国の文学の最上のひとつだ。私小説は、不思議なことにも、私は書く、と書く、と書く……のタイプの試みをするような作家たち、それを支持する批評家たちからは冷淡にあつかわれてきた。私小説こそ、私は書く、と書く、と書く……と年中いっている作家の仕事なのに。おそらく右にのべた不可能犯罪的な企てをおこなう、きわめて意識的な作家たちには、まったく自然に、私は書く、と書きつけそうな私小説の作家たちが、いかにも単純にうつったのだろう。しかし、秀れた私小説を丹念に読めば、われわれは、そこに作家の肉体＝意識が、われわれの読書の時を、作家の小説を書く時とかさねるようにしてあらわれる、その構造が、およそ端倪すべからざる準備をふまえてつくりだされていることに気づくのである。私小説も、ほかならぬ小説の普遍的なありようのうちにあって、小説一般の根本的な技法にのっとりつつ、はじめて、あの書きつけられた言葉のむこうに、現にいまその言葉を書きつけている作家の、肉体＝意識が現前するような効果をつくりだしているのである。

さてわれわれが読者として、ひとつの小説を読むあいだに、現にいま作家の肉体＝意識がこの小説を書いているのだと感じ、作家の創作の時と、自分のその受容の時との、一致を経験する、あの小説読書のよろこびの根源こそにふれている感覚について、もっと仔細に検討してみることにしよう。われわれはいったい、なにをつうじて、どんなふうに、眼の前にいないのはもとより、書かれた言葉のあらわす直接の意味でもない、作家の肉体＝意識の現前に立ちあうのか？

それはほかならぬ言葉をつうじてである。書かれた言葉をわれわれが見る。小説読書の最上のケースにおいて、現実にそれがおこなわれる道筋にそくしていえば、書かれた言葉は、われわれの肉体＝意識のうちに、その言葉が懐胎され、生み出され、外にむけて発せられる・解放される、その全過程を再現するのである。作家がその言葉を、紙の上に書きつけた時そうであったとそのままおなじように。

それはなお考えすすめれば、書かれた言葉を読むことによって、その言葉が、それを書く人間をつくり、かれをとりかこんで相互関係をもつ世界・社会をつくる全過程を、われわれはひととおりあらためて経験しなおすのである。そしてそれこそが、書かれた言葉を読むということの具体的な内容であり、小説を読むことが人間の現実的な行為であるということの、意味内容をなすものであり、言語的想像力の実質なのである。

僕はさきに、小説を書きつづけている作家の肉体＝意識の行為の二重性ということをのべた。作家はひとつの言葉を書きつけることによって、小説のなかの人間を現実化し、人物の世界・社会への位置づけをおこなう。同時に、その言葉を書きつける行為は、作家としてのかれが、ひとりの人間のかたちをとって新しく現実化し、その世界・社会への位置づけをみずから達成していることなのである。むしろ作家にとって、この現実世界に真に生きているという感覚をはっきり把握するには、それよりほかの手だてがないだろう。またそれゆえにこそ作家は、しばしば、自分がひとつの言葉をいま書きつけることの本質的な意味を、赤裸に、直接に、読者につたえたいとねがって、私は書く、と書く、と書く……というようなタイプの言語表現の袋小路にはいりこんでしまうのでも、またあるであろう。それはすでに見てきたところである。

そこで小説を読みながら読者の肉体＝意識もまた、ある二重性をおびた行為をおこなうことに、われわれはやはり具体的な経験をかさねて思いいたっているだろう。すなわち、われわれは、ひとつの言葉を読みとることによって、小説のなかの人間を現実化し、人物の世界・社会への位置づけをおこなう。同時に、その言葉を読みとる行為は、読者としての自分が、ひとりの人間のかたちをとって新しく現実化し、その世界・社会への位置づけをみずから達成することではないであろうか？

小説の言葉とは、論文や情報の言葉とちがって、単に知覚による認識によってのみ、その受容が完結するのでない。小説の言葉こそは、われわれにその想像力の全体を賭けて、頭から足さきまですっぽりとその構造のうちにもぐりこむことを要請する、「注文の多い料理店」のような言葉なのである。

そこで問題は充分に明瞭になり、かつ単純なものに整理できるだろう。作家と読者とのあいだには、ただ書かれた言葉があるにすぎない。その言葉を書きつけるにあたって、それを書いている時を現在時とする、二重の創世記（ジェニシス）が、作中人物と作家自身をめぐって繰りひろげられるということがあった。読者がその書きつけられた言葉を読むにあたって、それを読んでいる時を現在時とする、新たに二重の創世記（ジェニシス）が、作中人物と読者自身をめぐって繰りひろげられる。

その、書きつけられた言葉の、読み手の肉体＝意識のなかでのひとつながりの現実化の過程が、その言葉を書きつけるにあたっての、書き手の肉体＝意識におけるひとつながりの、その言葉の現実化の過程にかさなる。それがぴったりとあいかさなった時、さきにのべた作家の現在時と読者の現在時とは、構造的にもひとつの時となって、読者は、作家の肉体＝意識が、言葉を書きつける運動体として、かれの肉体＝意識によりそうように、現前するのを経験するのである。

私は書く、と書く、と書く……という身ぶりや思いこみが重要なのではない。言葉こそが問題なのだ。死んだ言葉と、生きた言葉がある。小説は生きた言葉によってのみ書かれねばならないが、いったい言葉とはどのように死ぬのか。紙に書きつけられつつ、言葉はどのようにして生きつづけていることが可能なのか？

作家がかれの小説にひとつの言葉を書きつけるにあたって、その言葉がかれの肉体＝意識のうちに懐胎され誕生し外にむけて表現される、そのひとつながりの過程をへぬものである時、その言葉は死んでいる。小説の散文のなかで、出来あいの言葉がいかにも無残に浮きあがってしまうのは、それが死んだ魚のような言葉であるからである。また、読者にたいして、ひとつの言葉が、それを読むことと、その言葉をみずからつくりだすのとが、おなじ行為であることを喜びとともに認めさせる喚起作用をおこなわぬなら、その言葉もまた、死んだ言葉である。

逆に、読者が活字によって印刷された言葉を、かれの肉体＝意識のうちに受容することによって、自分のなかにその言葉が新しく生れ、それによって小説の人物が誕生し、その世界・社会との関係づけが達成されてゆくのを見つつ、同時に、読者自身が、ひとりの新しい人間として、世界・社会に新規の関係を樹立しているのをも経験する時、言葉はもっともさかんに、その全構造を活動させているのである。そしてその言葉の生きたひとつらなりの活動をつうじて、読者はかれの所有している時と、まさにおなじ時（その現在時から、なにひとつさだかでない混沌の未来の時へと、はっきりベクトルのさし示している時）のうちにあって、しかも未来の時へ顔をむけている作家と出会うのである。その時こそが、小説を書きながらなにを自分は本当に表現したいのかと苛立つ、作家の本質的な渇望のみたされる瞬間でもまたあるであろう。

そこでこの一連のノートのそもそもの主題、視座に戻るならば、現実に小説を書きつづける人間にとって、自分の小説の言葉にどのような言葉を選ぶならば、それがかれの肉体＝意識に、懐胎から外にむけての解放の過程をつうじて、もっともよく二重の創世記（ジェニシス）的な運動をうながすか、という問いをひきうけねばならないだろう。いったんそのような言葉を見つけることができれば、作家は読者の肉体＝意識のうちに、かれ自身のそれの運動と同調する動きを期待することができるのであるから。そしてこの問いは、このノート全体のめざすところである、創作する者にとって、どのような言葉が、もっとも想像力的な言語なのか、という問いにそのままつらなるものなのである。そしてそれは、作家であるひとりの人間のがわからいえば、むしろ小説を書く行為の全体が、そのような言葉の探索のためにのみついやされているのであるといわねばならない。小説に、ひとつ、ひとつ言葉を書きこみつつ、真の作家は繰りかえしこの問いに面とむかっているのである。

しかし、具体的には様ざまな側面からこの問いに答えることができる。日々の小説創作の行為が経験的にそれを教えるから。たとえば、僕はすでに表現の物質化ということをめぐってこのノートの一章を書いた。「もの」の堅固さをそなえているイメージが、小説のもっとも必要とする表現である。言葉から「もの」へ、という表現の行為の困難な作業が、その言葉と作家の肉体＝意識との関係を、鋭くし深くする。この困難な過程をつうじて、作家はいやおうなくかれの肉体＝意識のうちに、その真の言葉を懐胎させ、そのなかをくぐりぬけての誕生にそれをみちびくのである。読者は「もの」の存在感をになっているイメージを組みたてる構造材として、よく選びとられた言葉に接する時、いかにも概念的な言葉同様に、それをかれの意識の表層に上すべりさせて、やりすごすわけにはゆかない。かれは現実の事物を発見することで、日々のかれ自身をつくりかえるように、「もの」の存在感をになっている言葉のいちいちにむけて、かれの肉体＝意識の全体をつきあててゆくことになるだろう。そしてかれはその行為をつうじて、当然作家の肉体＝意識にもまたつきあたり、同じひとつの現在の時を共有するだろう。

それこそが、そのような時のなかの自分こそを表現したいと苛立ち、私は書く、と書く、と書く……というたぐいの小説を企てる作家とまったく逆に、なんとか作家としての自分自身は小説の背後におしこめ、ひそみかくれさせていたいとねがう気質の作家をも、思いがけず赤裸のままに読者のまえへつきだしてしまうことのある、小説という、言語表現にかかわる芸術の、不思議な特質をなす秘密なのである。

消すことによって書く

作家が小説の第一稿を書き終える。かれの机の上にはインクで汚れた紙の厚い束が載っている。それは不思議な生なましさをそなえている、ある「もの」だ。作家は自分の肉体のかたまりがそこに置かれているような気持をあじわう。それは端的にうんざりさせる。小説の第一稿の終りにかけて、おそらくあらゆる作家をみまう昂揚感に、われとわが身をひきずり廻されての労働に(ボールドウィンは、作家が長時間ぶっつづけに働くことの、もちろん純粋に文学的な必要性について告白的に語ったことがあった)しんそこ疲労している作家は、この紙の厚い束から耐えがたい肉体的な嫌悪感をよびおこされる。おそるべく外向的なナルシシズムにとりつかれている作家は別として、それは一般的な感情であるだろう。

それはどのような具合にしておこることなのか？　すでにのべたように、それはこのインクで汚れた紙の厚い束が、作家の肉体の一部であるかのようだからであろう。この紙の束がなお作家の肉体＝意識に、ヘソの緒のようなものでつながったままだからだ。作家は一行ずつ、小説を書き進める作業において、つねに、かれの肉体＝意識に根ざして生れるものを、外在化、客体化することをめざしてきた。イメージの物質化が、その努力のための里程標だった。文体の感覚を厳密にすることも、その手つづきを支えるための操作にほかならなかった。しかし、物質化されたイメージも、確固と達成された文体の感覚も、作家がその小説を書きつづけているあいだは、作家から独立したもの、すっかり外側のものではありえない。端的にその小説はまだ作家にとって他者ではない。ほかならぬその作家当人が、文字を書きつけながら、このイメージは物質化された、この文体はかたちをとってきた、と認めているということがあって、そこで現に小説が進行しているのだから、そのあいだつねに、小説には、なまみの作家が立ちあっているのである。

小説を書いているさなかの作家、書く運動のうちにいる作家は、現にそうやって書きながら、自分の書いている文章に対して、その実在感を受けとめつづけている。それがかれの作業を励ます。しかしその実在感は、かれが紙にインクで書きつけるやいなや、その書かれた文字が言葉となって起きあがり、かれの肉体＝意識の外側に独立してあるものとして、実在感をそなえるということであろうか？　実は、それはそうではないのである。具体的にたやすく自己観察しうることであるけれども、作家が、書きながらその言葉の実在感を受けとめているのは、現にいまそのペンが書いているところの、この文字によってであって、一行前の、すでにピリオドをうった文章によってではない。したがってかれが、いま現実にその実在感を受けとり、確認している言葉は、まだかれの肉体＝意識から独立していない。じつは、かれがその言葉から受けとる実在感は、その言葉を文字として書きつけているかれの、肉体の運動そのものによって、おおいに補完されているのである。その言葉がそなえている実在感とは、その言葉が、他者としてそれ自体にはっきり保有している、むこう側の実在感ではなくて、書いている人間の肉体＝意識によって支えられた恰好の、こちら側がおおいにそこへはみだしている実在感なのだ。したがって、作家は、書いたばかりの原稿の束に、こちら側からはみだしていった、自分の肉体を見ないわけにはゆかない。そして生なましく肉体的な嫌悪感をいだくとして、むしろそれは自然ですらあるだろう。

それがただ肉体的な嫌悪感の問題のみであるのなら、作家はインクで汚れた紙の厚い束を、しばらく眼につかぬ場所へしまっておけばいい。あるいは、かれと同じ肉体的な嫌悪感を持つことが問題の性質上ありえぬ、他人である編集者に早速それを渡して、あとは自分ひとりで酒に酔っぱらっていることもできるだろう。しかし、そうしたことが抵抗なくできるようであるならば、肉体的な嫌悪感などといっても、それはたいした問題ではありえないのである。せいぜい宿酔くらいのものだ。じっと頭をかかえてやりすごせばいいだろう。ところがそこに、いわば意識的な作家と、無意識的な作家の差があらわれることになる。どちらがいいか、というようなことではない。意識的な作家は、結局そのような作家であるしかないのであるから。（無意識的な作家がそのようでしかありえぬのは、これもいうまでもないことだ！）

さて意識的な作家ならば、こう考えぬわけにはゆかぬだろう。これまで自分が書きながら感じとってきた、これらの言葉の実在感は、つねに、ほかならぬ自分の肉体＝意識が立ちあって、それを支えているものであった。これまでの作業の段階で、自分には完全に独立的な実在感と感じられてきたものに、じつはこちら側からはみだしていった支えがあったことは確かなことだ。それでは、この小説の「現場」から、自分の肉体＝意識が全面的にひきあげてしまった時、この実在感はたちまちひっくりかえって当然ではないか？　すくなくとも薄められた、不完全なものになってあたりまえであろう。何に対して？　いうまでもなく、それは、他人である読み手の肉体＝意識に対して。そこで作家は、自分の肉体＝意識から切りはなしたあと、かれの書いた文章がそれ自体で充分に自立しえるものとして、実在感を持つように、第二次の作業の努力にむけてかりたてられることになる。しかも作家は、その衝動が、いま自分の書きあげたものは、他人の肉体＝意識に対して自立性を持たぬ、グニャグニャの半製品にすぎぬのではないかという、やはり肉体的な嫌悪をともなう不安に裏うちされていることを認める。

そして作家は、机の上に載せられていたインクで汚れた厚い紙の束を、もういちど手もとに引きよせる。かれは小説を書きなおしはじめる。生なましい反撥をあたえつづける自分の肉体のかたまりに向けて、みずからはいりこむようにして作業するのであるから、かれの耐えねばならぬ嫌悪感は、実際大きいものだ。しかも自分の肉体＝意識がそこへはみだしている半製品の文章を、ほかならぬ自分の肉体＝意識で切りきざみ、こねまわすようにしなければならぬのだから、嫌悪感は二重になる。話がおおげさにひびくかもしれないが、この作業を、自分の子供を殺すような仕事だといった作家もいた。それにしても、現存する作家の、未定稿から定稿への過程にまで興味を示すようになっている文学研究家たちが、作家の、肉体的な嫌悪感の圧力にさからいながらの書きなおし作業という点に、想像力的な関心をそそがぬのはなぜだろうか？

僕はこの第一稿と、第二稿（そして当然に、第ｎ稿にいたるすべての原稿）とのあいだの、作家の内部構造のちがいを次のような図式において考えている。

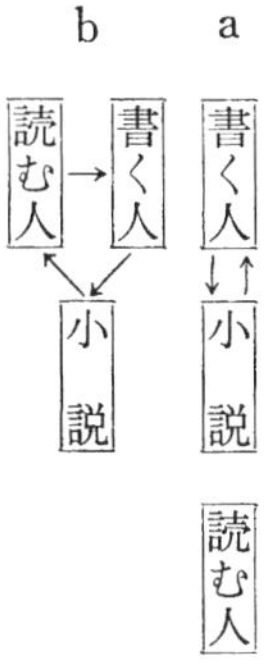

a　書く人 ↓↑ 小説　読む人

b　書く人 → 読む人
　　↘ 小説 ↗

もちろん図式は図式だけのものにすぎないが、小説の第一稿を書きそれを改稿する、あいまいな意味づけしか受けつけぬ作業にとって、これは分析の手がかりのひとつになりうるだろう、すくなくとも仕事中の作家から提出された自白としての手がかりに……

まずａについてみれば、小説を「書く人」にとって、その仕事のあいだ、かれの眼の前にあるのは、現に書いている小説のみだ。「読む人」は、不特定多数の他者として、小説のむこうに漠然とある。かれが小説を書く仕事は、聴衆・観客の前で、演奏したり演技したりする作業とは、やはり別のものなのだ。かれはひとり小説の前にいる。小説のむこうに想定される「読む人」からは、ある漠然とした制約しかうけない。自由な孤独のうちでかれは小説を書く。その文章の一行、一行を、そうだ、これは自分の小説だと、かれに認知させるところの確証は、ほかならぬかれが書きながら、その書いている小説を読むことによって意識されるのであるが、それはすでにのべたように、書く肉体＝意識の、筋肉の運動をともなった感覚とかさなりあっている。書いたばかりの小説からの逆照射によって、書こうとする自分の肉体＝意識が前へみちびかれる、ということはある。しかし作家が書きながら、「読む人」として自分の小説を受けとめ、そして「読む人」としての批評を「書く人」の自分にむけて発しているかというと、そうではないのである。この時点においては、かれの内部で読むことと書くこととがあまりにも密着しすぎているから。

そこで書きなおしをはじめるにあたっての、作家の肉体＝意識の準備体操は、まず「書く人」としての自分から、「読む人」としての自分を、つとめて独立させる方向にむけられねばならない。「書く人」から「読む人」を切り離すことは、現にかれがまだ仕事中の小説から手を離していない以上、もっとも具体的な自己批評となるであろう。その操作自体が、それからの書きなおし作業をつらぬく、全体的な自己批評の基軸となる。

しかし小説の書きなおし作業にあたって、「書き手」としての自分から、「読み手」としての自分を切り離し、引き剝がすことは、とくに若い作家にとって、また作家たろうとしている人間にとって、いちばん厄介な仕事、苦痛をともなう作業なのだ。われわれはすこし感情的に深く表現しすぎた手紙ですらも、いったん書いてしまえば、早く封入しポストに投じてしまいたいという欲求にせきたてられる。それは自分のなかで、その手紙の「書き手」たる自分から、「読み手」たる自分が独立してしまって、投函をためらわせはじめることを惧れるゆえではないか？　しかしその苦痛と惧れとをともなうゆえに、まさにその理由によって、この操作は、作家の自己批評の基軸たりうるのである。

さて「読む人」としての作家は、それこそ自分の貝殻からはみだしている、グニャグニャの足を見つめる抵抗感を乗りこえて、制作途中の小説を読まねばならない。肉体的な嫌悪感を根こそぎ自分からとりのぞくことはできないが、しかし、その第一稿の執筆時の、自分の肉体＝意識の支えによって、その小説がかろうじて持ちえていた全体性などというものは、進んでつき崩しながら。かれは「読む人」なのだ。「書く人」として小説の脇に介添えするように立ち、その肉体＝意識でもって、小説の穴ぼこを補完してはならない。なぜなら作家にとって他者である、一般の「読む人」の態度とは、そのようなものにほかならないのだから。作家はやがてすぐにも、その小説を、絶対に他人である「読む人」たちにむけて、いかなる介添えもなしに押し出す必要があるのだから。そして小説は、作家の肉体＝意識から自立したものとして、世間の荒波をくぐらなければならないのだから。

そこで「読む人」としての作家による、第一稿の検討は、まずその小説が作家の肉体＝意識につながっているところ、よりかかっているところを、摘出することにこそむけられねばならない。つながっているところを切り離し、よりかかっているところには、それ自体で自立している新しい突っかえ棒をあてて、小説を独立させ、それ自体の足で立たしめるように、「読む人」は第二稿の「書き手」である作家自身に、信号をおくらなければならない。「読む人」たる作家は、小説から、かれの肉体＝意識の支えをとりはずせば欠落を生じるところを見つけだす。かれの肉体＝意識が脇に立ちあわなければ、歪んだりかしいだりひっくりかえったりするところを、あばきだす。また、作家としてのかれにはその意味がアンティームに明瞭であるが、他人には白けたあいまいさしか示さぬであろうところをつきだす。この場合とくに、「読み手」としての作家は、自分にたいしてはっきりした客観性をうちたてなければならない。そしてまた、作家がある文章を現に書きつけているあいだの、かれの肉体＝意識の動きは、やはり一面的なものなのであるから、それに対してかれ自身のそなえている、より多面的なものをつけくわえる方向の検討もなされねばならない。

そして、この「読む人」としての自分から報告を受け、新たに、「書く人」としての自分を正面にすえた作家は、すぐさま第二稿を書き始めねばならぬ。かれは第一稿を黒ぐろと塗りつぶしては、その脇に新しい文章を書きくわえてゆく。しかしそのようにしてできあがった第二稿も、ほかならぬかれの肉体＝意識の運動によってつくりあげられたものである以上、第一稿に対して「読む人」たるかれが、みずからおこなったと同じ検討は、あらためてそれについてもなされねばならぬ。そして第三稿が、第四稿が、……第n稿が書かれてゆくだろう。しかも、稿をあらためることが重なるにつれて、最初の、生きて呼吸している作家の肉体＝意識の運動にそくして、自然な構造と流れを持っていた文体が、およそ複雑なねじまがりかたを示すことはしばしばある。そこで「読む人」としての作家は、見知らぬ他人がそれを読むにあたって、かれの自然な呼吸を妨げられる苦しみをあじわうことはないか、これは他人にとっても生きた「文体」でありうるか、それを検討して、「書き手」たる作家自身に、文体の再建を要請することが必要となるであろう。それらの、こきざみに繰りかえされる、ひとつながりの作業全体が、小説の書きなおしである。

さて右のような原理にたって、小説の書きなおしはおこなわれるのであるが、具体的にその作業にあたる作家は、まことに数かずの書きなおしの契機、手がかりを見つけだすことになる。僕がいま第一稿を完成したばかりの、すなわちいま僕の机の上にある二十センチほどの高さの、インクで汚れた紙の束にそくしながら、それらの契機、手がかりのいちいちを見てゆくことにしよう。もちろん実際の書きなおしは、一行一行についいて地道に忍耐強く永ながとおこなわれなければならない。その作業の原理は、これまでのべてきたとおりである。したがってここにあげる契機、手がかりは、まずその、各行をおっての作業が始る前の、解体、再構成のためのものである。その荒けずりの作業は、まず始めにやっておかなければならぬ。いったん一行ずつ書きなおす作業を始めてしまうと、しばしば作家は、樹を見て森を見ぬ状態におちいってしまい、大幅な削除には意識がまわらぬことになるから。さきにひいた、自分の子供を殺すという比喩にそくしていえば、書いたばかりの小説の大幅な削除というものは、鉈(なた)で子供の腕を切りおとすような感じの作業である。そうしながらも作家はその心理の基底部で、切りおとすべき腕に対して弁護的になる。よりこまかなところを工作して、たとえば指や爪先の具合をあんばいして、なんとか腕の全体はのこしておこうとする。しかし、第三稿であらためてというより、当の第二稿のなかばで、いったん切りおとした腕を復活させることも可能なのだから、まず「読む人」としての自分からその大手術をもとめられたなら、「書く人」としての作家は、大幅に鉈をふるう勇気をもたなければならない。いったい自分はなにを表現しようとして、これらの厖大な量の言葉を書きつけてきたのか、単に言葉が多いことそれ自体が真の表現を妨げているなら、そのような言葉とはいったいなにかというような、いくぶん教条的な叱咤の声を自分に発して、作家はかれの子供の腕を切りおとさねばならぬ……

当然のことながら長篇小説は、永い月日をかけて書きつづけられるものだ。作家は小説を書きながら、その永い月日の現実生活を、かれの死にむかって生きている。もしかれが穴倉に閉じこもり、世間と没交渉になって、その小説を書いているのだとしても、しかもなおかれは、その小説を書くという現実生活を、永い月日にかけて生きたのである。その現実生活をつうじてかれの人間としての肉体＝意識が、いささかも変化しなかったとすれば、それこそ、小説を書くという現実生活などは、夢のまた夢、気狂いのたわごとではないか？　作家もまた、その永い月日の全体にかけて変化しつづけねばならぬ。実際にかれは変化する。

そこで第一稿を書き終って、作家が長篇小説の冒頭のかれ自身と、末尾におけるかれ自身をつきあわせる時、かれはその書きなおし作業の、もっとも端的な手がかりを発見してしまうばかりか、いまや自分自身がどのような人間となっているか、ということについても、くっきりした展望をいだくことになるだろう。

僕は、いま第一稿を完成したばかりの長篇小説を、まだ企画するのみであった数年間、漠然としたものではあるが、ひとつの政治的な構想をその軸にすえていた。実際にこの基軸に発して、数種のノートをとり、未定稿を書きはじめもした。そのさなかに、僕が出くわしたのは、現実の、ほとんど僕の構想とおなじような事件だったのである。いわゆる連合赤軍の山荘籠城と銃撃事件の、すくなくとも、第三者が外側から見ることのできる全体は、永ながとテレヴィによって中継放送された。あのテレヴィ中継の、いかなる他の表現手段をもこえた特色は、当の時間そのものの表現、持続する時間の表現だった。テレヴィのまえの千万人をこえる人間が、山荘のなかに籠城する者らと、同じ時間の持続のうちに閉じこめられて生きはじめた。マス・コミュニケイションによる権力の操作は、この同じ時間の持続のうちに生きている大衆にたいして狙い撃ちされた。小説は、この同じ時間の持続を、それよりほかのかたちで表現することができるが、しかしあのように有無をいわせず、厖大な数の人間をそこに閉じこめることはできないだろう。権力がその支配手段として小説を採用しないのもその理由によるにちがいない。

僕は千万人のひとりとして、持続する時間につながれてテレヴィを眺めていた。すでにその現実的事件の開始の第一報があらわれた時点で、僕は政治的な青年たちをめぐっての自分の構想を放棄していた。モンテーニュが引いているキケロの言葉のように《事が起ってしまってから、何かの解釈をつけて、そのことはすでに予言されていたというように》、自分の小説を書きつづける気持はなかったから。しかしテレヴィにうつる持続的な情景は、しだいに僕の小説の、より深いところまでとおってくる光を発しはじめた。それは僕の想像力の光がブラウン管につきあたり、逆照射してきたということであるだろう。僕のはじめの構想は、ある革命のプログラムのこちら側にいる者たちか、またはその向うに突出した者たちによる小説の構想へと、すなわち時をこえた人間一般についての構想へと、とってかわられていった。それは、ともかく一歩、前へ進むことだ。そして僕はあらためて新しく各種のノートをとり始め、未定稿を書きはじめたのであった。

この長篇小説において僕は、つねに人びとの列より先行して走る賢明な者たちがさかんにいっている、今日における小説という形式の衰退、まぢかな終焉という、なんとなく楽しげな予想に異議申し立てをおこなおうとしていた。僕はいかにも十九世紀来の小説らしさにおいて、書いている作家にも、その小説のひと曲り、ふた曲りした曲り角の向うは見わたすことができぬという、小説らしさのかたちにおいて書きつづけてゆくことを考えていた。しかもその小説と、それを書いている作家の自分とが、今日の同時代の情況の波にどっぷりひたされている、というありようにおいて、書きすすめてゆくことを望んだのである。この小説を書くという現実生活は、僕の一九七〇年代の経験のいちいちを、深く鋭く反映している現実生活でなくてはならず、そのような現実生活をくぐって生れでるところの長篇小説こそを、僕は希望したのであった。それはいまや作家にとっては、およそ反時代的な希望なのだが……

そしていったん第一稿を完成したいま、それを読みとおして僕が気づいたのは、今度の場合、小説としての枠組みの総体については、とくに大幅の訂正をおこなう必要がない、ということである。いうまでもなく、いくつかの章はまるごと削られた。つづいてほとんどすべての章が、他の章とむすびつけられた上で再構成され、全体の三分の二の枚数に組みかえられた。しかし、最初に、ある固定した全体をつくり、その輪郭をなぞって書きすすめるというのではなく、さきにのべたような長篇小説としての自由な展開をおこなったことが、かえってこの小説に、これは絶対にその全体の筋みちにおいて排されねばならぬという、異物をみちびかなかったように思えるのである。すべての意外さが、現実の情況そのままに許容されたのだから……

それでは小説の冒頭からの数章と、末尾に近い数章において、もっとも変化、差異がはなはだしく、改稿にあたって、「読む人」たる作家が、「書く人」たる作家に、とくに前半の章におけるこれらの部分をつくりなおせ、そして全体において一貫させよ、という命令を発すること多かったのは、どのような部分についてであったか？　それについてはまったく端的にこういうことができる。人物たち、わが長篇小説の若者たちと娘、そしてかれらと関わりをもつ三十男の観察者とが、あたかもこの小説の書きつづけられる日々の現実生活をとおして、かれら自身を急速につくりかえていったように、いわば自律的に変化したと。すでに僕は、この三十男の観察者を小説のなかの人物としてつくりあげる作業における、作家としての僕の意識のありようについて書いた（「表現の物質化と表現された人間の自立」）。しかし、やがてすべての書きなおしと校正の仕事が終って出版される、この小説を読む人びとは、三十男の観察者が、あのような人間ではなくなってしまっていることを容易に認めるだろう。しかし、そこにおけるこのような人間は、作家があのような人間をまず実際につくりだし、永い月日をかれとともに一行、一行書きすすめながら共生し、その操作をつうじてはじめてついに新しくつくりだしえた、このような人間なのである。その月日とこまました作業なしでは、僕にとってこのような人間はついに実在しなかったのだ。そしてそれゆえにこそ僕は、自分がこのような人間を結局みちびきだしえたところの（といってもそれはいかなる価値評価の意味をも、他人にむけて主張するのではないが）、この小説を書く日々のことを、そのような現実生活を生きたことを悔やまぬだろう。

一方、小説の若者たちと娘とは、仕事の進行にしたがって、いわばその多様化する小説の流れを遡行するように、複雑な来歴をまとわりつかせた存在から、ただそこにあるものとして、肉体＝意識が呈示されるだけの、単純な者たちへと変化して行った。その過程には、小説の人物の実在感の問題として、一般化できる命題がふくまれているように思われる。もっとさかのぼって、もともとかれらは僕に、小説以前のイメージのカケラのようにして、どのようにやってきたのだったか？　そこから掘りおこして、あらためて第一稿の末尾のかれらまで辿ってゆくことにしよう。

もう十二年も前のことになるが、僕は、真冬のレニングラードで、ソヴィエト・ロシアの若者たち、娘たちの犯罪団の噂を聞いた。僕がこの都市に到着する数週間前に、かれらを非公開で裁く審判がおこなわれたが、なかには政府の高官もいたという保護者たちが、被告席にいる若者ら、娘らに、自分たちはなにも知らなかった、どうしてそんなことをしたのかとかきくどくのに、年少の被告たちは、まったく冷然とそれらすべてを無視したというのだった。若者たちは、その仲間の娘たちに売春婦を演じさせ、赤軍の将校たちを誘惑させた。若い娘のあとにつづいて、あのソヴィエトのアパートの暗くだだっぴろい一階へ入った将校が、雪のかたまりを靴からおとしていると、背後の暗闇から棒を持った若者らが襲いかかる。アンダー・グラウンドのジャズ・レコードでもしいれるための、わずかな金をもとめて。ドストエフスキーのあのネヴァ河のほとりで、革命後、半世紀ほどもたって……

その若者たち、娘たちが、レニングラードのなにもかも凍りつく暗闇になかば姿をかくしたまま僕にとりついて、その最初のイメージのカケラをなしたのである。十年後、僕はそれらのイメージのカケラを、まだ達成されぬ革命をめざす若者たち、娘たちにかさねてふくらませていた。次いでさきにのべたような契機で、かれらすべてから革命にまつわる要素、政治的要因をとりのぞいた。それは単にとりのぞいたのみにとどまらない。むしろその作業によって、僕のイメージのカケラ群は、より濃密で確かなものとなって、そもそもの最初のレニングラードの噂にむけて（それはいまから考えると、遠来の客をたのしませるための、ソヴィエト知識人のちょっとしたつくり話ですらあったかもしれぬのではあるが)生きた血を直接かよわせるかのようだったのである。

そして僕は第一稿の冒頭を書き始めた。むしろその冒頭の章は、それまでの各種のノートと未定稿を編集し、再構成し、文体とイメージとを長篇小説のものにきたえあげる作業であった。僕がこのノートにおいて、これまで文体とイメージについてのべてきたところの大半は、おもにこの冒頭の章からの数章を書きつづけるあいだに再確認されたものだ。いったんその昇り坂を乗りきれば、作家は仕事中の小説の文体とイメージについて、一応の軌道にのることができる。小説が末尾に近づくにしたがって、かならずしも自動的にではないが、その軌道上の進行には加速度もあらわれてくる。

さてその冒頭からの数章のあいだ、第一稿の書き手たる僕は、これらの若者たちと娘とに、小説のなかでの実在感をあたえようとして、様ざまな策略をこらしていた。それは第一稿を読みかえすとまことにあからさまである。小説が始る前から、かれらがこの現実世界にちゃんと実在していた、という印象をつくりだそうとして、若者たちと娘に、僕はいちいち詳細な履歴書をあたえたのであった。読者からの、そもそもこのような若者が現実に実在しうると信じられるか？　という抗議にたいして、あらかじめ、いや、あの若者はこうした来歴を持っているゆえにこそ、このようにしていま実在しているのです、と弁明する資料を、小説にしこんでおきたいとでもいうように。わが国の私小説の伝統では、そもそもそうしたツクリゴトの必要はない。これはむしろアメリカの、大がかりな通俗小説の手法に似ている。なぜこのマリオ某という青年は、フィアの叛逆者なのか？　それはかれの二、三代にさかのぼる家族の事情がこうであり、軍隊では微妙なイタリヤ系移民への差別があり、そしてかれの内面に深く入れば、青年はまたこのような精神分析的過去をそなえているのだ、という具合の手法。しかしそれらの来歴をとりさってしまうと、青年は、ただマリオ某という名前を持った紙人形のごときものになってしまうという、じつに味けないが手のこんだ手法。

　もちろんこの種の手法が、真に文学的でありうるはずはない。作中人物の、真に文学の根にかかわる実在感は、それとは別なものだ。いま僕が机にむかっているとしよう。その窓を蹴やぶって一頭の牛がはいってくるとしよう。僕はその牛の来歴も知らないし(その精神分析的過去など知りようがないのは、もとよりのことだ！)また実際どのようにして二階の窓から、鳥でもないそいつが闖入してきえたのかも、かいもく見当がつかぬ。しかし実際にそいつがやってきてみれば、眼の前で泡をふき荒あらしく鼻息をついて、赤い筋のふくれた眼をぐっとこちらにむける、その牛の実在感をどうして疑いえよう？　小説の人物も、まさにこの飛ぶ牛のような実在感こそを、そなえていなければならないのである。ひとり人物をつくりだすとして、作家にはかれの来歴など、どのような種類の言葉でもつみかさねることができる。自由に文章を書くことだけでそれが可能であるのが、すなわち絵空事の小説の世界なのだから。わが国でも大河小説の通俗的変種とでもいうか、退屈きわまりない来歴的説明にみちた年代記風小説に、いくたびおめにかかってきたことだろうか？　あの種の小説の書き手ときたら、まったく来歴の魔、説明の鬼である。しかし、小説を書くことで人はなにを表現したいのか、「もの」そのもののように実在感のある人間の存在自体こそを表現したかったのではないか？
実際に僕は、自分の小説の第一稿を書き進めながら、このようにかれら若者たちと娘の来歴にこだわらざるをえないのは、ほかならぬ自分が、まだかれらの存在感を信じることができていないからだ、と認めていった。それはまた逆にいえば、小説の進行にしたがって、自分がかれらの存在感をわずかながらはっきりつかみとりはじめるにつれて、かれらの来歴への固定観念から自由になって行ったということでもある。現実に僕は、末尾にいたる数章を書きながら、すでにそこに実在しはじめていると感じとられる若者たちと娘に、自分がこの小説で「もの」そのもののように呈示できた、すべての行動にふくまれるより他の来歴を、概念として背負わせる必要を感じなくなっていたのであった。そこで、いったん第一稿を書き終え、小説の冒頭に戻って、大幅な削除の鉈をふるうとなると、僕がもっとも最初におこなうべきことは、若者たちと娘とから、かれらの履歴書にあたる、様ざまな説明の文章を剝ぎとってしまうことだったのである。しだいに作中のかれらが、当の作家たる僕自身にとっても、あの真冬のレニングラードのアパートの暗闇のような、恐しく危険な場所からぬっと出現してくる、ただ存在感だけ濃密な見知らぬ者らにかわることをねがって……

もちろんこの削除は、それこそ作家と小説にとって命とりになりかねない危険な賭けだ。読者あるいは批評家から、いや自分にはこの来歴もはっきりしない人物たちの実在を信じるわけにはゆかぬと、簡単に拒否されるかもしれないのだから。ついに第n稿をへて完成したこの小説の原稿が、印刷所にもって行かれ、校正刷になって戻ってき、あらためて加筆訂正し、そして装釘や広告についての話合いがあり、ついに実際の書物が店頭に並ぶまで、僕はいくたび背に冷汗をふきださせるような思いで、疑心暗鬼にさいなまれることだろう。あれらの若者たちと娘の、それぞれの過去の、具体的な来歴の細部をとりのぞいてしまったのは、まちがった賭けではなかったか？　あれらの細部なしでは、どうして見もしらぬ他人である読者が、わざわざ作家である僕の内部に入ってきて、この自分にだけ確かなものに感じとられる、あれらの人物たちの実在感をわけもってくれるだろうかと……

もっとも、大幅な構造の組みかえ、削除を終って、一行ずつの「読む人」としての検討、「書く人」としての加筆訂正をつづけてゆくあいだに、右の疑心暗鬼をいくらかなりと効果的におさえられるのも確かなことだ。加筆訂正の作業そのものが、あらためてそれを「読む人」たる作家に、しだいに小説の各部をして、堅固に自立したものと自覚させてゆくから。作家はその作業によって、しだいに明確に、いったい自分はなにを表現することをねがって、この第一稿を書いたのか、ということを理解しなおすことになるから。

しばしば「読み手」としての作家が、これらの細部は不必要にふくらみすぎていると感じて、繰りかえし信号を出すにもかかわらず、「書き手」としてのその削除、あるいは訂正に、どうしても自分の指が抵抗することがある。それは書きなおし作業にあらわれてくる具体的な難関である。作家のもっとも自然な心情からいえば、そのふくらみすぎた部分は、かれの資質にもっともよくあった、いわばかれの魂が歌いだすようなところである。だからこそ、作家はついそのようにふくらませてしまったのである。そしてそのふくらんだ部分だけを、全体にかかわりなく読めば、それは魅力的なのだ。したがってそれを切りとることは苦痛である。なにもかも、自分が書いたものにはすべて意味があると考えるほど、文章について無邪気ではなくなっている作家も、これら豊かな茂りのごときものを刈りこんでしまうと、自分が充分には意識化できていないいまま、表現に成功しかかっているものが、そのまま流産してしまうのではないか、という不安、あるいは未練から、なかなか自由になることができない。そこでしばしばわれわれは、その作家的資質に独自なものがある作家においてとくに、頭の瘤に応急処置をほどこしただけのような、奇妙な、しかし魅力的でないとは決していうことのできぬ、突出部をそなえた作品を見出すことになる。いうまでもなく、それがいかに魅力的であるにしても、やはりそれは小説全体にとって構造的な欠陥にほかならない。そうであってみれば、これが魅力的だとみなすのは「読む人」の自由だとしても、「書く人」はそのようなふやけたナルシシズムを自分に許してはならぬだろう。僕は自分の小説の第一稿のそのような部分にむけて、第二稿をつくりださねばならぬたびに、「書く人」たる自分にむけていうおまえはなにを表現したいのだと。意識を超えた表現はありうるし、またそれがありえなければ小説などはまことに狭く限定された、貧しい人間の作業にすぎぬが、しかし、意志のおよぶかぎり、それを統御しつつ書きすすめるのでないなら、小説の構造はゆるみっぱなしになり、そのなまくらの土台からは、ついに意識を超えた表現など湧きおこってきはしないのだと。

この小さな細部での行をおっての剝ぎとり操作を、技術的に簡略化していえば、こういうことになるだろう。あいまいな一行は、絶対にそれを正確な一行にかえなければならぬ。そのためには書きなおしを繰りかえさねばならぬ。しかしどうしても正確な一行をきざみだしえないならば、むしろその一行を削除してしまったほうがいい。そのほうが、あいまいな一行よりも、表現的である。

また書きくわえる操作について技術的な原則を示せば、それは僕の経験を(しばしば繰りかえしてきた失敗の経験を)つうじるかぎり次のようになると思われる。ある数行のパラグラフが稀薄であると感じて、そこにもうひとつのパラグラフを書き加える時、「書く人」は、それがさきのパラグラフに対して、立体的、綜合的なパラグラフであるかどうかを、つねに検討しなければならない。そうしなければ、ただ第一稿と第二稿のそれぞれの執筆時の、意識の風見鶏の向きのちがいだけに由来する、平面的なふたつのパラグラフの並置という結果が、ひきだされかねないからだ。その場合、できあがった文章は「読む人」にただ煩雑なだけで、書きなおしの生産的効果はあらわれないし、しばしば、最初のパラグラフまでが死んでしまう。結局、第二稿の原則は、書きくわえることより、消すことなのである。消すことによって文章の表現力をきわだたせてゆくことなのである。「書く人」はしばしば自分に対してそのように説得し、みずから励まさねばならぬ。書く指より消す指を……

さてそれもまた相当な期間をついやして、第二稿が、第一稿より堅固に自分の肉体=意識より自立したものとして書きあげられる。なおも第n稿にむけて、作家は、「読む人」と「書く人」の検討を、つづけなければならぬだろう。校正刷においてすらも、かれはなお同じことをやらねばならぬ。そこでいったん活字になったものを「読む人」は、とくに文体について、「書く人」にもっと客観的な注文をつけることができるから。自分の書く文字に対してはつい眠ってしまう感覚が、他人の肉体=意識の尖兵のような、印刷された活字に接しては、揺さぶり起される、ということはしばしばである。

作家の作業がその段階に入るころになって、あらためて、僕の経験では、さきにのべた疑心暗鬼がくっきりとよみがえってくる。あの削除は正しかったか？　あの追加はかえってなにもかもを打ち壊してしまいはしなかったか？　いったい自分がこのようにして、小説の構造とイメージと文体を確実なものにつくりあげたと信じていることは、はたして他人にもつうじる感覚なのか？　自分はひとり孤独な暗闇のハードル競走を、それも堂どうめぐりのコースにそって繰りかえしていただけであって、いま多量の紙に印刷されつつある小説は、他人の肉体＝意識にとって、単なる死んだ異物にすぎないのではないか？　それはそもそものはじめに、作家が小説の冒頭の一行を書いた直後の、いったいこの自分自身の肉体＝意識の内部の、あるひそかな場所を、雲の影のようにかすめるものの記述が、自分よりほかの人間の肉体＝意識にとって、はたして本当の喚起作用をもつだろうか？　という、あのもっとも心の滅入る根源的な疑い、表現そのものへの疑いにつらなっている。

しかし小説を書くことも、そもそもの人間のあらゆる行為とおなじく、結局は成果の疑わしい賭けなのだ。どうして作家として生き死にしようとする人間に、心貧しくかれ自身を励ますだけの権利がないだろうか？　おまえは永い月日にわたって仕事をした、おまえにとっていま可能な努力はすべて紙の上にかたむけた、おまえの存在そのものが結局のところ、これだけのものだ、なまみのおまえがこの現実世界で、そのような存在としてなんとか生き延びえているように、この小説もまたそのようなものとして、見知らぬ他人たちに向けて呈示せよ、と……

そこでいまや小説を書き終って、自分はこれらの文章を書きつづける月日をつうじてなにを経験したか、なにを生きたか、その結果なにをかちえたのか、と問うのが、作家の、その小説制作にかかわる最後の作業となるだろう。実際このような課題については、現実の自分の体験にそくして、具体的にかたるよりほかはない。もしかしたら作家は、かれの本が店頭にならぶ時、その小説の制作のあいだにかれの肉体＝意識を燃やしつくして、あとに残っているのは一冊の本と、燃えガラのみだということですらあるかもしれない。それでもなお、燃えガラがどのような燃えガラかをはっきり示すことは、いまここで必要だろう。このノートは小説を書く作家の経験を、その仕事独自の khaos にかかわりつつ、あくまでも作家のがわから語ってきたものだから。

　僕がこのノートと並行しながら書いてきた長篇小説のタイトルは、聖書の詩篇に由来するものだ。ということは僕のようなタイトルのつけかたをするタイプの作家にとっては、この小説を書きはじめるにあたって僕を、もっとも根柢的なところで押しだすようにしていた綜合的な主題が、その詩篇の一節からやってきたものだったということになる。僕は無信仰な者だが、聖書は、また『往生要集』をはじめとする仏教の書物は、僕がしばしば繰りかえして読む種の言葉である。このようなことを正直にいえば、宗教をもった人びとに嘲笑されることであろうが、自分がこのように読むよりほかの読みかたを余儀なくさせられることへ、恐れと強すぎる魅惑を感じるからこそ、僕は無信仰であることを固執しているのではないかと、時には疑うことすらもあるほどに……

　さてその詩篇の言葉とは次の一節であった、《神よねがはくは我をすくひたまへ　大水(おほみづ)ながれきたりて我がたましひにまでおよべり　われ立止(たちど)なきふかき泥(ひぢ)の中(なか)にしづめり　われ深水(ふかきみづ)におちいる　おほみづわが上

をあふれすぐ　われ歎息によりてつかれたり　わが喉はかわき　わが目はわが神をまちわびておとろへぬ》

いうまでもなく詩篇においてこのように嘆いている主体の、ヱホバへの希求はまことに強くはげしいものだ。しかもなお……と、深い水のなか泥にうもれるようにして疲れおとろえながら、しかもなお……とかれは希求の声をあげている。しかしその希求の鮮烈さにうたれながら、詩篇を読むわれわれが、同時にかれの嘆きの声音そのものに魂を閉ざされる思いをあじわうのも、また事実であろう。僕は、自分の小説の三十男を、そのような嘆きの声音にみちみちた希求のただなかにおいて、第一行を書きはじめたのであった。そしてひとつひとつの言葉、一行一行の文章を書きすすめながら、僕の耳にはつねにこの詩篇の一節が、内面の音楽として鳴っていた。

ところが、小説の終末近くなって加速された作業のさなかで、僕はもともとおなじ言葉ながら、それを聖書の別の箇所からやってくる声として、聞きとりはじめていることに気づいたのである。新しい声はヨナ書からやってきた。

《ヨナ魚の腹の中よりその神ヱホバに祈禱て　曰けるはわれ患難の中よりヱホバを呼びしに彼われにこたへたまへり　われ陰府の腹の中より呼はりしに汝わが声を聴たまへり　汝われを淵のうち海の中心に投いれたまひて海の水われを環り汝の波濤と巨浪すべて我上にながる　われ曰けるは我なんぢの目の前より逐れたれども復汝の聖殿を望まん　水われを環りて魂にも及ばんとし淵我をとりかこみ　海草わが頭に纏へり　われ山の根基にまで下れり　地の関木いつも我うしろにありき　しかるに我神ヱホバよ汝はわが命を深き穴より救ひあげたまへり　わが霊魂衷に弱りし時我ヱホバをおもへり而してわが祈なんぢに至り　なんぢの聖殿

におよべり　いつはりなる虚しき者に事ふるものは自己の恩たる者を棄つ　されど我は感謝の声をもて汝に献祭をなし　又わが誓願をなんぢに償さん　救はヱホバより出るなりと　ヱホバその魚に命じたまひければヨナを陸に吐いだせり》

　この大水に沈みつつあって祈る者は、かつてヱホバの面をさけて逃げだした人間である。しかもいったん鯨の腹にのみこまれ、かつ地上に吐きだされた後は、ヱホバの命にしたがって、大いなる邑にその滅亡を告げにゆくことをためらわぬ男である。そして滅ぶべきであった者らが悔いあらためることによって神に許されると、今度はその許したヱホバにむけて烈しく怒り、くってかかる不屈のデモクラットである。自分自身まさに滅びんとしていた鯨の腹の中でのかれの祈りには、このふたつのヨナのあいだを移行しつつある魂の強い叫び声がこめられている。すなわち、それがいかに微妙なちがいではあるにしても、「百合花にあはせて伶長にうたはしめたるダビデのうた」の響きと、ヨナ書の鯨の腹の中から聞えてくる祈りの響きとには、くっきりとしたちがいが聴きとれるように思うのだ。そしてその微妙だがくっきりしたちがいの尾根を、僕の小説制作の月日と努力にしたがって、しだいに小説のなかの三十男が乗りこえてゆき、その乗りこえ作業に、作中の若者たちと娘が協力し、そしてまたその三十男の協力によって、ほかならぬ作家の僕もまた、いつのまにかそこを乗りこえているのを感じるのである……

　もちろんそれによって、小説における三十男の物語の終局でのありように、大きな変化が生じたというのではない。小説の半ばあたりではすでに確実に見えていた線を、自由に延長して、かれはかれ自身のカタストロフのうちに突入する。しかしそれを予想していた時点で、かれの最後の聴覚に響くはずであった声の響きは「百合花(ゆりのはな)にあはせて伶長(うたのかみ)にうたはしめたるダビデのうた」の音階によるものであったのであり、現実に書きあげられた小説において、かれの耳は、ヨナ書の、鯨の腹の中からの祈りの声の、ある凜々たる響きを聞きとっている模様なのである。中野重治のもっとも初期の小説におけるような、泥の中の不屈の人間の声の響きを、《それでゴムの長靴をはいてびしやびしや歩いて行くと、その泥みちがどこまでも続いているような気がしてきて、おれのほうじや、それならどこまでもびしやびしや歩いて行くぞという気になつて、りんりんとして勇気の生じるのを感じたがね。……》

もっとも僕の書きあげた小説の末尾の、三十男の肉体＝意識をつらぬきとおす声が、このようにも明瞭であるのではない。かれはむしろその凜々たる響きを、遠方からの声のように、ごくかすかに聞きとっているだけだ。もしかしたら、その響きは、この小説を書いた、作家たる僕の肉体＝意識にのみ、かろうじてつたわりうるものであって、大いなる現実世界の喧噪のなかの見知らぬ他人たちにむけては、ついにつたわりえぬ、微細な響きなのかもしれない。しかしこのノートの最後のパラグラフを書きつつ、いま校正刷を訂正加筆し、封筒にいれて印刷所におくりかえそうとする作家である僕に、いったいなにができるだろう。その微細ではあるが確実な響きを聴きつつ、もしこの小説を書いてすごす永い月日がなかったなら、決して自分の肉体＝意識は、この響きのうちの真実を聴きつけることはなかったと、ひそかに信じるよりほかに？ そしてその客観的にはいかなる保障もない、ただひそかに信じるのみの心に立って、作家はまた、次の小説にむかって表現的な模索をはじめるのである。

〔一九七〇―七三年〕

未来へ向けて回想する
——自己解釈㈦

大江健三郎

1

すでに四十代のなかばを越えた僕が、過去に向かって時をつらぬき、人生を決定する選択にのぞんでいる二十代なかばの自分に対して、呼びかけたい思いをいだく。——なぜ、そのように急ぐのだ。どうしてなお沈黙したまま、さらに表現の時が熟するのを待たないのだ。きみの人生は、ただ一度かぎりのものであるのに、と痛切な思いで呼びかける夢想にひたりこんでいることに気づくのである。

そして考えてみれば、僕はそのような無益な思いにとりつかれることを繰りかえす性格なのだ。すでに書いたことだが、生涯ではじめて、死の恐怖に震撼された時の思い出が、まだ幼なかった頃のものであるにもかかわらず、次のようにしてある。——ああ、もう十年も生きてしまった！　自分の生命が幾歳までかはわからぬけれど、それでも確かなことは、そのうちのもう十年までも、ああ、自分が使ってしまったということだ！　と僕は嘆いたのであったのだ。僕の、どうにもつぐないがたい過去を、あれはこうしたかったと暗く思いなやむ癖は、生得のものであるように感じられるのである。

戦争が終った時、僕はその十歳であったのだが、他にも、同じ質の子供じみた息苦しい夢想にとりつかれたものだ。戦争が続いている間に、たとえ少年にでもあれできたかもしれぬことをしなかった、あれをすればよかったという強い悔いの思いに。——いまからでも、どこかの防空壕に隠匿してあるかもしれぬ武器を掘り出して、占領しにやってくる連合軍兵士を待伏せする。そのような少年兵団が組織されるとしたら、それに加わるのに……

大学に入る前後には、高校生がおよそ自由にハメをはずして生きる、そのような仕方の、この生の楽しみ方、充実のさせ方をしなかったと思いなやんだものであった。そして大学に在学している間に小説を書きはじめて、学問的な自己訓練を放棄してしまったことについては、もう二十年間も悔みつづけてきた。それが自分の作家生活の、基本的な気分をなしている、とすらもいえるほどに。

そのつながりの上で、しかもいま決定的な強さで、四十代のなかばを越えた僕が、二十代なかばの自分に、——なぜ、そのように急ぐのだ。どうしてなお沈黙したまま、さらに表現の時が熟するのを待たないのだ。

きみの人生は、ただ一度かぎりのものであるのに、と呼びかけたいと考え、その呼びかけが実際に効果を発揮して、その二十代なかばの自分が、原稿用紙を閉じ、フランス語か英語の辞書に手をさしのべる様子を思い描くのである。それも気がついてみるとうんざりするほど永い時間、まったく自分にしか責任のありえぬ過去の選択について、うらめしい遺恨に真暗な心で。もっともその思いに発して現在の生の仕組みを変革しようというのではなく、あらためて頭をひとふりすると、その二十年以上も前にやってしまった選択にはじまり、ずっとつづいてきている、作家としての仕事にとりかかるのだが……

二十代のなかばで小説を書きはじめた僕が、その年齢なりに、内側からの表現の希求にとりつかれていたのであったこと、それは疑いようもない。また自分の二十代の短篇小説に、おそらくは僕が生涯に書くこのジャンルの、最良のものがあるはずだとも感じぬのではない。——いたしかたない。僕はあまりにも早くはじめたが、それはそれとして、いまからはよく復原できぬほどに奥深い動機もあったのだ。早くはじめた者なりの、ありうべき成熟にむけて、励め。つまりはそのように選択した生こそが、自分にとってただ一度かぎりのそれなのだと、そのように観念して、いつまでも子供っぽい、この堂どうめぐりの暗い想念には、いまのところけりをつけることにしよう。そのようにして実際に、最終的にけりをつける練習につとめることにしよう。

思えば、あまりにも未経験で、理論的な準備もなにもなしに、小説を発表することをはじめた僕に、最初にやってきた、それまでの仕事の総体に立っての反省の文章、それが『出発点を確かめる』であった。つまり一九六六年から翌年にかけて刊行した、《大江健三郎全作品・第I期》の巻末に書いていった文章である。そこで僕はおくればせながら、作家であるとはどういうことか、なぜ自分が文学を選んだか、という課題について、認識論的に自己整備をおこなおうとした。また小説をどのように書くかということについて、自分として最初の、方法論的な模索をおこなっている。

いま、時を置いてこの一連の文章を読みかえしながら、まだ三十代のはじめの自分に、作家生活の避けがたい鬱屈とでもいうものが、すでにしてとりついていることに、ヤレヤレという感慨をいだきもするのだが、フォークナーを読んでそこに救済のイメージを見つけだし、それに励まされている、やはり若わかしいといわねばならぬ内面生活に、そして次のようにその一連の文章の、最初のものをしめくくっているありように、きわめて早く作家の仕事をはじめたことへの、暗い取りかえしのつかなさの思いとはまた別な、ある懐かしさを誘われもするのである。

《しかしいうまでもなく、フォークナーのように巨大な小説家がなしとげたことは、われわれの具体的な規範とはならない。僕はきわめて不確かな感覚において、なにごとか狂気めいた暗く恐しいものに対抗し、手さぐりで自分の根をおろすべくつとめる。根がどれだけ僕個人の殻をつきぬけて、他者と共通の地層へと降りてゆくかは僕に予想できない。しかしそのあいまいな営為が、この数年間、僕のやってきたことの全体であるし、これから永くやってゆこうとしているところのことのすべてなのである。》

つづいて僕は、若い作家らしい、小説への素朴な信仰を語ってゆくのだが、それは現在の僕が、様ざまな小説観を遍歴したのち、やはり自分として小説を書きつづけることをしている以上、基本的にいまも持ちつづけているはずの、信仰でもあるといわねばなるまい。

また僕は、倫理的といってもいい次のような小説への認識が、ここでその仕事について言及している音楽家武満徹からの、つねにかわらぬ深い影響のインパクトとともに、現在の自分をかたちづくっている要素でもあることを、あらためて認める。

《ひとりの人間がその内部の奥底にむかって閉鎖的にはいりこむことが、世界にむかって意識をひろげることと一致する、ということにおいて、僕は人間の意識の構造を理解したいのである。すくなくとも、音楽家のみならず小説家もまた、そのようにかれ自身の意識を中核におくことにおいて、個人的な死をうちにひめた、かれ自身の恐しい孤立無援の状態と、眼もくらむほど厖大な数の人間群が生まれては死につづける世界全体とのあいだに橋をかけなければならない。そこで、ひとりの人間の顔が、個人と社会そして世界をむすびつける、基本的かつ究極的な役割をはたすことに

なるのである。》
　さてこのようにして仕事をつづけていた若い作家の僕は、その仕事自体をうしろめたい行為と感じとってもいた。そこで僕は、真実つぎのように考えていたのだ。《むしろ僕は、抗議、脅迫の手紙または電話に接するたびに、一種の安堵の念をあじわってきたようにさえ思うのである。表現という、ひとつのうしろめたい行為をおかした人間として、自分が処罰されているという感覚のみが、その安堵の原因である。》
　実際に受けることの多かった抗議、脅迫の手紙や電話の、忌わしい思い出とともに、この安堵、奇妙な安堵の念についても、僕はそれを明瞭に記憶している。

2

　『文学ノート』を刊行した時、僕は前書きとして「このノートのためのノート」という短い文章を書き加えた。その主要な部分は次のようである。
《この文学ノートは Writer at work とでもいうか、現に仕事をすすめている作家の意識について、また僕がしばしば使ってきた言葉をもちいるなら、単なる意識をこえたところの意識＝肉体について書いたものだ。それは具体的に『洪水はわが魂に及び』を書きすすめる作業の、いちいちの時点において、実際にその小説を書いている自分自身を分析した臨床報告である。
　このノートを書く作業は、長篇をくりかえし方法的に整備するために、僕自身にとって有効であった。そしてそれが単に僕ひとりのためのみにとどまらず、これから新しく小説を書く人びとのために、また作家の意識＝肉体に深くかかわりながら小説を批評しようとする人びとのために有効であることを、僕は希望する。》
　まさに僕は右の思いに立って、『文学ノート』を文芸雑誌に書きつづけていったのであった。しかしここに自分として希望するとしているとおりに、小説を書き、小説を批評する人びとへの、この文章の有効性を、実際に信じていたかといえば、それはそうではなかったように思い出されるのである。それならば、僕は出版宣伝の一助にと、いいかげんなことを書いたのだったか？　それはそうではなかった。僕の仕事を本にしてくれたことのある編集者ならば、苦い顔つきで証言するはずであろうように、僕は出版宣伝の側からの働きかけには、むしろ反抗的な執筆者であった。

僕はこの『文学ノート』が、小説を実際に書く人間の経験してゆくところを、かなりよく書きしるしえた文章だと見なしていたが、そしてそれが若い人びとの、小説を書き、小説を批評する作業にとって、すくなくとも叩き台として役立つところを、いくつもふくんでいると信じていたが、それにしてもこの作品は、あまりにも全体が、僕個人の実際の小説製作に密着しすぎていると、とらえてもいたのである。そこではたして第三者が、僕の個のしるしのきざまれたノートを、かれの仕事に有効性をもつものとして、受けとめてくれるかどうか、疑っていたのであった。そこで僕はむしろ淡い夢のように希望する、というふくみをこめてあの前書きを書いたのであったように思うのである。

しかしいま『文学ノート』を読みかえして、僕はもっと濃く確かなものとしての希望を、さきの言葉の内容としてよかったと考えている。その理由としては、僕がこの作品ののちにかなりの時をおいて、『小説の方法』(岩波現代選書)を書いたということがある。そこで僕はロシア・フォルマリスムの文学理論につきあわせつつ、自分の小説の方法論を綜合した。ところが『小説の方法』ではじめて明確にすることができたと自覚されていた方法論が、すでに『文学ノート』で、すべて自作をつうじての経験からのべられていることに気づくからだ。それをあらためていま認めえることは、正直に喜びである。もっとも僕が、わが国の文壇ジャーナリズムで仕事をしている作家・批評家から、きみの『文学ノート』が、あるいは『小説の方法』が、自分の、小説を書き、小説を批評する仕事に直接有効だったと、そのようなメッセージをつたえられたことは、これまでのところ皆無なのである。しかし、どうして今後に、まだ無名の書き手たちからそれを期待しえぬということがあろう？

もちろんのこと、僕がやがて『小説の方法』で採用する考え方と背反している論理も、『文学ノート』には見られる。また『小説の方法』が、あくまでも方法についての研究であるのに対して、『文学ノート』では、方法論についての考えをのべているとともに、小説の認識論というほうがあたっている考えも多くのべられている。それは『出発点を確かめる』に直接つながっている書き方だが、それもまた、小説を書いてきた経験に立っていることがあきらかである。

たとえば僕は、次のように書いている。《作家は、自分にとってこの世界のなかに実在しているとはこういうことなのだ、と、かれより他の人間にたいして連絡したいのである。作家は、自分にとってこの世界と、そのなかに生きている人間とはこういうものなのだということを示したい。自分がこの世界を見つめているところの覗き穴から、人間であるとはこのようなことだと、地獄におちるほどの、かれの全責任において認めたいのである。それは作家が、かれ独自の、ひとりの人間として一回かぎりの生を生きるやりかたで、この世界に人間として生きている意味あいを把握してみせることである。それは、つづまるところ、作家が、かれのスタイルによって、この世界と、そこに人間と

して生きることの全体を、再構成してみようとすることではあるまいか？》

僕は三十代なかばの自分が、このようにも作家の仕事の根本的な意味につき、確信をこめた語りぶりを示していたことに、やはり軽い驚きはいだく。僕は右の考えをいまも決して否定はしないが、作家としての個の仕事をつづけることには、その根本的な意味への疑いもつみかさならせる働きがあるのだ。いや、あの頃の僕に、その疑いがすでに根ざしていなかったとどうしていえよう。むしろ僕は『文学ノート』を書きつつ、その片方でというよりも、それこそが本筋の仕事としてつづけていた『洪水はわが魂に及び』に向けて、自分をよく励ますために、このように確信をこめた語り口で、作家がどのように小説を書きはじめるかを書き記したのであっただろう……

さきの引用のすこし後に、『小説の方法』を書いたいまでは考え方がすっかりことなることを認めねばならぬ、次のような一節が見られる。《むしろ作家は、じつにかれがこの第四間氷期の人類の歴史に、はじめてあらわれたところの、唯一の考える人でもあるかのように、伝統にたよらぬ独力のいきごみで、いっさいの方法的援助を拒みつつ、それこそ猿が樹から下りて以来、それまでの歴史に数知れぬ知的冒険家たちがつくりあげた目録にはいっさい眼もくれず、ただ自分のスタイルの世界の意味あいを、そこに人間として生きていることの意味あいを、かれの言葉できざみあげてゆこうとする人間なのである。》

僕は自分のこの考え方の基盤をなす、小説を書く行為の、そのたびごとの一回性ということを現在も信じているが、しかし小説を書く仕事が、いっさいの方法的援助を拒みつつ行なわれる、という考え方には反対せずにいられない。様ざまな異領域からの、ありとある方法的援助を受けつつ小説を書いてゆくということが、いまの僕の個としての作家の仕事への、最良の夢である。

僕が自分の小説を書きつづけながら、経験的に獲得していった考え方のうち、ロシア・フォルマリスムの理論と出会うことによってはっきり再確認できた、もっとも端的な例は、僕の言葉では、表現の物質化であり、ロシア・フォルマリスムの言葉では「異化」である、その両者の一致である。

ロシア・フォルマリスムの理論家シクロフスキーの「異化」の考え方。知覚の自動化作用からの「もの」の解放、その行為としての「異化」ということを、僕自身によるその展開をもふくめて、僕は『小説の方法』に書いている。それを参照してもらえればあきらかであるように、僕は表現の物質化ということを説明しようとして、シクロフスキーが「異化」を説明したのと、知らずしらず同一の道をたどっていたのである。

日常生活において、われわれが「もの」にかこまれて暮しながら、しかもそれらを「もの」として認識していない。《ところが、われわれの現実世界での生活に、ある異変がおこるとしよう。愛している人間に死なれてしまう、というような辛いことが、自分にふりかかる。その時、突然にわれわれは、自分の眼＝意識に、自分のまわりの事物が「もの」として新しく実在しはじめるのに気がつくのではあるまいか。》

これはシクロフスキーが、レフ・トルストイの日記を引用しながら示す、知覚の自動化作用と、そこからの「もの」の解放という筋みちに、そのまま見合うものだ。右のような手つづきをへて僕は、《小説におけるイメージの物質化、小説の文章の数行、数ページが、物質化されている、「もの」の手ごたえをそなえている、ということとの具体的な意味を、僕は右にあげた意識現象に、そのままつながるものとして、考えることができるとみなす》としていたのである。

このような両者の一致を喜んだ上で、しかし僕は自分のつくり出した、表現の物質化という理論より、ロシア・フォルマリスムの「異化」という言葉が、方法論として有効であることをいわねばならない。「異化」という言葉は、物質化という、あいまいなところのある表現よりも、いったんその概念をよく把握しさえすれば、はるかに確実に使いこなせるものだ。かつ僕の理論もその方向づけを示してはいたのだが、「異化」の理論はよりはっきりと、それが言葉ひとつひとつのレヴェルから文章のレヴェル、イメージのレヴェル、作品総体のレヴェルにまで、一貫して用いられうるものである。そのようにロシア・フォルマリスムの理論家たちによって定義づけられているのである。

『小説の方法』において、僕はロシア・フォルマリスムにおける「詩的言語」を、文学表現の言葉と呼んで、日常・実用の言葉に対立させた。そしてその考え方の基本型も、すでに『文学ノート』に見られるのを確認する。しかもわが国の文壇ジャーナリズムにおいて、もっともなじみにくい理論として、あるいはそのような理論化はもともと不要なものとして、決して受けいれられぬものが、この「異化」と「詩的言語」の考え方であるように、僕には観察されるのである。

僕が『文学ノート』について、また『小説の方法』について、小説を書き・小説を批評する人びとへの、それらの有効性を希望するといいながら、その有効性が現実に具体化することについては、ある疑わしさの思いを排除しきれぬ理由としては、いかにもあからさまにその状況がある。

3

書くこと、それも小説を書くことは、現実世界に対する、まともな行為と呼びうるものか？　それを僕に問いかけてくる声は、とくに大学闘争の時期に多かった。その時期は、僕が『洪水はわが魂に及び』を準備していた時期にかさなってもいた。この小説自体、大学闘争に影響づけられているところを持つのでもある。この小説を書きながら、同時に書きすすめた『文学ノート』に、「作家が異議申し立てを受ける」というような名づけ方の章があるのも、直接、大学闘争と関係があろう。contestation という言葉の訳語として、異議申し立てという日本語がよく使われはじめたのは、ほかならぬ大学闘争においてのことであったから。

そして僕が、もともとは僕の小説を介することで、僕に関心をよせてくれたのであった学生たちから、――小説を書くことが現実世界への積極的な行為なのか、それはそうではないのではないか、小説を書くよりもっとまともな行為のために、われわれの所へ出て来いと、詰問するように呼びかけられることは多かった。僕は大学闘争について直接それにふれる文章はなにも書かなかったが、しかしその呼びかけに答える思いをこめながら、自分の小説のための準備をかさねていた日々として、あの一時期が回想されるのである。

僕は、書くことの、それもとくに小説を書くことの、現実世界への行為としての意味については、つねに揺れ動く考え方を持ってきた。いやむしろもともとアンビヴァレンツな考え方に立って、作家の生活をつづけてきたのであったように思う。小説を書くことが、この現実世界への積極的な行為かと問いかけられれば、いや、それはかならずしもそうでない、作家とはつづまるところ穀つぶしだと、心から答えかねなかった。同時に、しかし自分に小説を書くことをおいて、この現実世界に対し、どのように有効な行為がなしえるかと、疑いをいだいてきもしたのである。

したがって僕が、小説を書く行為、という問題のたてかたをしつつ考えはじめる時、それはまず小説を書くこと自体が、人間の行為としてどういうなりたちをしているのかを分析してゆくことになった。しかしここにもまた、アンビヴァレンツはしのびこんで、僕は当の分析を、この現実世界へ向けて小説を書く人間がおこなう、小説をつうじての働きかけとしての行為をさぐることにつなげたいとも思いはじめるのであった。

「書かれる言葉の創世記」の章での、僕の次の言葉と、右にのべたこととは関係がある。《そして作家は、ついに次のようなことに思いいたるだろう。自分は、現に書いているこの小説よりも、その小説を書いている最中の、現実世界のなかの存在である自分の肉体＝意識こそを、その具体的なありようのまま、表現したいのだと。》

つまり小説を書く際に、ひとつのフィクションをつくりだしてそれに頭からのめりこみ、現実世界に背を向けて書きつづけるというのではなく、そのフィクションはむしろ二義的な重要さのもので、現にいまこの時、この現実世界に足を踏まえて、自分は表現行為をおこなっているのであり、そのことこそを一義的なものとして読み手につたえたいと作家はねがうのだと、僕は書いたのであった。それを実現するための書き方の仕組みにこそ、作家はもっとも苦心するのだと。

4

同時代の世界の作家たちのうち、僕が右の書き方の仕組みについて、もっとも意識的だとみなすのはギュンター・グラスである。かれが一九七七年に発表した『ひらめ』が最近翻訳された。人類、男と女のお互いの支配関係を、民話に出てくるひらめを媒介者に、新石器時代から説きおこした小説。そのようにも時間の奥行きの遠大な小説について、なぜその発表年をとくに記すのか。それはグラスの歴史をこえた寓話とも見える小説が、まさに今日現在の、刻印をつけた作品であるからだ。

端的なことをいえば、この小説の数かずの挿話のうち、いちばん新しい時に属するのは、一九七〇年の、グダニスク、レーニン造船所ストライキで、民警に射殺された労働者の話である。残された妻は、おなじ造船所の工員食堂で、賄婦として働らいている。不自由な配給をやりくりして、この賄婦がつくる料理。海にむかって名を呼べば、すぐさま胸もとに跳びこんで、知恵をさずけるひらめのように、彼女のつくる定食を食べていた工員たちのうち、いったんクビになっていたひとりが、ある日のこと、造船所の塀を乗りこえてきて、ストライキを指導する。

ポーランドの自主管理労組「連帯」、ワレサ議長を、そのような肖像に描くこともできる語り口が、つまりは『ひらめ』の文体である。そこでは、新石器時代以来の人類史が、料理の方法にひきよせられて、広大無辺に展開する。しかし小説の書き手は、ほかならぬ現代世界の、現在この時にこそ問題の核心はあるのだと、読み手の注意をよびさましつづけているのだ。

このようなグラスの書き方は、『ブリキの太鼓』にも見られたものだ。この処女作が、戦後の世界文学を代表するひとつとなりえたのには、三歳で成長をやめながら、同時代のありとある動きを見てとらずにいない、オスカル少年という卓抜な視点の発明があった。玩具の太鼓を叩き、叫び声でガラスを割る不思議なオスカルが立ちあうところ、ナチス台頭期のダンツィヒ、つまりかつてのグダニスクから、大戦下、戦後のヨーロッパの現代史は、新鮮な驚きにみちた顔かたちをあらわす。

しかし小説の書き方にそくするかぎりグラスの勝因は、語り方の発明にあったのだ。猥雑でユーモラスなエネルギーと、偏執狂的な克明さの語り口。それは確かにオスカル自身による。しかしそれも、三歳で地下室の階段からみずから落ち、成長をやめたオスカルが様ざまな遍歴をへた後、表むきの父親の死を機会に、その墓穴に太鼓を投げこみ、再び成長することを決意した、そののちのオスカルによって語られているのである。このオスカルは、精神病院において戦後を生きている、われわれと同時代人の語り手なのだ。

そこで読み手は、これがダンツィヒのノスタルジーの物語でなく、ついには自主管理労組「連帯」のストライキにまでもつながりうる、グダニスクの現代史、今日の表現であることを、思い出させられる。小説は、この覚醒作用の仕掛けを語ることから始まっているのだ。

たまたま時をおなじくして、フォルカー・シュレンドルフ監督の映画『ブリキの太鼓』も輸入された。第二次世界大戦の、少年兵だったグラスが、三十二歳でこの小説を発表した年、シュレンドルフは二十歳だったはずである。そのようなふたつの世代の協力が生み出した、これは美事な映画だ。カシュバイ地方の、広大なじゃがいも畑。まだ娘であるオスカルのお祖母さんの、幾枚もかさねたスカート。そのなかにかくまわれるお祖父さん。占領下のパリで、小人のサーカスの戦線慰問団に加わるオスカルが見あげるエッフェル塔。それはスカートのなかの眺めのようであり、かつ世界をおおう天蓋のようである。そこでオスカルの内部にくっきりする、かれのもっとも懐かしい宇宙のかたち。そのようなグラスの核心の主題が、シュレンドルフの映像によって一挙に具体化される、風景の古典的といってもいい美しさ、人物像の即物的な力強さ、まぎれもないその今日の匂い。それらは息をのませる……

しかしスクリーンにうつし出されるイメージのうしろから、まことに無垢そのものの少年の声で、オスカルが説明をはじめた時、僕は正直びっくりしたのだ。すでにのべたとおり、小説もオスカルによって語られてはいるが、その声はしかし、過ぎ去ったダンツィヒ、いまはその名すら失なわれたダンツィヒの思い出のなかの、三歳のままの少年の声ではない。戦後に、そしてついには今日現在にさえ、精神病院に生き延びて、語りつづけているはずのオスカルの声なのであるから。

映画の語り手に、少年オスカルの声をあたえることで、小説の、過去を現在にかさねる、多層的な書き方を、単純化したことは、当然にシュレンドルフも認めるだろう。この巨大な小説を、どうしてそのまま二時間二十二分の映画におさめられるかと。映画のための枠組のつくり方、つまり映画としての書き方には、実際工夫がこらされているのだ。

映画は、カシュバイの野の雨もよいの情景にはじまり、おなじ広大な野を汽車が通過するところで終る。カシュバイの野には、いまは年老いたお祖母ちゃんひとりが、戦争直後の西側へ向けて去るオスカルらと別れて、残っているのだ。

この枠組が、小説のなかでお祖母ちゃんの、西スラヴのアジア系少数民族、カシュバイ人は移住できぬし、ポーランド人にもドイツ人にもなれぬ、ここに残り、ただ頭を叩かれているのみだという、痛切な言葉を胸にきざませるのだ。今日この国で起っている事態には、移住できず、残って頭を叩かれるのみだったカシュバイ人たちが、どうして関わっていないだろう？

つまりはグラスの方法と、シュレンドルフの方法は、たがいにことなった鋭さと深さをあらわす。そして双方を受けとめるわれわれは、ふたつの『ブリキの太鼓』がはさみ撃ちするように呈示する、現代史のつながりの上での、ほかならぬ今日についてのメッセージを確かにとらえることができるのだ。

五十代の作家グラスと、四十代の監督シュレンドルフが表現するダンツィヒの現代史。グラスとほぼ同年のワイダ監督の『大理石の男』をなかにはさめば、三十代のワレサの指導する自主管理労組「連帯」のグダニスクをそこにむすぶことが、根拠のないこととはいえまい。そしてかれらのおのおのの表現行為を、熱狂的に受けとめたヨーロッパの若者らを思えば、真に現代を表現する営為の、世代をこえた共同作業のモデルが見えよう。

いまわが国で、芸術の内部ですらも、その諸分野はバラバラだ。世代間の断絶もあからさまである。敗戦直後の、戦後文学者たちと、かれらの仲間であった、多様な芸術家たち、学者たち。かれらの労作(トラヴァーユ)をあえて知ろうとせぬ世代むけの、戦後史ねじまげも進行している。ほかならぬ今日を、明日にむけて、現代史のコンテキストのなかで、総体としてとらえるべく、なぜきみたちは協同せぬかと、グラスらの仕事がいう。

5

しかしそれよりも前に、ひとまず個の作家としての僕は、自分自身をふくむ、わが国の同時代の作家たちみなにいわねばならぬだろう。われわれがどのような構想と方法論にたつ小説を書くのであれ、もしわれわれが現代史のなかの今日現在に足を踏まえて、当の小説を書いているのだと、読み手にはっきり確認されうる仕組みをつくり、その上で小説を書きすすめるのでなければ、グラスらの協同の仕事にならうべき、その最初の段階さえあやふやなことになるのだと。
そのように考え始めれば、小説を書く行為の、その分析と、小説を書くことをつうじての現実世界への働きかけの行為をさぐることとが、あらためて統一された課題となろう。

―〔一九八一年三月〕―

初出一覧

Ⅰ 出発点を確かめる

作家自身にとって文学とはなにか？……《大江健三郎全作品》新潮社刊 第Ⅰ期6 一九六六年四月二五日
本当に文学が選ばれねばならないか？……同1 一九六六年六月二五日
ハックルベリー・フィンとヒーローの問題……同2 一九六六年八月三〇日
作家は絶対に反政治的たりうるか？……同3 一九六六年一〇月三〇日
作家は文学によって なにをもたらしうるか？……同4 一九六六年一二月二五日
作家としてどのように書くか？……同5 一九六七年二月二五日

Ⅱ 文学ノート

作家が小説を書こうとする……『新潮』一九七〇年一二月号
言葉と文体、眼と観照……『新潮』一九七一年三月号
表現の物質化と表現された人間の自立……『新潮』一九七一年八月号

作家が異議申し立てを受ける……………………『新潮』一九七二年三月号
書かれる言葉の創世記……………………『新潮』一九七三年一月号
消すことによって書く……………………『新潮』一九七三年八月号

・本書は一九八〇―八一年に小社より刊行された「大江健三郎同時代論集」（全十巻）を底本とし、誤植や収録作品の重版・改版時の修正等に関してのみ若干の訂正をほどこした。

・今日からすると不適切と見なされうる表現があるが、作品が書かれた当時の時代背景や文脈、および著者が差別助長の意図で用いてはいないことを考慮し、そのままとした。

ブックデザイン　鈴木成一デザイン室
装画　渡辺一夫

新装版 大江健三郎同時代論集 7
書く行為　（全10巻）

2023年10月26日　第1刷発行

著　者　大江健三郎（おおえけんざぶろう）

発行者　坂本政謙

発行所　株式会社 岩波書店
〒101-8002 東京都千代田区一ツ橋 2-5-5
電話案内 03-5210-4000
https://www.iwanami.co.jp/

印刷・三陽社　カバー・半七印刷　製本・松岳社
カバー加熱型押し・コスモテック

ISBN 978-4-00-028827-9　Printed in Japan

新装版　大江健三郎同時代論集　全10巻

（＊は既刊、二〇二三年一〇月現在）

著者自身による編集。解説「未来に向けて回想する――自己解釈」を全巻に附する

1＊　出発点

I　戦後世代のイメージ　II　強権に確執をかもす志／戦後世代と憲法／憲法についての個人的な体験／他　III　私小説について／戦後文学をどう受けとめたか／飢えて死ぬ子供の前で文学は有効か？／他　IV　われらの性の世界／『われらの時代』とぼく自身／現代文学と性　V　今日の軍港――横須賀／プラットフォームの娘たち／少年たちの非行のエネルギーは抹殺されるべきものか？／他　VI　ここにヘンリー・ミラーがいる／危険の感覚／日本に愛想づかしする権利／他

2＊　ヒロシマの光

I　ヒロシマ・ノート　II　被爆者の自己救済行動／原民喜を記念する／原爆後の日本人の自己確認／他　III　核基地に生きる日本人／一九四五年夏に「明日」を見る／敗戦経験と状況七一／他　IV　核時代の『三酔人経綸問答』／核時代のエラスムス

3＊　想像力と状況

I　記憶と想像力／持続する志／死んだ学生への想像力／他　II　「期待される人間像」を批判する／アメリカの百日／政治的想像力と殺人者の想像力／他　III　〝記憶して下さい。私はこんな風にして生きて来たのです〟／戦後の人間として「明治」を読むこと／ほんとうの教育者としての子規／他　IV　誰を方舟に残すか？／多様性コソ力デアル／テロは美しく倫理的か？／他　V　おもてを伏せてふりかえる／死滅する鯨とともに

4 * 沖縄経験

Ⅰ 沖縄の戦後世代／すべての日本人にとっての沖縄　Ⅱ 沖縄ノート　Ⅲ 核基地の直接制民主主義／文学者の沖縄責任／再び日本が沖縄に属する

5 * 読む行為

Ⅰ 壊れものとしての人間　Ⅱ アメリカ旅行者の夢　Ⅲ 渡辺一夫架空聴講記

6 * 戦後文学者

Ⅰ 同時代としての戦後　Ⅱ 中野重治の地獄めぐり再び／林達夫への侏儒の手紙／高橋和巳と想像力の枷／他

7 * 書く行為

Ⅰ 出発点を確かめる／Ⅱ 文学ノート

8 * 未来の文学者

Ⅰ なぜ人間は文学をつくり出すか　Ⅱ ソルジェニーツィン『収容所群島』の構造／表現された子供／全体を見る眼／他　Ⅲ 諷刺、哄笑の想像力／道化と再生への想像力　Ⅳ わが猶予期間(モラトリアム)

9 言葉と状況

Ⅰ 受け身はよくない／言葉によって／力としての想像力／他　Ⅱ 状況へ　Ⅲ にせの言葉を拒否する

10 青年へ

Ⅰ 青年へ　Ⅱ「人間」と滅亡を見つめて／その「戦後」のひとつ／宇宙のへりの鷲／他　Ⅲ 読書家ドン・キホーテ／『海上の道』解説／悲劇の表現者／他　Ⅳ 核時代の日本人とアイデンティティー／明日の被爆者